KB016973

인플루엔자 D와
빅 블랙 큐브

인플루엔자 D와 빅 블랙 큐브

제이크 버트 지음·채효정 옮김

미래인

인플루엔자 D와 빅 블랙 큐브

1판 1쇄 펴낸날 2023년 5월 25일

지은이 제이크 버트 **옮긴이** 채효정 **펴낸이** 김민지 **펴낸곳** 미래M&B
등록 1993년 1월 8일(제10-772호) **주소** 서울시 마포구 동교로 134(서교동 464-41) 미진빌딩 2층
전화 02-562-1800(대표) **팩스** 02-562-1885(대표)
전자우편 mirae@miraemnb.com **홈페이지** www.miraeinbooks.com
블로그 blog.naver.com/miraeibooks **인스타그램** @mirae_inbooks

ISBN 978-89-8394-950-9 03840

＊잘못 만들어진 책은 구입처에서 바꾸어 드립니다.
＊미래인은 미래M&B가 만든 단행본 브랜드입니다.

조시와 존에게

1장

클레오 포터의 집 거실 카펫 위에 다 먹은 사과 속, 인체 모형 두개골, 빨간색 꾸러미가 놓여 있었다.

그중 마지막 물건 때문에 클레오는 몹시 짜증이 나 있었다. 클레오는 배를 깔고 엎드려 손등에 턱을 묻은 채 맨발을 흔들어 댔다. 카펫 털이 셔츠를 뚫고 들어와 배를 찔러 간지러웠지만, 클레오는 몸을 조금 꼼지락거려 바닥에 문지를 뿐이었다. 그저 쳐다보기만 해도 될 일이라면, 반들거리는 그 상자가 사라지거나 아니면 대체 그게 무엇인지 알게 될 때까지 클레오는 크게 신경 쓰지 않았을 것이다.

무엇보다도 그 상자의 색깔이 짙은 빨강인 것이 문제였다. 핏빛 빨강을 클레오는 '헤모글로빈 빨강'이라 표현했을 것이다. 물론 클레오는 꾸러미의 빨간색이 그 안에 약이 들어 있다는 뜻임을 알았다. 하지만 클레오는 아프지 않았다. 클레오의 엄마도 아프지 않았다. 아빠도 마찬가지다. 그렇다면 베인 선생님? 하지만 선생님은 아플 수가 없으니, 클레오가 보기에 그녀의 가족이 약을 먹을 이유는 전혀 없었다.

그런데 수취인 칸을 보니 이렇게 적혀 있었다.

미리엄 웬디모어 아디사

412263

2096년 5월 25일

주소는 맞았다. 이 주소를 외우느라 아빠가 알려 준 유치한 노래를 수없이 불러 봤으므로 확실하다('숫자 412로 시작하죠, 너와 내가 사는 곳! 263으로 끝나요, 인플루엔자 D 없는 안전한 우리 집!').

날짜도 분명히 맞았다.

이름은?

전혀 엉뚱한 이름이었다.

클레오는 바닥에 무릎을 꿇고 앉아 손톱으로 배를 시원하게 몇 번 긁고 난 다음, 스크롤을 향해 손을 뻗었다. 스크롤을 펼치자 딸깍하면서 판판한 보드로 바뀌었고, 클레오는 그걸 빨간색 꾸러미로 괴어 놓았다. 보드 한가운데를 가볍게 터치하자, 스크린이 켜지면서 동글동글한 파란 글자들이 줄지어 나타났다.

가상 교육 적응형 네트워크
음성 인식으로 로그인하세요.

"머리, 어깨, 무릎, 발가락." 클레오는 빠르게 말했다. 그러자 통통한 글자들이 쓱 사라지고, 대신 그 자리에 조바심 난 듯한 선생님의 얼굴이 나타나더니 이중 초점 안경 너머로 클레오를 찬찬히 살펴보았다.

"몇 분이라더니, 꽤 오래 있다 왔구나, 클레오." 베인 선생님
이 클레오를 지켜보며 말했다.

클레오는 베인 선생님 오른쪽 어깨 뒤에 있는 아이콘을 힐끗
보았다. 화면이 클로즈업되면서 아줌마 같은 선생님 얼굴이 시계
로 바뀌었다.

"17분밖에 안 지났어요." 클레오가 못마땅해하며 대답했다.
"뭐, 잠깐 쉴 수도 있죠. 시험은 다음 주잖아요."

베인 선생님은 기다렸다는 듯 화면에 다시 나타났다. "17분
이면 사과 하나를 다 먹고도 남을 시간이다. 게다가 시험이 5일
밖에 안 남았잖니, 애야. 5일."

"시험공부는 여섯 살 때부터 한걸요. 제 인생의 절반 동안이
나요!"

베인 선생님은 클레오를 향해 가상의 손가락을 흔들었다.
"그보다 오래 공부한 사람도 있어. 자, 두개골 어디 있니? 봉합
명칭 복습하던 중이었는데…."

클레오는 두개골을 집어 스크롤 앞으로 가져갔다. "이마 봉
합, 관상 봉합, 시상 봉합, 삼각 봉합. 됐죠? 이제 질문 하나 해
도 돼요?"

"언제든, 무엇이든 물어보는 건 환영이지."

"미리엄 웬디모어 아디사가 누구예요?"

클레오는 확실히 전달하기 위해 이름을 또박또박 반복하여
말했다.

데이터베이스를 참조할 때면 늘 그렇듯, 베인 선생님은 눈을
깜빡거렸다. 그러고는 고개를 저었다. "미안하지만 클레오, 그 이

름과 관련된 인물 정보는 없구나. 가상 인물 추가하고 철자법 변수를 적용해 검색 범위를 확장할 수도 있는데, 그렇게 해 줄까?"

클레오는 얼굴을 찌푸렸다. "아뇨, 괜찮아요. 암튼, 역사적 인물이나 그런 사람이 아니에요."

"동시대 인물이니? 아, 그 부분은 미안하구나. 그 디렉토리 접근 권한은 없단다. 그런데 그건 왜 묻니?"

클레오는 스크롤을 들고 방향을 돌려 베인 선생님에게 그 꾸러미를 보여 주었다.

"여기 그 이름이 있었어요."

클레오가 스크롤을 원래대로 돌리자, 베인 선생님은 클레오를 안심시키려는 듯 미소 지었다. "어머니의 환자분 약이로구나, 그렇지?"

클레오는 의심의 눈초리로 그 꾸러미를 바라보았다. "모르겠어요. 엄마가 환자에게 약을 직접 줄 수 있는 것도 아니고요. 약이 여기 있어 봤자 소용없잖아요."

"그러면 어머니가 일을 마치시면 여쭤 보는 게 좋겠다. 자, 그때까지 시신경을 복습할까?"

인내심을 발휘하는 베인 선생님 얼굴은 천천히 회전하는 안구 이미지로 바뀌었다. 하지만 클레오의 눈은 거기로 향해 있지 않았다. 그 대신 엄마의 사무실 문을 보고 있었다. 문 가장자리를 에워싼 봉인이 주황빛으로 조용히 깜빡이고 있었다. 엄마는 수술 집도 중이었다.

기다릴 수밖에 없었다.

"우리 집 튜브가 잘못 작동했나?" 클레오는 갑자기 이렇게 말하며 허둥지둥 일어섰다. 베인 선생님 목소리가 클레오를 뒤따랐다.

"튜브는 오작동하지 않아, 클레오! 그냥 튜브니까. 택배도 틀린 주소로 배송되지 않아."

클레오는 이 말을 무시했다.

튜브는 유리 거인이 집 벽을 통해 손가락을 밀어 넣은 것처럼 부엌 안으로 돌출돼 있었다. 클레오와 아빠는 튜브에 페인트칠을 해 화단처럼 꾸몄는데, 택배가 쑥 들어올 때마다 빛을 받아 잠깐이지만 꽃과 나비와 꿀벌이 살아 있는 것처럼 보이곤 했다. 어렸을 때 클레오는 튜브 끝 둥근 부위에 얼굴을 갖다 대고 택배물이 들어오길 기다리다, 벽의 셔터가 열릴 때마다 환호성을 지르곤 했다. 그 환호성이 들리면 아빠는 튜브 꼭대기를 열고 음식, 비누, 대체용 스크롤 같은 물건을 집어 와야 했다.

클레오는 그때처럼 유리를 들여다봤다. 역시 베인 선생님이 옳았다.

그냥 튜브였다. 클레오네 튜브는 고장도 안 났고, 약 만드는 마법 기능도 없는 게 확실했다.

그래도 '뭔가' 이상한 일이 생긴 것이 분명하고, 그 일이 튜브와 관련 있다는 걸 클레오는 알았다.

미세 통풍구와 음식물 쓰레기 배출구를 빼면, 뭐가 됐든 아파트를 드나들 수 있는 곳은 튜브밖에 없기 때문이었다.

언제나 그랬다.

2장

클레오가 갓 세 살이 되었을 무렵인 어느 날, 클레오의 엄마
는 클레오가 방에서 코끼리 엘리를 수술하는 모습을 보게 되었
다. 숱이 많고 곱슬거리는 갈색 머리를 조그마한 손가락으로 최
대한 뒤로 당겨 묶고, 자기 팬티를 수술용 마스크처럼 쓴 채였는
데, 팬티의 두 구멍으로 꽤 진지한 분위기를 풍기는 회색 눈이 살
짝 엿보였다. 딸과 함께 충전재를 깨끗이 정리해 엘리를 새것처럼
잘 꿰맨 클레오의 엄마 놀스 포터는 지금 정확히 뭘 한 건지 딸에
게 물었다.

작지만 어른스러운 목소리로, 한 마디씩 정확하게 발음하며
클레오는 답했다. "긴급 맹장 수술이요, 닥터 포터. 다른 방법이
없었어요."

그 순간, 바로 그 자리에서, 클레오의 엄마는 클레오를 자신
의 뒤를 이을 드론 외과 의사로 키우기로 결정했다. 비록 여섯 살
도 되기 전에 의과 공부를 시작해야 하고, 또 그 어떤 전문직종
보다 까다롭고, 어렵고, 식은땀이 날 만큼 악몽을 꾸게 만들기로
유명한 입문 시험을 치러야 한다 해도. 기특하게도 클레오는 곧

장 의과 공부에 뛰어들었고, 이제 그녀가 가장 아끼는 장난감은 실물 크기의 사람 해골 모형이 됐으며, 네 살 무렵에는 내이 뼈의 이름을 전부 말할 줄 알게 됐다. 게다가 아빠가 치명적 질병을 앓는 척하면, 클레오는 그 치료법을 찾느라 엄마의 커다란 드론 고글을 뒤집어쓰고, 꼬마 왕눈이 프랑켄슈타인처럼 아파트 안을 뛰어다니는 모습이 종종 눈에 띄었다.

여섯 살 생일날, 클레오는 스크롤을 선물 받았다. 베인 선생님은 아이, 부모 할 것 없이 모두에게 인기 만점이었는데, 클레오가 하는 질문에 전부 답해 줬기 때문에 그 고된 일에서 엄마 아빠는 해방될 수 있었다. 클레오가 맨 처음 한 질문은 바로 이것이었다.

"다른 사람은 전부 어디 있어요?"

"다른 사람, 클레오?" 베인 선생님이 답했다.

"엄마, 아빠 말고요. 엄마랑 아빠는 어디 있는지 알아요. 스크린에 나오는 사람들, 게임에 나오는 사람들, 선생님이 가르치는 다른 애들, 그런 사람들이요."

베인 선생님은 눈을 여러 번 깜빡였다. 그러고는 활기차게 되물었다. "시대별로 알려 줄까, 백과사전 표제항으로 보여 줄까, 다큐멘터리 영화로 보여 줄까, 이야기로 들려줄까?"

"이야기요, 선생님. 무조건 이야기요."

"그러자. 편하게 앉았니, 클레오?"

꼬마 숙녀는 손가락을 번쩍 들어 올리고, 쪼르르 달려가 부드러운 실키 담요와 사람 골격 모형에서 떼어 낸 두개골을 가져왔다. 클레오는 스크롤을 비스듬하게 세우고, 두개골은 화면을 향하도록 내려놓더니, 엄지를 입에 쏙 넣었다.

"손가락은 빨지 않아요, 클레오." 베인 선생님이 밝고 상냥하게 말했다. "전에 해 준 이야기 알고 있죠?"

"어, 네, 중절치부, 측절치부 부정교합. 알아요. 노력하고 있어요."

"아무렴, 노력하겠지."

클레오는 엄지손가락을 담요에 쓱 문지르더니, 뺨을 홀쭉하게 빨아들여 참새 입을 만들었다. 베인 선생님은 이야기를 시작했다.

"사람들은 모두 아파트에 살아. 너처럼, 클레오. 그래야 안전하니까."

"뭐로부터 안전한데요?"

"최근에 말이니? 이제 큰 문제는 없어. 적어도 데이터베이스 기록상으로는 문제가 전혀 없어. 하지만 늘 이랬던 건 아니야."

"인플루엔자 D 말하는 거예요?"

"그렇지. 그게 이 이야기의 시작이지. 때는 2027년, 의사들은…."

"엄마처럼요?"

베인 선생님은 책상 위에 두 손을 모으며 고개를 끄덕였다. "어머니 같은 의사들, 맞아. 그 의사들이 전 세계에서 아주 많은 사람이 동시에 큰 병에 걸리고 있다는 사실을 발견했지."

"병에 걸린 사람들은 죽었나요?"

베인 선생님은 이중 초점 안경을 얼굴 위로 밀어 올려 희끗희 끗해진 정수리 위에 얹었다. 그랬더니 선생님의 얼굴은 평소보다도 훨씬 친절해 보였다.

"그래, 클레오. 아주 많이 죽었어. 듣기 너무 거북하면, 대신 게임을 해도 돼. 관절 명칭을 익히는 재미난 춤이 있거든."

클레오는 숱도 없는 눈썹을 잔뜩 찌푸리고는 고개를 저었다. "아뇨. 더 이야기 해 주세요. 전 괜찮아요."

베인 선생님은 클레오가 부드러운 담요를 끌어당겨 몸을 감싸는 동안 가만히 기다렸다가 이야기를 계속했다.

"전 세계 사람 대부분이 병에 걸렸지만, 의사들은 속수무책이었어. 원인이 뭔지도 밝혀 내지 못했지. 사람들은 저마다 다른 원인으로 병드는 것 같았어. 그것도 거의 동시에. 의사, 과학자, 정치인들은 병의 원인에 대해 의견이 일치하지 않았고, 그래서 치료법도 못 찾았지."

"하나도요?"

"그래, 하나도. 사실 십 년이 지난 뒤에야 그게 변이를 지속하는 인플루엔자 변종이란 게 밝혀졌지. 돼지나 소 같은 가축에서 시작됐던 거야. 그다음엔 인간에게 옮아 간 거고. D는 단지 인플루엔자 변종을 나타내는 것이었지만, 결국 '변화'를 뜻하는 그리스 문자인 '델타'를 상징하게 되었지. 다른 사람에게 옮아 갈 때마다 바이러스는 약간씩 변이를 반복했어. 이런 걸 '돌연변이'라고 하지."

"약이 없었던 거로군요."

베인 선생님은 고개를 저었다. "아예 없었어. 그때쯤엔 사람들이 이미 많이 사망한 뒤였고…."

"'사망'했다는 건, 죽었단 뜻이에요?"

"맞아, 클레오. 동의어지. 너무 많은 사람들이 죽자, 다들 극단적인 조치가 필요하다고 생각했어. 그래서 건강한 생존자들을 지켜 줄 거대 구조물을 지었지. 그렇게 사람들은 서로 분리된 채로, 각자의 가족들과 아파트 안에서만 지내게 되었어. 만일에 대비해서 말이야. 사람들이 서로 분리돼 있었기 때문에 인플루엔자 D는 더 이상 퍼질 수 없었어. 절박한 도박이었지만 효과는 있었지. 인플루엔자의 마지막 발병 시기가 2043년으로 기록돼 있는데, 그 뒤로 어느 건물에서도 감염이 발생하지 않았단다."

"바깥은요?"

베인 선생님은 눈을 깜빡였다. "그에 관한 데이터는 없어. 하지만 다행스러운 건 너나 엄마 아빠처럼 아파트 안에 있는 사람들은 건강하다는 거야. 사실 '대분리'라 불리게 된 이 사건 덕에 일흔세 가지의 다른 감염병도 완전히 없어졌거든. 인플루엔자 D의 영향을 고려했을 때, 사람들이 기꺼이 감수할 만한 일이었다고 말할 수 있겠지."

"그리고 사람들은 화면으로만 만날 수 있었고요! 우리처럼요, 베인 선생님!"

베인 선생님이 미소 지었다. "글쎄, 나는 사람이 아니다만, 맞아. 아파트 생활에서 필요한 것을 전부 해결해 주는 건…."

"드론이요!" 클레오가 선생님이 하려던 말을 낚아챘다. "아빠하고 배송 튜브를 정원처럼 칠할 거예요."

"정말 멋지겠다, 클레오. 정원 사진 보여 줄까?"

물론, 그로부터 6년이 지난 지금 클레오는 정원 사진을 볼 시간 같은 건 없었다. 이중 바이패스 수술 장면을 살펴봐야 할 마당에 자꾸만 시선이 꾸러미로 향할 때마다 베인 선생님이 매번 상기시켜 줄 만큼 이상한 택배에 낭비할 시간은 더더욱 없었다.

"클레오, 네가 집중을 잘 하나 안 하나, 다 보이는 거 알지?" 베인 선생님이 말했다.

"이 비디오는 백 번도 넘게 봤어요."

"아니, 정확히 아홉 번 봤지."

"겉만 잘못된 걸까요?"

"이 사람 심장 말이니? 그런 것 같진 않구나. 심방을 봤을 때…."

"심장 말고요. 택배 온 거요."

"정말, 클레오, 말 좀 들어라! 이 시험이 얼마나 중요한데…."

"중요해요, 선생님. 맞아요. 그러니까 당장 이 상자 문제를 해결하는 수밖에 없어요. 그래야 딴 데 정신 팔지 않고 공부에 집중하죠. 이 문제 때문에 지금 제 뇌가 둘로 나뉘어 있다고요."

베인 선생님은 한숨을 쉬었다. "만족을 모르는 네 호기심이 불러온 폐해로구나."

클레오는 그 상자를 집어 들어 자신과 스크롤 사이에 놓았다. 클레오와 베인 선생님은 함께 상자를 살펴봤다.

"거의 완벽한 정사각형이로구나." 베인 선생님은 관찰한 것을 말했다.

"정말 완벽해 보여요."

베인 선생님은 자신의 모습을 스크린 구석으로 최소화시킨 다음, 투명한 정사각형 그림을 띄웠다. "그런 건 실재하지 않아. 이론상으로만 존재하지. 길이를 재는 자만 하더라도 그 길이가 정확한 건 아니야. 분자 수준에서 검사해 보면….”

클레오는 베인 선생님 앞에서 손을 움직여 그림을 닫았다. “또 공부시키시게요?”

“그게 내 일이니까, 클레오.” 베인 선생님이 답했다. “이렇게 은근슬쩍 시도하는 것들도.”

베인 선생님은 의자를 한 바퀴 빙그르 돌리더니, 난데없이 닌자 복장으로 나타났다. 클레오는 낄낄 웃었다.

“제 친구 테사가 봤으면 좋아했을 텐데. 시뮬레이터에서 ‘그림자의 길’ 하자고 매일 조르거든요.”

“닌자 파워로 그 상자 안을 볼 수 없어 유감이구나.”

“열어 보면 되죠.” 클레오는 부드러운 빨간 종이를 손가락으로 훑었다.

“하지만 네 것이 아닌걸.”

클레오는 고개를 끄덕였다. “그 생각도 했어요. 하지만 솔직히 가능성이 더 높은 일이 뭘까요? 정말로 택배가 잘못 배송된 건….”

“그런 가능성은 없다.”

“맞아요, 바로 그렇죠! 아님, 이름만 잘못된 걸까요? 어쩜 아빠가 사무실에서 쓰는 풀이 조금 더 온 건지도 몰라요.”

선생님은 어깨를 으쓱했는데, 이는 데이터베이스에 원하는 답이 없다는 뜻이었다. “잘못 배송된 택배 이야기가 도움이 되겠니? 4000개 이상 접속이 가능하단다.”

“아뇨, 괜찮아요. 지금은 그냥….”

용기가 사라지기 전에 클레오는 결국 포장지에 손가락을 넣어 봉합 된 자리를 따라 깔끔하게 뜯었다.

"외과 의사답구나, 클레오." 베인 선생님이 말했다. 어느새 닌자 옷을 벗어 버린 선생님은 늘 입는 라벤더 색 블라우스와 스웨터 차림이었다.

"고맙습니다." 클레오는 상자에서 눈을 떼지 않고 대답했다. 필요하면 나중에 테이프로 도로 붙일 수 있을 거라고 생각하면서, 조심스레 상자 옆면을 따라 포장지를 떼어 냈다. 포장을 어느 정도 연 클레오는 상자를 천천히 내려놨다.

"말도 안 돼."

"왜 그러니, 클레오?"

클레오는 스크롤을 택배 위로 올렸다. 화면 구석의 아주 작은 빛이 깜빡이며 상자에 든 투명 플라스틱을 비췄다. 그 안에는 액체가 가득 든 세 개의 구체가 충전재에 안전하게 고정돼 있었는데, 액체의 색깔이 클레오 아빠의 눈처럼 파랬다. 그게 뭔지 클레오는 바로 알 수 있었다. 약이었다. 전신에 최대한 빨리 퍼지도록 주입기에 넣어진 형태로 나오는 약. 클레오는 베인 선생님을 들고 몸을 옆으로 기울여 구체마다 작게 인쇄된 글자를 읽어 봤다. 클레오는 몸을 일으키고 나지막이 말했다. "말도 안 돼, 말도 안 된다고."

선생님이 눈을 깜빡였다. "칼로텍시나 플로리네이스, 소염 화합물, 용도는 급성…."

"치명적 뇌부종." 클레오가 마무리했다. "누군지 몰라도, 이 약이 꼭 필요해요."

선생님이 덧붙였다. "유통기한을 봐."

클레오는 가장 왼쪽 구체를 자세히 살펴봤다. 날짜가 레이저로 작게 각인돼 있었다. '2096년 5월 28일'.

"3일 지나면 상하겠네." 베인 선생님이 중얼거렸다.

클레오가 고개를 끄덕였다. "누군지 몰라도 '당장' 이 약을 받아야 돼요."

3장

"다시 한 번 설명해 다오. 아빠도 계시는데 왜 굳이 수술 중인 어머니를 방해하겠다는 거지?" 클레오가 손을 너무 심하게 떨고 있어서 선생님의 얼굴이 일렁거렸다. "선생님 기억력은 완벽한 줄 알았는데요." 클레오는 야유하듯 말했다.

"그럼, 기억하고말고, 클레오. 원한다면 네가 한 말 그대로, 아니, 네 목소리로 재생할 수도 있단다. 나는 단지 네가 스스로 생각을 돌아보도록 하기 위해 질문한 거란다. 너는 긴급 상황이 발생해서 그런 거라지만, 내 생각엔 그냥 어머니가 일하는 모습이 보고 싶어서 그러는 것 같은데?"

클레오는 가상의 선생님을 쏘아보았다.

베인 선생님은 친절하게 미소로 답했다.

클레오는 화면 위로 거미줄처럼 손가락을 폈다가 오므렸다. 그러자 스크롤이 단단히 말렸다. 스크롤을 소파 위에 놓고 문 쪽으로 돌아섰을 때도, 문 가장자리가 여전히 주황색으로 부드럽게 빛나고 있었다. 클레오는 약상자를 왼쪽 겨드랑이에 끼고 문손잡이를 잡았다.

클레오는 문을 당겨 손톱만큼 열린 문틈으로 얼굴을 구겨 넣듯 밀착시켜 안을 들여다보았다.

엄마의 사무실은 어두웠고, 그래서인지 그 안에서 빛나는 물체들이 몹시 중요해 보였다. 사무실 중앙에 직사각형 테이블이 있고, 그 너머로 클레오의 엄마가 서 있었다. 테이블 꼭대기에서는 파란빛이 예쁘게 내리쬐고 있었는데, 엄마가 쓰고 있는 고글의 호박색 렌즈를 제외한 다른 모든 것들을 파랗게 비추었다. 놀스 포터는 테이블 위에 손을 올리고 손가락을 튕기거나 양손 엄지손가락을 교차하곤 했다. 때로는 차분하고 단호하게 "4번 레이저." 혹은 "석션." 혹은 "카메라, 축을 향해 6도 회전."이라고 말하기도 했다.

클레오는 팔에 털이 곤두서는 느낌이 들었다. 그리고 가능한 한 조심조심 문을 닫았다.

"2분 19초밖에 안 걸렸구나." 스크롤을 펴자 베인 선생님이 말했다.

"한창 수술 중이시더라고요. 엄마를 깜짝 놀라게 만들면 사람이 다칠 수도 있잖아요."

"잘 생각했다."

"근데 진짜 굉장했어요!" 바닥에 미끄러지듯 앉아 소파에 등을 기대며 클레오가 말했다. 그러고는 손을 들어 엄마가 한 것처럼 손끝을 까딱거려 보았다. "엄마가 손으로 뭘 어떻게 조종하는지 알겠더라고요, 드론하고 수술 도구로요. 아마도 무릎 수술 중인 것 같았어요. 테이블 왼쪽 아래에 집중하시는 것 같았거든요."

베인 선생님은 구석 창을 띄워, 수술 드론의 3차원 모델을 보여 줬다. 수술 드론의 모습은 벌레와 아주 흡사했고, 달랑거리는 다리 끝에 칼, 바늘, 레이저가 달려 있었다. 닥터 포터는 그걸 사용해 환자가 어디에 있든 도와줄 수 있었다. 사람들은 각자 드론을 주문해 배송받았고, 드론이 활성화되면 클레오 엄마는 일을 하러 갔다. 수술 전, 드론을 통해 환자와 직접 대화도 할 수 있었다. 물론, 외과 위원회에서 아무나 드론을 날리게 해 주진 않았다. 레벨 20까지 의료 승인을 받지 못한 사람은 컨트롤 네트워크에 로그인도 할 수 없었다.

그렇다면 클레오는?

클레오는 레벨 0이었다. 직접 환자를 볼 수 있다는 걸 엄마에게 보여 주려면, 적어도 10년은 걸릴 것이다. 사람들을 돕고, 고치고, 치료하려면.

10년.

하지만….

"미리엄 웬디모어 아디사가 엄마 드론을 만나 보긴 한 건가." 클레오는 파란 구체들을 내려다보며 한숨을 쉬었다.

"네가 조종하는 드론을 만날 사람이 생길 수나 있을지 모르겠다, 클레오. 이번 시험에 떨어지면, 1차 합격은 불가능해. 1차에 합격하지 못하면…."

클레오는 어깨가 축 처졌다. "레벨 2나 3도 못 받고, 아무것도 못 받겠죠. 그럼 미래의 제 환자는 다 죽을 테고. 저도 알아요."

선생님은 혀를 찼다. "그건 너무 과장된 생각이야."

클레오는 선생님을 쳐다보았다.

"그래도, 과장된 건 사실이야." 선생님은 말했다.

"공부나 해요." 클레오는 툴툴댔다.

선생님은 고개를 끄덕이더니 구두시험 예상 문제를 연달아 보여 줬다. 문제들을 열심히 풀면서, 베인 선생님이 책상에 걸터앉아 답안을 평가하는 동안에도, 클레오는 질문에 답하며 프리스타일 춤 연습을 했다.

"상처를 봉합하려면, 소수성 공기 활성 접착제, 레이저 소작법, 다피성 이식술." 발을 좌우로 바삐 움직이느라 헐떡이며 클레오가 답했다.

"고속 흡수 스티칭은?"

"그건 구식이죠!" 클레오는 노래 부르듯 말했다.

"접착제 알레르기가 있는 환자인 경우에도?"

클레오는 숨을 헐떡이며 앉았다. "선생님, 딴 얘기해도 돼요?"

"물론이지."

"칼로텍시나 플로리네이스에 대해 더 알려 주세요."

"클레오!"

"왜요? 약이잖아요! 이것도 공부잖아요!"

베인 선생님은 미소를 지었다. "관심이 생긴다면, 그것도 공부지. 기다려 봐."

선생님이 데이터베이스에 접속하는 동안, 클레오는 발가락을 뚜두둑 꺾으며 소리를 냈다.

"2061년에 개발된 방대한 중증 뇌질환 치료제인 칼로텍시나 플로리네이스는 의학계에서 키스톤 드러그로 통하는 약으로, 치료 플랜의 일환으로 여러 약과 함께 쓰이고 있어서 칼로텍시나가 없으면 치료는 실패할 수밖에 없다."

클레오는 몸이 떨렸다. "꼭 필요한 약이네요."

"환자가 그 약을 쓴다는 건, 그 약 없인 못 산다는 뜻이지."

클레오는 문득 그 생각의 무게가 자신을 짓누르는 것 같아, 그 느낌을 몸에서 떨쳐 내고 싶어졌다. 클레오는 껑충 뛰어오르더니 팔다리의 긴장이 풀릴 때까지 폴짝폴짝 빙그르르 회전했다. 베인 선생님은 그 모습을 가만히 지켜봤다.

"혹시 춤추면서 아까 공부하던 걸 계속…. 클레오? 클레오?"

클레오는 한쪽 다리를 머리 위로 뻗은 채, 양손으로 발목을 잡고 멈춰 있었다. 베인 선생님은 점잖게 목청을 가다듬었다.

"괜찮니, 클레오?"

클레오는 천천히 다리를 내렸다. 그런 다음 약상자를 집어 들었다.

엄마의 수술 방 문 가장자리를 빛내던 주황색 불빛이 방금 초록색으로 바뀐 것이었다.

"엄마! 엄마!" 클레오는 문을 홱 열며 외쳤다.

딸이 갑자기 들이닥치는 바람에 닥터 포터는 하마터면 들고 있던 찻잔을 떨어뜨릴 뻔했다. 바닥에 꽤 많은 양의 차가 쏟아지고 나서야 간신히 컵을 제대로 잡았다. 클레오는 뛰어 들어가 수술대 가까이에서 멈춰 섰다.

"엄마, 엄마, 끝나셨죠, 맞죠?" 숨을 헐떡이며 클레오가 물었다.

닥터 포터는 손을 털어 바지에 문지르고 천천히 찻잔을 내려놓았다. 그런 다음 손을 올려 고글을 벗었다.

"차가 식었기에 망정이지." 클레오의 엄마가 한숨을 쉬었다. "안 끝났어. 5분 쉬는 시간인데, 그중 3분을 테이블에 묻은 차 얼룩 찾으며 보내게 됐구나."

"죄송해요, 엄마." 클레오가 말했다. "도와드릴게요!"

닥터 포터는 딸 앞을 막아섰다.

"안 돼! 표면 위로 손을 움직이지 마. 지금 드론은 일시 정지 상태야. 수술대 위에서 움직임이 조금만 감지돼도 다시 활성화할 거야."

클레오는 물러섰다. "그럼 수건이라도 가져올까요?"

엄마는 고개를 저었다. 그러자 머리그물로 고정한 풍성한 회 갈색 곱슬머리가 풀어질 것 같았다. "괜찮아, 클레오. 그런데 대체 얼마나 중요한 일이기에 수술 중에 들어온 거니?"

"이것 때문에요!" 클레오는 투명 용기를 엄마 쪽으로 들이밀었다. "미리엄 웬디모어 아디사 앞으로 온 거예요. 이 사람이 누구예요?"

닥터 포터는 입을 오므리고 상자를 이리저리 살펴보았다. "이 약은 어디 쓰는 거냐면…."

"뇌부종이요! 유효기한이 3일 남았어요!"

"이게 어디서 났어?"

"튜브로 배송됐어요. 주소는 우리 집이지만 이름은 미리엄 웬디모어 아디사예요. 엄마 환자예요?"

닥터 포터가 다시 상자를 건네자 클레오는 두 손으로 그것을 받았다. 엄마는 다시 찻잔을 들고 생각에 잠긴 듯 차를 한 모금

마셨다. 머그잔에 스텐실로 찍힌 파란색과 노란색 눈 모양의 외과 위원회 로고가 클레오를 내려다보고 있었는데, 바로 그 밑에 양각으로 위원회의 모토가 박혀 있었다. **공감. 정확. 완벽.** 그걸 보고 마음이 살짝 불편해진 클레오는 시선을 돌렸다.

"그런 이름의 환자는 없는데." 닥터 포터가 말했다. 클레오는 끄덕였다. "그렇죠? 잘못 배송된 걸 거예요!"

"배송 드론은 절대 실수 안 해, 클레오." 클레오의 엄마가 황급히 말했다. 그때 수술대 꼭대기에서 푸른빛이 뿜어져 나오기 시작했다.

"그럼 이 약은 어떡해요?" 클레오는 발을 동동 굴렀다.

"지금은 아무것도 해 줄 수 없단다. 엄마 또 수술해야 돼."

"하지만 이 사람 죽으면요? 약이 없으면?"

닥터 포터는 손가락을 올렸다. "이것도 정말 중요한 교훈이야, 클레오. 수술대에 있는 환자 먼저 다룰 것."

"그래도요, 엄마!"

닥터 포터는 고개를 숙여 클레오의 이마에 입 맞췄다. "허락해 줄 테니, 네트워크에서 검색해 보렴. 그런 다음 저녁때 엄마, 아빠에게도 어떻게 됐는지 알려 주고. 지금은, 어서 나가 주렴."

4장

클레오는 터덜터덜 거실로 걸어 나왔다. 등 뒤에서 문이 자동으로 닫히고 주황빛 봉인이 다시 나타났다. 클레오는 소파 위에 털썩 주저앉아 약이 든 상자를 천장을 향해 들고, 빛이 약을 통과해 파란빛으로 변하여 하얀색 쿠션 위로 떨어지는 것을 지켜보았다. 그 황홀한 광경을 보고 클레오는 마음이 조금은 편안해졌다. 그러고 나서 몸을 뒤집어 소파의 앉는 부분에 등을 대고 누워 바닥으로 머리카락을 늘어뜨린 채 소파 등받이에 다리를 걸쳤다. 그런 다음 왼발을 뻗어 엄지발가락으로 소파 뒤의 벽 표면을 터치했다. 그때 까만색 창이 나타나더니, 활기찬 소년의 목소리가 들렸다. "래티모어 네트워크 솔루션입니다. 오늘은 어디로 가고 싶으세요?" 메뉴를 소개하는 아이가 하는 말은 늘 그렇듯 열성적이면서 조금 장난스럽게 들렸다.

"미리엄 웬디모어 아디사에게 전화해 줘."

"일대일 연결은 패스워드가 필요해요."

클레오는 콧잔등을 찌푸렸다. 부모님이 설정한 패스워드를 몰랐기 때문이다. 그래서 대신 이렇게 해 봤다. "드론 운송사 부탁해."

말을 마치기도 전에, 여러 가지 옵션들이 화면을 가득 채웠다. 대부분 음식, 옷, 생필품의 교체품 등 주문 항목의 범주였다. 수리, 청소 드론 등 서비스에 대한 메뉴도 있었다. 클레오는 허공에서 발을 꼼지락거리며 위에서 아래로 내려오는 메뉴를 훑어봤다. 잠시 후, 자신이 원하던 목록을 찾은 클레오는 이렇게 말했다. "드론 운송사 대리인과 대화하게 해 줘."

순간 창이 비워지더니 이윽고 젊은 남자의 얼굴이 나타났다. 옛날 집배원 유니폼 비슷한 차림이었는데, 큼지막한 모자를 쓰고 푸른색 셔츠를 입고 있었다.

"드론 운송사입니다." 남자가 말했다. "무엇을 도와드릴까요?"

클레오는 소파에 거꾸로 걸터앉은 기이한 자세로 그 남자를 올려다보았다. 이어서 그 남자는 정면을 향해 미소 지었다. 남자의 치아는 완벽했다.

"진짜 사람인가요?" 클레오가 물었다.

"아뇨!" 남자는 마치 자기 생일을 알려 주는 어린아이처럼 신나게 답했다. "하지만 대화 나뭇가지는 7200만 개가 넘고, 수천 가지 문제를 도와드릴 수 있도록 프로그래밍 돼 있답니다."

클레오는 남자 얼굴 앞에서 대놓고 발을 흔들었다. 반응은 없었다. 잠시 침묵이 흐르더니, 남자가 말했다. "아직도 계세요? 무엇을 도와드릴까요?"

클레오는 몸을 일으켜 무릎을 꿇고 말했다. "우리 집에 택배가 잘못 왔어요."

"아! 실수로 주문하신 물건 때문에 도움이 필요하시군요. 알려 주셔야 할 정보는 귀하의⋯."

"아뇨, 우리가 주문한 게 아닌데 우리 집으로 왔어요. 우리 물건도 아닌데요."

"잘못 주문하신 물건을 반품하려면, 당사 드론 부서에 알리세요. 운송 드론을 보내 물건을 픽업해 드립니다. 그냥 튜브에 놓기만 하면⋯."

클레오는 손바닥으로 이마를 짚었다.

"잠깐만요. 그러니까, 다른 집 물건이 우리 집으로 배송됐다고요. 다른 사람 약을 우리에게 전달했다니까요."

잠시 침묵이 흐른 뒤, 남자는 활짝 웃는 얼굴로 눈을 여러 번 깜빡였다. 그러고는 이렇게 말했다. "드론 운송사입니다! 무엇을 도와드릴까요?"

"이거요!" 클레오는 거칠게 화면에다 약을 들이댔다.

"택배가 있군요. 그 택배로 뭘 하고 싶으세요? 재주문, 추적, 동일 물건 찾기⋯."

"추적해 주세요." 클레오가 요청했다.

"알겠습니다! 택배를 추적하겠습니다. 택배 받으실 주소 여섯 자리를 말씀해 주시거나, 주소 라벨을 화면의 비주얼 인식부에 위치시키세요."

클레오는 이를 악물고 말했다. "어디로 갔는지는 알 필요 없어요. 어디로 갔어야 했는지를 알고 싶은 거죠."

"택배가 있군요! 무엇을 도와⋯."

"어휴!" 클레오는 소파에서 뛰어내려 반들거리는 빨간 포장지가 놓인 곳으로 성큼성큼 걸어갔다. 그다음 그걸 집어 들어, 잘 편 다음 비주얼 인식부에 바짝 갖다 댔다.

"좋습니다!" 남자가 즐겁게 말했다. "택배를 받으셨군요. 5월 25일 오전 10시 37분에 도착했습니다."

"네, 맞는데요. 저희 것이 아니에요. 전 클레오 포터예요. 우리 엄마는 닥터 놀스 포터고, 아빠는 보먼 포터예요. 이 택배는 미리엄 웬디모어 아디사 앞으로 온 거고요. 여기 사는 사람이 아니에요."

"클레오 포터! 안녕하세요! 귀하의 주소는 412263입니다. 귀하의 택배가 412263으로 5월 5일 오전 10시 37분에 배송되었습니다. 배송에 만족하셨다니 기쁩니다! 또 무엇을 도와드릴까요?"

"네트워크를 닫아 주세요!" 클레오가 사납게 말하자, 벽은 다시 원래의 크림색으로 바뀌었다. 배 속부터 걷잡을 수 없는 분노가 치밀어 오르자, 클레오는 조심스레 약을 내려놓고 화가 풀릴 때까지 다리를 높이 차 올리며 회전 발차기를 했다. 마지막 회전 때는 아빠 작업실 문까지 갔는데, 엄마 사무실 문처럼 그 문 주변에도 주황색 빛이 반짝이고 있었다. 하지만 이번엔 망설이지 않아도 됐다. 클레오가 보기에 시뮬레이터 프로그래밍은 얼마든지 방해해도 되는 일이었다. 클레오는 아빠의 작업실 문을 활짝 열어젖히고 말했다. "아빠! 아빠의 도움이 필요해요!" 그러고는 곧장 안으로 들어갔다.

5장

"테오! 완벽한 타이밍이야!" 클레오의 아빠가 말했다. "테스트 대상이 필요해." 아빠는 둥글둥글한 체형에 대머리인 데다가, 뼛속까지 긍정적인 사람으로, 생각에 깊이 잠길 때면 혀를 살짝 깨무는 버릇이 있어서 클레오의 이름을 잘못 발음한 게 이번이 처음은 아니었다. 클레오는 모른 척할 뿐이었다.

"조금만 있다 하면 안 돼요? 급히 말씀드릴 게 있어요."

두 사람 사이에는 부엌에 있는 것과 비슷한 카운터가 길게 놓여 있었다. 그 위로 화분이 가득 놓여 있었고, 화분마다 빽빽하게 풀이 싹 터 있었다. 어떤 풀은 클레오가 쓰는 칫솔모처럼 곧게 나 있었고, 또 어떤 풀들은 유연한 듯 축 처져 있어서 일진 안 좋은 날 아침의 클레오 머리처럼 치렁거렸다. 아빠가 장갑 낀 손으로 쓰다듬는 풀 샘플은 갈색이면서 쉽게 부서지는 것이었다. 장갑 패딩이 풀에 스치는 소리로 알 수 있었다.

"클레오파트라 포터, 곧 마감일인 거 너도 알잖아."

클레오는 말없이 턱을 내밀고 팔짱을 꼈다.

"좋다." 아빠는 말했다. "그럼 아빠와 거래하자. 너 먼저 말하게 해 줄 테니, 그다음엔 시뮬레이터에 올라가 보고 어떤지 완전 솔직히 말해 주기다."

클레오는 고개를 끄덕였다. "좋아요."

포터 씨는 손가락을 하나씩 빼며 조심스레 장갑을 벗어 책상의 작은 스탠드 위에 놓고 카운터를 떠났다. 그런 다음 의자에 털썩하고 앉아 발을 올리고 머리 뒤로 양손을 넘겨 손가락 깍지를 꼈다. "우리 딸, 대체 무슨 일로 이렇게 화가 난 거야? 시험 스트레스?"

클레오는 고개를 흔들었다. "아녜요. 아니, 시험 스트레스도 있긴 하지만, 그것 때문에 도와 달란 건 아녜요."

"좋아!" 아빠는 껄껄 웃으며 말했다. "왜냐하면, 사람 몸에 대한 지식은 네 새끼손가락에 들어 있는 지식이 내 몸, 그러니까, 여기 들어 있는 것보다 많아서!"

배를 두드리는 아빠를 보고, 클레오는 눈썹을 치켜 올렸다. "아빠, 지식은 거기가 아니라…."

"여기?" 아빠는 이번엔 팔꿈치를 가리켰다.

"아빠!"

"아, 맞다! 이 위쪽이지!" 아빠는 환호성을 지르며 관자놀이를 가리켰다. "봤지? 내가 잘 몰라…."

"알았어요, 아빠. 웃겨요."

"별로 안 웃긴가 본데." 딸의 표정이 굳어 있는 것을 본 아빠는 입을 삐죽 내밀었다. "뭔가, 진짜 심각한 고민이 있나 보네."

클레오는 화분에 난 여러 가지 풀을 손끝으로 훑으며 카운터를 돌았다. "네, 우리 집에 우리 것이 아닌 약이 배송됐어요. 주소

33

는 우리 집이 맞긴 한데, 미리엄이라는 사람한테 온 거예요.”

“엄마가 주문했나?”

“안 그래도 여쭤 봤어요. 그런데 뭐라 하셨냐면….”

포터 씨는 너무 급히 일어나 앉다가 하마터면 의자에서 떨어질 뻔했다. “혹시 엄마 수술을 방해한 건 아니지? 응?”

클레오는 손을 내저었다. “아녜요! 그런 짓 안 해요!” 클레오는 목에서 뺨에 이르는 곳까지 간질간질하며 벌겋게 달아올랐다. 잠깐 엄마 사무실 들여다봤던 건 말하지 않았다. “불이 초록색 됐을 때, 쉬는 시간에 말씀드렸어요. 그 약은 엄마가 주문하신 게 아니래요. 그냥 배송이 잘못된 거예요.”

포터 씨는 편안히 뒤로 기대더니 손가락으로 콧수염을 쓰다듬었다. 포터 씨의 콧수염은 카운터의 최고급 풀 샘플만큼 두꺼웠다. “그런 일은 불가능해, 클레오.”

클레오는 못마땅해하며 말했다. “다들 그 말만 하네요. 왜 불가능한데요?”

“운송 드론이 어떻게 작동하는지 아무도 안 알려 줬니?”

“그 질문은 한 적이 없어서요. 베인 선생님은 아마 그에 관한 이야기를 한 200개는 가지고 있을걸요.”

포터 씨는 서랍을 열고 뒤적거리더니 스타일러스(특수 컴퓨터 화면에 글을 쓰거나 그림을 그리는 등의 표시를 할 때 쓰는 펜—옮긴이)를 꺼냈다. 그걸로 책상 표면을 두 번 두드렸더니 불이 들어왔다. 클레오는 발을 질질 끌며 느릿느릿 걸어가서, 책상 위의 종이를 치우고 폴짝 뛰어올라 책상 한쪽에 앉았다.

“여긴 우리 아파트, 그렇지?” 아빠는 책상 표면에 정사각형을 그렸다. 너무 엉망으로 그려서 방울 모양에 더 가까웠지만, 책상은 그걸 알아보고는 제대로 고쳐 주었다. "그리고 이게 우리 튜브. 운송 드론은 수술 드론과는 작동 방식이 달라. 사람이 조종하지 않고 자동으로 작동되지."

"알아요." 클레오가 참지 못하고 끼어들어 말했다.

"그렇겠지. 넌 천재니까!" 포터 씨가 자랑스러운 듯 말했다. "하지만 그게 어떻게 작동하는지는 아마 너도 모를 거야. 아파트마다 고유 신호가 있어. 말하자면 그 집만의 서명이지."

"주소요?"

"그래, 하지만 옛날처럼 이웃집 위치와 비교해 어디인지만 나타내진 않아. 진짜 코드로 되어 있어서, 아파트에서 뭔가를 주문하면 그 코드만 드론에 전달되는 거야. 그래서 다른 사람한테는 상자든 선물이든 풀이든 아무것도 못 보내지."

클레오는 고개를 끄덕였다. "전염을 우려한 거로군요."

"나도 그렇게 생각해. 인플루엔자 D를 무서워하는 사람들은 무척 많았지. 책에서도 읽어 봤지만, 네 엄마 이야기를 들어 보니 정말로 무서웠을 것 같더구나."

"그럼, 우리가 주문한 것만 받는 건가요?" 클레오가 물었다.

"맞아. 우리 집 튜브는 우리 집 코드가 있는 드론에게만 열리거든. 틀리고 싶어도 불가능하지. 왜냐면 코드는 아파트 자체에서 부여하거든. 우리가 식료품 프로그램을 통해 당근 열두 개를 111111로 배송시킨다고 해도, 당근은 10분 있다가 바로 여기로 오는 거야."

"따지고 보면 우리가 아니라 집이 주문하는 거네요."

아빠는 손을 뻗어 클레오 이마를 톡톡 쳤다. "바로 그거야."

클레오는 아빠의 손에서 스타일러스를 슬쩍 빼앗아 아파트 둘레에 커다랗게 원을 그렸다. "알겠어요. 그럼 어떻게 미리엄 웬디모어 아디사의 약이 우리 집으로 온 거죠?"

"그건, 얘야, 진짜 미스터리다. 아, 네크워크에 검색해 보면 되겠네! 우선은 이거 먼저…."

"엄마도 같은 말을 했어요."

"똑똑한 여자야."

클레오는 땅이 꺼질 듯 한숨을 쉬었다.

그러자 포터 씨는 클레오의 무릎을 토닥였다. "괜찮을 거야. 그 미리엄이란 사람도 약이 안 오면 다시 주문하겠지."

"잘 모르겠어요, 아빠. 이건 아스피린 같은 약이 아니에요. 칼로텍시나 플로리네이스라는 약인데, 키스톤 드러그예요. 그러니까…."

"알겠다. 중요한 약이란 거겠지. 그러니 네가 방법을 찾을 수 있을 거야. 장담해. 더 도와주고 싶은데 나도 나름대로 해결할 문제가 있어서 말이다. 이를테면 이 계약서 작성도 이미 일주일이나 늦었어."

클레오는 고개를 끄덕였지만, 그래도 뭔가 개운치 않았다. 클레오는 손가락으로 어깨를 문질러 봤다. 지금 깔고 앉은 책상처럼 딱딱했다. 레벨 1 외과 위원회 시험을 생각할 때도, 곧 있을 시험의 무게가 고스란히 느껴져도, 승모근이 이렇게 심하게 뭉친 적은 없었다. 눈을 감은 채 목의 긴장을 풀고, 무용 수업 비디오에 나온 대로 척추를 바로잡는 자세를 취해 봤지만, 등의 위쪽 근육이 편안하게 가라앉는 상상 대신 끔찍한 광경만 떠올랐다. 어떤 할머니가 바닥에 누워 괴로워하며 몸을 떠는 모습. 그런 할머니 위로 활짝 웃고 있는 드론 운송사 남자가 슬며시 나타나 쩌렁쩌렁 울리는 목소리로 말했다. "무엇을 도와드릴까요? 무엇을 도와드릴까요? 무엇을 도와…."

"자, 이제 네 차례야, 클레오. 시뮬레이터에 올라가 봐."

클레오는 머리를 세차게 흔들어 머릿속 이미지를 떨쳐 내고는 위쪽을 올려다봤다. 거대한 상자처럼 생긴 시뮬레이터 겉면은 전선, 냉각 튜브, 컨트롤 패널 들로 뒤덮여 있었다. 안쪽은 단순히 들판 한가운데를 재현해 놓은 것 같았다. 하늘은 맑고, 멀리서 몇 그루의 나무가 흔들리고, 풀잎을 간지럽히는 바람 소리가 들렸다.

"카운터의 갈색 패치 보여?" 포터 씨가 물었다.

갈색 패치를 보니, 아빠의 사무실에 들어왔을 때 아빠가 가지고 놀던 패치와 같았다. 아빠를 자주 도와 준 적 있는 클레오는 가르쳐주지 않아도 건조하고 까슬까슬한 질감의 풀잎을 알아서 만져 봤다. 하나를 구부려 둘로 쪼개려니까, 안 익은 국수처럼 부러질 줄 알았던 것이 부드럽게 접히며 접힌 부위에 살짝 금만 갔다. 손바닥을 펴 풀잎 하나하나가 손바닥을 찌를 수 있게 눌렀다. 이렇게 몇 분 정도 해 보더니 클레오가 말했다. "됐어요, 아빠."

"좋아. 들어가 봐."

시뮬레이터 입구는 아치형이었다. 보통은 지퍼로 여닫는 플라스틱 커튼으로 밀봉되지만, 아빠가 커튼을 핀으로 고정해 놓은 상태여서 곧장 들어갈 수 있었다. 안에 들어가니 순식간에 모든 게 달라졌다. 들어가기 전엔 좀 추웠지만, 인공 햇빛이 뺨과 팔에 내리쬐어 쾌적하고 따스했다. 파이프로 들어오는 미풍이 소용돌 이쳐 구불거리는 머리칼이 얼굴을 간질이자, 클레오는 주머니에 서 고무줄을 꺼낸 뒤 머리카락을 뒤로 당겨 모아 포니테일 스타 일로 느슨하게 묶었다.

"풀잎 느낌 어때?" 바로 밖에서 아빠가 외쳤다. 당연히 클레 오는 아빠가 보이지 않았다. 클레오가 안으로 들어간 다음, 아빠 가 커튼 지퍼를 닫자마자 시뮬레이터가 커튼 벽에까지 뭔가 쓸 수 있다고 인식하여 들판의 3차원 이미지를 확장해 그 벽까지 덮 어서였다. 클레오는 마치 자신이 어느 화창한 오후의 광활한 벌 판 위에 서 있는 것 같았다. 클레오는 숨을 깊게 들이쉬고 내쉬었 다. 풀 냄새까지 났다.

"시원해요. 상쾌해요. 부드러워요." 클레오는 발가락을 꼼지 락거리며 답했다. "정말 좋은데요, 아빠, 근데 그 약 말이에요…."

"잠깐, 클레오. 지금 그건 보통 프로그램이야. 하지만 오늘 은 마른 풀을 시험할 거야. 축구 시뮬레이션용 신제품인데, 선수 들에게 다양한 경기장을 경험시켜 주고 싶다더구나. 장면을 10월 말로 전환할 테니 기다려 봐."

장면이 전환될 때는 늘 어지러워서, 클레오는 눈을 감았다. 맨 먼저 바람이 변한 게 느껴졌다. 바람의 방향이 바뀌더니 팔에 닭살이 돋을 만큼 차가워졌다. 시뮬레이터에 있을 땀투성이 축구 선수들에겐 기분 좋을 것 같았다. 햇빛도 달라져서, 눈을 감고 있 어도 햇빛이 한 단계 어두워졌단 걸 알 수 있었다. 하지만 가장 많이 변한 건 발아래였다. 조금 전엔 시원하고 상쾌했던 풀이 이젠 불편하게 느껴질 정도로 깔끄러웠다.

"눈 떠 봐." 아빠의 말이 들리자마자 클레오는 눈을 떴다.

나무들은 그 자리 그대로였지만, 빨갛고 노랗게 타오르고 있었다. 하늘에는 태양이 낮게 떠 있었다. 클레오는 본능적으로 양팔로 몸을 감싸고 아래쪽을 보았다. 잔디는 훨씬 짧게 듬성듬성 자라 있었고, 전부 갈색이었다.

"지금은 느낌이 어때?"

클레오는 한쪽 발을 조심조심 앞으로 내밀었다. 발아래에서 무게에 민감한 시뮬레이터 판들이 클레오의 동작을 읽고, 피부와 바닥 사이 공간을 채울 정전기를 생산했다. 이 아이디어는 클레오의 아빠가 잘 깎은 싱싱한 잔디로 완벽하게 구현했던 건데, 정전기가 적절한 강도와 정해진 패턴대로 조작돼, 카운터에서 만져 본 마른 풀잎과 똑같은 느낌이 나도록 하는 것이었다.

"아직은 좀 솜털 같아요." 클레오는 말했다. 좀 더 확실히 확인하기 위해 무릎을 꿇고 풀 위쪽을 손으로 쓸어 봤다. 비주얼 수용기가 적절히 움직임을 포착해, 손가락으로 만진 풀잎이 손가락 밑에서 구부러지는 것 같았다. '뭔가'를 만지는 느낌은 들었지만 덜 까슬까슬했고, 풀잎 하나하나의 윤곽이 그다지 뾰족하게 잡히진 못했다.

"응? 솜털 같다고?" 포터 씨는 웅얼거리며 커튼의 지퍼를 열었다. 그러자 포터 씨의 빛나는 머리가 하늘에서 솟아나듯 갑자기 튀어나왔다.

"미안, 겁주려던 건 아니다!"

"괜찮아요. 그런데 조금은 부드럽고 잘 퍼져 있어요. 이제 그 약 얘기를…."

아빠는 손가락을 들어 클레오의 말을 잘랐다. 클레오가 초조하게 서성이는 동안, 포터 씨는 무릎을 꿇고 센서 보드에다 손을 움직여 봤다. 그러고는 인상을 찌푸렸다.

"음, 정말 솜털 같네. 패턴 옵티마이저 포커스를 재조정하고, 당장은 부피를 좀 줄여야겠다. 샘플도 새로 필요하겠군. 지금 있는 건 금방 시들 테니."

"그냥 밖에 가서 가져오면 되잖아요?"

클레오의 말에 포터 씨가 코웃음을 쳤다. "대단히 고맙지만 사양하겠다! 고작 따끔거리는 풀 한 상자 얻자고 인플루엔자 D에 걸리는 건 사절이다."

"하지만 몇 년 동안 아무도 걸린 적 없는데요!"

"이 안에서나 그렇지, 클레오." 포터 씨는 손으로 클레오 머리를 헝클었다. 클레오는 그런 아빠의 손을 찰싹 때렸다.

"아야야!"

클레오는 움찔 놀랐다. "죄송해요, 아빠. 그러려던 게 아니라…."

포터 씨는 고개를 저었다. "아니다. 이해해. 이 약 문제로 몹시 흥분한 모양이로구나."

클레오는 고개를 끄덕했다.

"음, 있잖아, 생각해 보니 잠깐은 짬을 낼 수 있겠다. 나가서 이 미리엄 웬디모어 아디사란 숙녀분께 전화해 보마."

클레오는 숨을 깊게 들이쉬었다. "고마워요."

"다른 건 더 필요 없고?"

"지금 이 시뮬레이터를 안 쓰실 거면 여기서 친구 좀 만나도 돼요?"

"시험은?"

"오늘 아침에도 네 시간 공부했고, 자기 전에 베인 선생님이 더블 퀴즈를 내 준댔어요."

"그 정도로 충분하다고 생각해?"

클레오는 한숨을 쉬었다. "아니겠지만, 그 이상한 택배 때문에 머리가 뒤죽박죽이에요. 그냥 테사랑 인사만 좀 하고 올게요."

포터 씨는 고개를 끄덕였다. "좋다. 10분 만이야, 클레오, 그 다음엔 내가 써야 하니까."

"알겠어요!"

"간식 먹을 건데. 뭐 갖다 줄까?"

"괜찮아요. 사과 하나 먹었어요."

커튼 지퍼를 도로 닫으며 아빠가 말했다. "거실 바닥에 버려져 있지만, 나는 아마도 볼 수 없는 그 사과 속? 알겠다."

클레오는 얼굴이 빨개졌다. "자세히 봐야만 보여요…."

포터 씨는 뭐라고 또 중얼거렸고, 그다음 문 닫히는 소리가 났다. 클레오는 혼자 남았다.

하지만 혼자 그리 오래 있진 않았다.

6장

"시뮬레이션 종료." 클레오가 명령하자 들판이 사라졌다. 바람도 멈추었다. 발아래에선 매끄러운 플라스틱 느낌만 전해졌고, 시원한 가을은 아파트의 정적으로 바뀌었다. 클레오는 몸이 조금 떨렸다.

"테사 프린스를 찾아 줘."

소파 위로 나타났던 것과 비슷한 까만 창이 클레오 앞에 있는 벽에 탁 하고 켜졌다. 친구 목록에 나타난 정보에 따르면 테사는 '고양이 훈련사' 게임 중이었다. 클레오는 부러워서 투덜거렸다. 자기도 시뮬레이터 애완동물을 데리고 놀 시간이 있으면 좋겠다고 생각했다.

"테사 호출해 줘."

잠시 후 이런 메시지가 나왔다.

테사가 그린에서 만나자고 요청했습니다.

클레오는 눈을 꼭 감았다. "요청 수락해."

왕왕대며 시뮬레이터가 켜지자, 그 즉시 피부에 다시 한 번 햇볕이 느껴졌다. 아빠가 프로그래밍했다는 걸 클레오가 자랑스러워하는 싱그러운 초록 잔디가 발아래에 돋아난 느낌이 들었고, 새들의 지저귐과 다른 애들의 말소리가 점차 주변을 메웠다. 팔 위쪽을 누군가 갑자기 누르는 느낌이 들자, 전환이 완료됐단 걸 알 수 있었다. 테사가 쿡 찌른 것이었다.

"클레오 포터! 시험을 5일 남긴 상황에 시뮬레이터라니⋯. 한 달은 더 못 볼 줄 알았더니!" 테사가 외쳤다. 클레오보다 키가 큰 테사는 클레오가 본 중에 가장 잘 발달된 종아리 근육을 자랑스럽게 드러내고 풀밭에 앉아 땅을 토닥였다. 클레오는 손을 뻗어 테사의 삐죽삐죽한 금발을 만져 봤다. 아빠의 시뮬레이션보다도 갈색 풀에 더 가까운 느낌이었다.

"이런 건 처음 보네." 클레오가 친구 옆에 앉으며 말했다.

"몇 주 만에 그린에 오면, 많은 게 달라져 있는 법이지."

클레오는 고개를 끄덕였다. "최근에 외과의 과정을 밟고 있는 다른 애들 본 적 있어?"

테사는 고개를 젓고 손을 흔들어 근처에서 윙윙대는 파리를 쫓았다. "곤충 중지!" 테사가 버럭 소리치자 파리가 사라지고, 낮게 우는 매미 소리도 사라졌다. "아니, 한동안 못 봤는데. 네가 처음이야. 그나저나 넌 쉬는 거야?"

클레오는 어깨를 으쓱했다. "그런 셈이야. 아빠가 간식 드시는 십 분 동안은 시뮬레이터를 써도 된다고 하셨어."

"그럼 빨리 죄다 말해 봐!" 테사가 몸을 숙이며 속삭였다. "요새 너희 엄마 수술 중 가장 소름 끼치는 건 뭐였어? 수술 장면 찍은 건 본 적 있어?"

"그건 나중에, 테사. 물어볼 게 있어."

테사는 입을 삐죽거렸다.

"심각한 일이고, 수술보다 더 이상한 일이야."

"종양 속에 치아가 있던 그 아줌마보다 이상해?"

"그건 기형종이라는 거야. 실은 우리 아파트에 택배가 왔는데, 우리 물건이 아냐."

"야, 그 가상의 입 닫아라!" 헉하고 놀라며 테사가 말했다.

"진짜야!"

"그런 일은 일어나지 않게 돼 있다고!"

클레오는 팔짱을 꼈다.

"이미 여러 사람이 말해 줬을 텐데." 테사는 두 손을 들고 말했다.

"드론 배송이 어떻게 작동하는지 아빠가 전부 알려 주셨어. 그림이랑 다 봤어."

"드론 운송사 고객 지원 메뉴에도 물어봤고?"

클레오는 움찔했다. "응, 그것도 해 봤어."

"그렇구나." 테사는 어깨를 한 번 으쓱하고, 발아래 정전기 풀 사이로 손가락을 집어넣어 매끄러운 시뮬레이터 바닥을 만져 봤다. "그것 말곤 할 수 있는 게 별로 없네. 공짠데 그냥 잘 쓰지 그래?"

"그럴 수가 없어. 약이야."

"우와." 테사가 일어나 앉았다.

"게다가 없으면 안 되는 약이야. 내가 보기에 이 미리엄 웬디 모어 아디사란 여자는, 내가 아무렇지도 않게 거실에 앉아 그 약을 가지고 노닥거리고, 시험공부 하는 동안에도 죽어 가고 있을 거라고."

"나는 일반 과정을 밟고 있어서 정말 다행이야. 열일곱 살까진 큰 시험도 없고, 죽느냐 사느냐 하는 문제를 담은 상자가 우리 집 튜브에 배송되는 일도 없고…."

마음이 불편한 클레오는 벌러덩 뒤로 누워 가짜 하늘을 올려다보았다. "정말 최악이야. 어떤 일에 빠져들면, 다른 데는 집중 못 하는 거."

"엄마는 뭐라서? 외과 의사시잖아."

양손을 뒤로 올려 넘겨 머리를 받치고 있는 자세로 클레오가 투덜거렸다. "'수술대에 있는 환자 먼저 돌봐야 한다!'"

"그래, 정답이네, 안 그래?" 테사가 말했다.

"엉?"

"너한테 그 여자 약이 있고. 너는 그 여자를 걱정하고. 내가 보기엔 그 미리엄…."

"웬디모어 아디사."

"그래! 그 사람은 바로 네 환자야!"

클레오는 콧방귀를 뀌었다. 테사는 입을 꾹 다물고 눈썹을 치켜 올린 채 클레오를 빤히 쳐다봤다. 클레오가 무시하는데도 테사는 꿈쩍도 하지 않았다. 클레오는 다시 어깨를 문지르며 똑바로 앉았다.

"좋아." 클레오는 결국 말했다. "내가 어떡하면 돼?"

테사는 숨을 내쉬고 어깨를 으쓱했다. "모르겠어. 하지만 뭔가 하긴 해야지. 안 그럼 넌 미쳐 버릴 테니까. 난 널 알아. 몇 년 전 같이 '드래곤 심 3' 했을 때 생각나? 그때 우리 첫 마을도 못 빠져나갔잖아. 드래곤 때문에 다친 마을 사람을 다 치료하겠다고 네가 한사코 우겨서 말이야."

"그때 난 힐러였고, 그 사람들은 의료적 도움이 필요했다고!"

"하지만 진짜 사람도 아니었고, 200명이나 됐다고!"

클레오는 입을 비죽거렸다. "정확히 219명. 전부 구한 게 아니라 거의 다 구한 거지."

테사는 또다시 두 손을 들었다. "내 말은, 넌 절대 이 문제를 그냥 못 놔둘 거라고. 끝장을 봐야 직성이 풀리는 애니까."

클레오는 고개를 끄덕였다. "맞아, 내가 좀 그렇지? 근데 어디서부터 시작하지?"

"모르겠어. '미리엄 나와라' 외친다고 나올 것도 아니고."

클레오는 미소를 짓다가, 불현듯 어떤 생각이 머리를 스치자 미소를 거두었다. 클레오는 문득 그린을 둘러보았다. 테사와 클레오처럼 거닐고 있거나, 여유롭게 누워 있거나, 책을 읽는 다른 학생들도 베인 데이터베이스에 접속한 것이었다. 클레오가 테사를 찾았듯, 베인 데이터베이스를 쓰는 사람은 누구든 온라인 상태 확인이 가능했다.

"테사, 미리엄 웬디모어 아디사가 학생이라면?"

테사는 숨을 헉 들이쉬었다. "오! 그래 맞아! 내가 해 볼게!"

클레오의 친구는 무릎을 꿇고 지평선을 가리켰다. 테사의 집게손가락은 투명한 벽에 닿은 것처럼 끝이 위로 구부러져 분홍색이 돼 있었다. 자기 집 시뮬레이터에서 진짜 벽을 터치하고 있단 건 알았지만, 직접 보고 있자니 이상한 광경이었다. 클레오가 지켜보는 가운데 테사는 그 손가락으로 직사각형을 그렸고, 그러자 클레오와 테사 두 사람의 그린 버전에 까만 메뉴 화면이 나타났다. 클레오가 황급히 테사 가까이 가는 바람에 둘이 접촉하여 정전기가 발생해 팔에 전율이 느껴졌지만 무시했다.

"미리엄 웬디모어 아디사를 찾아 줘." 테사가 신이 나서 말했다.

두 소녀는 눈을 크게 뜨고 화면을 보았다.

해당 이름의 사용자는 시스템에 없습니다.

클레오는 숨을 천천히 들이마셨다. "미리엄 웬디모어 아디사 마지막 온라인 접속."

해당 이름의 사용자가 로그인한 기록이 없습니다.

두 소녀는 뒤로 물러나 쪼그려 앉았다.

"이렇게….." 테사가 먼저 입을 열었다.

"해 보길 잘했어." 클레오가 이어서 말했다. "이제 어쩌지?"

테사는 계속 생각에 빠진 채 새끼손가락 끝을 깨물었다. 그러더니 갑자기 얼굴이 확 밝아졌다.

"뭔데?" 클레오가 물었다.

"드론 운송사랑 무슨 얘기 했는지 말해 봐."

"어휴, 꼭 그래야 돼?"

테사가 고개를 끄덕이자 클레오는 마지못해 이야기를 들려줬다.

"그래, 그 말이 맞는 것 같다." 테사가 말했다. "그 얘기 듣고 좋은 생각이 났어."

"내 마음에 들 만한 생각인 거지?"

테사는 장난스럽게 씩 웃었다.

"네가 거짓말을 해도 마음이 불편하지 않다면…."

7장

아빠의 사무실에서 나오며 클레오는 아빠 뺨에 입을 맞췄다. 아빠에게서는 복숭아 냄새가 났다.

"그 여자분에게 연락 못 했어. 미안하다, 클레오."

"괜찮아요, 아빠. 신경 써 주셔서 고마워요!"

"다시 공부에 집중한다는 뜻인가?"

"넵!" 클레오가 활기차게 대답했다.

아빠는 눈을 가늘게 뜨고 클레오를 보다가, 곧 껄껄 웃더니 어깨를 으쓱하고 사무실 문을 닫으려다 잠시 멈추었다. 그러고는 문틈으로 얼굴을 내밀고 이렇게 말했다. "말썽 너무 많이 부리진 말거라."

클레오는 휴우 하고 숨을 내쉬고, 이 모습을 테사가 못 본 걸 다행으로 여겼다. 만약 테사가 봤다면 클레오가 거짓말을 잘하는지 못하는지 다 들통 났을 테니까. 지금처럼 중요한 상황에도, 클레오는 다른 사람을 속이려고 하는 게 편치 않았다.

다행히도 클레오가 말을 걸어야 할 사람은 어쨌든 진짜 사람이 아니었다.

"드론 운송사입니다!" 아까 그 집배원 차림의 남자가 쾌활하게 말했다. "무엇을 도와드릴까요?"

"안녕하세요!" 클레오가 마른 침을 삼키고 말했다. "내 이름은, 음, 미리엄 웬디모어 아디사예요."

"안녕하세요, 미리엄 웬디모어 아디사 님!"

클레오는 초조한 듯 양손을 마구 비볐다. "네, 안녕하세요. 택배 관련 질문을 좀 하려고요."

"감사합니다, 미리엄 웬디모어 아디사 님. 택배에 대해 질문하고 싶으시군요. 어떤 정보를 알고 싶으세요? '택배 일정 잡아 주세요', '택배 배송 조회 해 주세요', '배송 내역 알려 주세요' 등과 같이 말씀하시면 됩니다."

"택배 배송 조회 해 주세요."

"좋아요! 412263에서 전화하셨군요. 어떤 배송에 대해 알고 싶…."

"음, 아뇨." 클레오가 불쑥 말했다. "그게, 잘못됐어요. 저는 미리엄 웬디모어 아디사예요. 412263에는 다른 사람이 살아요. 하지만 전 아니에요. 제대로 된 제 주소 좀 알려 주시겠어요?"

남자는 눈을 깜빡이고, 또다시 깜빡였다. 그래도 절대 미소는 멈추지 않았다.

"412263에서 전화하셨군요." 남자는 이번에도 같은 말을 반복했다.

클레오는 끙끙거리다 말했다. "택배 일정 잡아 주세요."

"알겠습니다! 무엇을 주문하시겠습니까? 메뉴를 보여 드릴 수도 있고, '재주문'이라고 하셔도 됩니다."

"재주문!" 클레오는 흥분감에 훅 숨을 들이쉬었다.

"좋습니다! 다음 중 다시 배송 받을 항목을 선택하세요."

남자 얼굴 옆으로 메뉴가 나왔다. 목록 맨 위에는 칼로텍시 나 플로리네이스가, 그다음에 식료품 주문 몇 건이 있었다.

"1번 아이템이요!"

남자는 여러 번 눈을 깜빡이더니 말했다. "죄송합니다. 그 제품은 이달 최대 주문 수량을 채우셨습니다. 다른 물건을 주문하시겠어요?"

"이런!" 클레오는 들릴 듯 말 듯 말했다.

"죄송합니다. 이번에는 그 제품을 제공해 드릴 수 없습니다. 다른 물건을 주문하시겠어요?"

배꼽을 잡고 웃을 테사가 떠올라 클레오는 얼굴이 빨개졌다. 하지만 그 광경은 금세 미리엄 웬디모어 아디사가 괴로워하는 장면으로 바뀌었고, 클레오는 몸을 떨었다. 눈가에도 눈물이 맺혀서 손목으로 가볍게 두드려 닦았다. 드론 운송사 남자는 클레오를 향해 활짝 미소 지었다.

"배송 이력." 클레오가 속삭였다.

"좋아요! 그건 도와드릴 수 있습니다. 배송 이력 조회합니다."

눈을 몇 번 깜빡이고 나서 남자의 얼굴은 완전히 사라지고, 그 자리는 미리엄 웬디모어 아디사의 지난달 주문 목록으로 채워졌다. 재주문 메뉴에서처럼 대개는 식료품이었다. 클레오가 볼 때 미리엄을 도와줄 방법은 없었다. 약을 다시 주문해서 미리엄 주소로 보내 줄 수도 없었다. 약을 주문할 수 있더라도 말이다. 클레오 아빠가 말한 대로, 뭘 주문하든 그것은 20분 후 클레오의 집 튜브로 도착하게 돼 있었다.

"이런 방법으로는 안 되겠어!" 클레오는 빙그르르 돌더니 소파로 털썩 쓰러졌다.

"죄송하지만, 그 아이템은 배송 이력에 없습니다."

"입 다물어!" 클레오는 소리 지르고 팔뚝으로 눈을 가렸다.

"죄송하지만, 그 아이템은 배송 이력에 없습니다. 이렇게 말씀해 보세요. '아몬드', 아니면 '셀러리', 아니면 '뜨개바늘'…."

"뜨개바늘 따위 필요 없다고!"

"알겠습니다! 뜨개바늘 말씀이시군요! 귀하가 주문하신 뜨개바늘은 631445로 5월 11일 오후 3시 24분에 배송되었습니다. 만족스럽게 배송되어 기쁩니다! 또 무엇을 도와드릴까요?"

클레오가 어찌나 재빨리 일어나 앉았는지, 포니테일 스타일로 묶은 머리채가 채찍처럼 얼굴로 넘어와 눈을 때렸다.

"잠깐, 다시 한 번 말씀해 주실래요?"

"네! 귀하가 주문하신…."

남자가 클레오의 명령을 기꺼이 따르는 사이, 클레오는 재빨리 스크롤을 찾았다. 딸깍하고 스크롤을 연 다음, 음성 ID 문구를 속삭이고, 그걸 드론 운송사 남자에게 갖다 댔다.

"베인 선생님, 녹음이요!"

베인 선생님은 클레오의 요구대로 충실히 이행했다.

8장

한 손엔 스크롤, 다른 손엔 약상자를 들고 클레오는 복도를 달려 침실로 간 다음, 숨을 몰아쉬며 문을 닫았다. 바닥에 미끄러지듯 앉은 클레오가 자신의 맥박을 재어 보니 분당 거의 100회였는데, 시뮬레이터에서 쉬지 않고 무용 수업을 들었을 때 세운 기록과도 맞먹었다. 맥박은 느려질 기미가 보이지 않았다.

원래 클레오의 방은 피난처였다. 이곳에서만큼은 시험 스트레스를 받지 않으려고 공부도 거실에서 했다. 물론 어디에 가 있든 시험 생각에서 벗어나긴 어려웠고, 2미터짜리 해골 모형이 방 구석에 떡하니 버티고 있어서 별 도움이 안 되기도 했지만, 그래도 감정을 표출할 공간을 이렇게나마 분리하면 그나마 밤에 편안하게 잠 잘 수 있었다. 그러나 지금은 부드러운 파란 이불도, 아빠가 굽도리 판자에 칠해 준 관목과 꽃도, 의자 등받이에 두른 실키 담요 그 어떤 것도 도움이 되지 않았다.

미리엄 웬디모어 아디사의 주소는 알아냈다.

하지만 그걸로 뭘 하면 좋을지 몰랐다.

"멍청한 인플루엔자 D." 클레오는 짜증이 났다.

천장만 보이는 상태로 바닥에 놓인 베인 선생님이 물었다.

"무슨 일이니, 클레오?"

"인플루엔자 D만 아니었으면 드론을 불러서 이 택배를 미리엄에게 보낼 수 있었을 거예요. 아무 문제없이 말이에요."

"인플루엔자 D가 없었다면 세상이 어떤 모습이었을지는 모르는 거야. 심박수 올라가는 걸 보니, 이 문제로 계속 이렇게 집착하다 건강 해칠까 걱정이다. 클레오."

"저도 어쩔 수가 없는걸요, 선생님! 그 생각밖에 안 나요. 그러니까, 인플루엔자 D 말고 택배요. 마치 제 머리에 드릴로 구멍을 뚫고 그 안에 알을 낳은 것 같아요!"

"참 끔찍한 기생동물 비유로구나. 잘했다!"

"고맙습니다." 클레오는 쌀쌀맞게 말했다. "그렇다고 해서 이 약을 제자리로 갖다 놓을 수 있는 건 아니잖아요."

"너에게 '대분리' 사건의 긍정적인 측면을 짚어 주면 도움이 될까? 사람들이 더 이상 여행을 다니지 않아서 화석 연료 사용이 급격히 감소했고, 8000만 헥타르에 이르던 황무지가 다시 식물로 뒤덮인 것으로 추정된단다. 기후 역시 안정되었고…."

"전부 잘된 일이네요, 선생님. 하지만 그 8000만 헥타르에 이르는 거리가 저하고 미리엄 웬디모어 아디사 사이에 생긴 것 같아요."

"그래, 이야기에서처럼 네가 직접 약을 갖다 주지 못해 안됐구나."

클레오는 베인 선생님을 그대로 바닥에 내려 둔 채 벌떡 일어나 침대로 뛰어들었다. 엎드려서 베개에 얼굴을 묻고 코끼리 엘리를 움켜쥐었다. 어둠 속에서 깨끗한 이불 냄새를 맡으며 시끄러운 머리를 잠재워 봤더니 그나마 조금은 도움이 됐다. 잠시 후 클레오는 고개를 들어 눈을 가늘게 뜨고, 바닥에 그대로 놓여 있는 스크롤에서 나오는 빛을 내려다봤다.

"무슨 이야기요?" 클레오가 물었다.

"그런 이야기는 많이 있다, 클레오. 물건을 배달하는 여정을 다룬 이야기는 이야기 그 자체만큼 오래됐어. 적이 곧 쳐들어온다고 온 도시에 경고하기 위해 수 킬로미터를 달려간 이야기도 있지. 용감한 영웅들은 잃은 것을 되찾기 위해 모든 위험을 감수하고 말이다. 반지를 화산까지 가져가고, 슬리퍼 주인을 찾아 주고, 달을 하늘에 도로 갖다 놓는 이야기도 있단다."

클레오는 베인 선생님의 이야기에 이끌려, 어려서 했던 것처럼 옆구리에 엘리를 끼고 미끄러지듯 바닥으로 내려왔다.

"그중 가장 유명한 이야기는 뭔데요?"

"그건 사람마다 의견이 다른데, 구전동화, 책, 시, 무대 작품, 시나리오를 통틀어 버전 개수가 가장 많은 건 바로 '빨간 모자'란다."

"그 이야기 해 주실래요?"

베인 선생님은 눈을 깜빡이더니, 다정하게 빙그레 웃었다. "이미 해 주었는데. 그것도 세 번이나. 하지만 네가 지금보다 훨씬 더 어렸을 때고, 늑대 나오는 부분을 들려주기도 전에 잠들곤 했지."

"늑대도 나와요?"

"아, 그래. 일부 버전에선 사람, 그러니까 강도나 뭐 그런 악당이 나오기도 한단다. 어느 버전에서는 달려들어 무는 거북이였

고. 하지만 내 파일에 있는 31만 2556가지 버전 중 92퍼센트에서
는 늑대가 등장하지.”

클레오는 다리를 꼬고, 스크롤을 무릎에 올린 다음 자리를
잡았다. “선생님 버전으로 얘기해 주실래요?”

베인 선생님은 고개를 끄덕였다. “그럼, 해 주고말고. 모든
스토리의 가장 공통적 요소만 추려 내 이야기를 만들 수도 있단
다. 물론 원래의 이야기가 주는 멋은 없겠지만. 영화 버전도 있는
데, 등장인물들이 다 랩을 해. 그게 좋다면 그걸로 봐도 돼.”

클레오는 미소 지었다. “그건 나중에요. 지금은 선생님 이야
기가 좋겠어요.”

“그러자꾸나.” 이렇게 말하고 베인 선생님은 책상 밑에 손을
넣어 잠시 뒤적거리더니 아름답고 두꺼운 책을 한 권 만들었다.
책을 책상에 올려놓을 때 그 무게 때문에 쿵 소리까지 났다. 진한
고동색 표지도 근사하고 책장은 황금색으로 빛났다. 책등에는
진하고 두꺼운 중세풍 서체로 이렇게 쓰여 있었다.

세상에서 가장 위험한 여행 이야기:
빨간 모자

“극적이네요, 선생님.” 클레오가 놀리듯 말했다.

“소책자가 나을까?”

클레오는 고개를 저었다. “아뇨, 이게 좋아요.”

“다행이구나.” 베인 선생님은 책 표지를 천천히 넘겼다. “이야
기니까 극적이어야지, 클레오.”

베인 선생님은 이중 초점 안경을 조절하고, 손가락에 침을 묻힌 다음 첫 장을 넘기며 이야기를 시작했다.

"옛날 옛적에 어린 소녀가 살았어. 소녀는 너보다 나이가 많지 않아. 커다란 숲 가장자리 작은 마을에 엄마하고 살고 있었지. 소녀의 이름은 빨간 모자였단다, 그런데…."

"잠깐만요. 그게 이름이에요?"

베인 선생님은 데이터를 참조했다. "응, 대개의 버전, 특히 20세기 이후 나온 버전에서는 빨간 모자라고 해. '레드'라고도 하고, '빨간 캡'이라고도 하지. 발레리, 세라, 등장인물과 잘 어울리는 루비라는 이름도 있지만, 대다수가 '빨간 모자'를 고수하고 있지."

클레오는 자기 옷을 미심쩍게 내려다봤다.

"그럼 저희 부모님은 제 이름을 미디엄 그레이 추리닝 바지라고 했겠네요."

"이제부터 그 이름으로 불러줄까?"

클레오는 움찔했다.

"싫다는 뜻으로 알겠다. 그럼 계속할까?"

"네, 선생님. 그리고 그 소녀는 '빨강'이라고 불러 주세요."

베인 선생님은 목청을 가다듬었다. "아까도 말했지만, 빨강은 엄마와 함께 살았단다. 빵을 구운 어느 날 아침, 빨강은 그 빵을 바구니에 담아 병든 할머니께 감사의 표시로 가져다드리고 싶어졌어. 할머니는 숲 한가운데에 살고 계셨지. 관심 있을 것 같아서 하는 말인데, 바구니에 약이 들어 있는 버전도 많단다."

"우와." 클레오는 알겠다는 듯이 중얼거리며 문 옆의 푸른색 구체들을 흘낏 보았다.

"빨강이 엄마는, 이름은 안 나오는데⋯."

"빨강이 엄마는 '발가락 꽈당 부루퉁 부인'이라고 해요."

"정말?"

클레오가 씨익 웃었다. "재밌잖아요."

베인 선생님은 안경 너머로 클레오를 쳐다봤다. "가만있어 봐라, 애야. '빨간 모자'는 문제가 되고, '발가락 꽈당'은 괜찮다고?"

"부루퉁요. 네, 품격 있다고 생각해요."

선생님은 입술을 깨물었다. "나중에 꼭 '품격'의 정의를 읽어 달라고 해라."

"그럴게요. 아무튼, 부루퉁 부인이 뭔가를 하려던 참이었잖아요."

"그래, 부루퉁 부인은 딸의 사려 깊은 마음에 감동하면서도 숲은 위험한 곳이라고 주의를 주었단다. '늑대 같은 짐승이 나타나 해칠지도 몰라. 길에서 많이 벗어나지 말고, 할머니 댁으로 곧장 가렴.' 빨강은 안전히 다녀오겠다며 엄마를 안심시키고 길을 떠났지."

"얼마 지나지 않아 숲 가장자리에 어둠이 깔리기 시작했고, 나무에 사냥꾼이 기대어 있었다. 그 사냥꾼도 부루퉁 부인이 충고한 말을 똑같이 해 주며, 자신이 이곳에 오던 길에 늑대 울음소리를 들었으니 특별히 조심하라고 빨강에게 주의를 주었어."

베인 선생님은 이야기를 잠시 멈추고 안경을 올렸다. "미리 말해 두고 싶은 게 있는데, 클레오, 이런 옛날이야기는 그것을 통해 알 수 있는 교훈을 고지식하게 강조하는 경향이 있단다."

"네, 이해했어요. 숲은 위험하다, 늑대는 무섭다, 조심해라."

"맞아, 바로 그거야. 빨강은 그래서 분명 조심했지. 적어도 진짜로 늑대를 만날 때까지는. 늑대는 교활하고, 매력 있었거든."

"늑대가 말도 했어요?"

"그래, 할머니께 꽃다발을 드리면 정말 좋아하실 거라며 늑대가 빨강을 꼬드겼지. 빨강이 어리석게도 한눈을 팔자, 늑대는 그 기회를 놓치지 않고 쏜살같이 할머니 집으로 달려갔어. 집으로 쳐들어간 늑대는 할머니를 잡아먹고 할머니 자리에 누웠지. 드디어 빨강이 할머니 집에 도착했는데, 이때 빨강을 맞이한 건 늑대였지. 할머니 잠옷을 입은 늑대."

클레오는 한쪽 눈썹을 올렸다. "그런데 빨강이 할아버지는 어디 있는데요? 빨강이 아빠는요?"

"내 데이터베이스에 저장된 버전의 99퍼센트에서 그린 인물은 안 나온단다."

"할머니가 아니란 걸 빨강은 못 알아봤고요?"

"당연히 알아봤지. 그걸 어떻게 모르겠니?"

베인 선생님이 책을 들어서 뒤집자, 페이지 맨 아래 그림이 확대되면서 전체 화면을 차지했다. 그 그림 속 빨간 모자 소녀는 패치워크로 퀼팅 한 침대보가 덮인 침대의 발치에 있었다. 이불을 머리끝까지 덮었어도, 앞쪽으로 삐죽 튀어나온 늑대 주둥이가 파란색 턱받이 아래로 똑똑히 보였다.

"바로 눈치챈 빨강이 미심쩍어하며, 늑대에게 눈과 귀가 왜 그러냐, 이빨이 왜 그러냐 물었지. 바로 그때, 늑대가 빨강을 통째로 삼켜 버렸단다."

"으휴!" 클레오는 말했다. "끔찍한 결말이네요!"

"끝이 아니란다, 클레오. 사람을 둘씩이나 잡아먹고 배가 잔뜩 부른 늑대는 만족스럽게 깊은 잠에 빠져들었지. 그런데 늑대 코 고는 소리를 듣고 사냥꾼이 몰래 들어와 늑대 배를 갈라 빨강과 할머니를 모두 꺼내 주었단다."

"살아 있었어요?"

"아주 말짱했지. 밖으로 나와서 늑대 배 속에 큰 돌을 가득 넣고 꿰매기까지 했으니 말이다. 늑대가 깨어나자….."

"그랬는데 늑대도 살아났어요?!"

"이야기니까, 클레오, 이야기니까 살아났지…. 하지만 그리 오래 살진 못했어. 늑대는 사냥꾼을 보고 도망치려 했지만, 배 속에 돌덩이가 가득해 몸이 무거운 나머지 금세 지쳤고, 집 밖으로 나가자 바로 기운이 다 빠져 죽었지. 그렇게 늑대 가죽으로 빨강이 입을 새 망토를 만들었고, 이야기들이 늘 그렇듯, 그 후로 그들은 행복하게 오래오래 살았단다."

"궁금한 게 너무 많아요." 클레오가 중얼거렸다.

"대답해 주마. 결국 이 이야기에서 하고 싶은 말은 낯선 사람과 숲을 조심하라고 어린이를 일깨워 주는 거지만."

"빨강은 그래도 약을 배달했네요. 그렇죠?"

베인 선생님은 고개를 끄덕였다. "그랬지, 맞아."

"할머니는 살았고요?"

"95퍼센트 이상의 버전에서 살아남았단다."

클레오는 양손을 머리 위에 올리고 천장을 바라보았다.

"행복하게 오래오래 살았다…."

"뭐가, 클레오?"

클레오는 눈을 감고 그 이야기를 상상해 봤다. 그러자 어떤 아이디어가 섬광처럼 떠올랐다. 몇 시간째 주변만 맴돌던 그 아이디어였다. 이제 그 아이디어가 머릿속으로 밀고 들어와서 클레오는 뉴런이 치직거리고 손이 바르르 떨리는 것을 느꼈다.

"어쩌면 교훈은 그게 아닐지도 몰라요." 클레오가 차분하게 말했다.

"그런 측면에선 아주 명백한 이야기다, 클레오. 늑대는 위험이 의인화된 것이고, 숲은 미지의 세계에 대한 상징이지."

"네." 클레오는 인정했다. "하지만 그럼에도 빨강은 결국 할머니 집에 가잖아요. 늑대에게 잡아먹히기까지 하지만, 약은 배달한다. 결말은 좋잖아요. 늑대와 숲을 피하라는 게 아니라, 어렵더라도 옳은 일을 하라는 게 교훈이면요?"

"클레오…."

"베인 선생님." 클레오는 칼로텍시나 플로리네이스가 든 상자 쪽으로 기어가더니 양손으로 그 상자를 들어 올려 꼭 끌어안았다. "이 약, 제가 배달할래요."

"하지만 클레오, 무슨 수로 배달을 하겠다는 거지?"

클레오는 자리에서 일어나 방을 구석구석 훑어보았다. 침대, 책상, 해골 모형, 코끼리 엘리가 눈에 들어왔다. 끝으로 클레오는 베인 선생님을 내려다보았다. 선생님은 고개를 살짝 옆으로 기울인 채 아무 말 없이 기다리고 있었다.

클레오는 다시 무릎을 꿇고 앉아 한숨을 쉬었다. "모르겠어요…."

9장

두 시간 뒤, 베인 선생님은 여러 가지 계획으로 생각이 많은 표정을 짓고 있었다. 선생님은 친절하게도 클레오가 작업할 공간을 기꺼이 내줬는데, 그렇게 해서라도 클레오가 긋는 선마다 살펴보면서 고쳐 주고, 주의를 주기 위해서였다. 가장 마지막으로 생각 난 아이디어가 스크린을 전부 차지하고 있었는데, 닥터 포터에게 최면을 걸어 수술 드론 패스워드 알아내기, 클레오 아파트로 드론 하나 주문하기, 그 드론에 꾸러미를 묶어 튜브에서 날려 목적지로 보내기였다. 베인 선생님은 이런 클레오의 창의력은 칭찬하면서도, 꾸러미를 나르기에 수술용 드론은 너무 작을 거란 것, 배송 여정을 무사히 마칠 만큼 드론 배터리가 충분할지 알 수 없다는 것, 미리엄 웬디모어 아디사의 아파트에 드론이 도착해도 미리엄 코드 없이 들어갈 방법은 없다는 것, 클레오가 최면 거는 법을 알아낼 길도 없다는 것을 지적했고, 클레오는 그 계획들에 전부 가위표를 했다. 그런데, 클레오가 계획들 중 포기할 수 없었던 단 하나는 '자기가 직접 약을 갖다 주는 것'이었다.

이 아이디어는 꽃이 꿀벌을 유인하듯 많은 질문을 하게 만들었다.

"저 어떻게 나가죠?" 클레오는 큰 소리로 물었다. "만약 나가게 되더라도 어떻게 미리엄을 찾죠? 뭘 챙겨 가죠? 여행이 길어지면 어떡하죠? 길 잃으면 어떡하죠? 집에는 어떻게 돌아오죠? 밖은 어떤 곳이에요? 시험 못 보게 되면 어쩌죠?"

베인 선생님이 대답을 하려고 입을 열 때마다 클레오는 새로운 질문을 퍼부어 댔다. 결국 선생님은 한숨을 크게 내쉬고 클레오의 말을 잘랐다.

"어쩌면 지금 이대로 그냥 있는 게…."

"그냥 둔다고 되는 게 아니라고요!" 클레오는 소리를 질렀다. 생각지 않게 목소리가 크게 나와, 클레오는 손으로 자신의 입을 틀어막았다. 입술에 닿은 손은 차갑고 덜덜 떨리고 있었다. "죄송해요, 선생님. 소리를 지르려던 건 아니었어요. 하지만 미리엄 웬디모어 아디사는 '잘 지내지' 못할 거예요. 죽을지도 몰라요. 아니, 아마 죽을 거예요. 이 약이 없으면요."

"그건 모르는 일이야, 클레오."

"아닐 거란 것도 모르는 일이죠. 모른다는 것, 그 점이 가장 끔찍해요."

정말 그랬다. 알 수가 없으므로 마음을 진정시킬 수도 없었다. 눈 감을 때마다 새로운 상황들이 떠올랐고, 장면 속 상황은 점점 더 위급해져 갔다. 클레오는 소름이 끼치고, 머리가 핑 돌고, 크게 숨을 들이쉬기가 어려웠다. 땀까지 나기 시작하면서, 이마에 땀방울이 맺혔다.

"심란해 보이는구나, 클레오. 잠시 쉴까? 여섯 시가 거의 다

됐네. 곧 저녁 먹을 시간이야. 점심도 걸렀잖아."

"저도 쉬려고 해 봤지만 뇌가 쉴 생각을 안 해요."

"그게 바로 공감이야. 네가 공감 능력이 뛰어난 건 예전부터 알았다. 너희 아빠 잔디에 있던 죽은 벌레를 보고, 심폐소생술을 해 준 것 기억하니?"

"그땐 일곱 살이었으니까요."

"여덟 살이었지. 그게 바로 네가 공감 능력이 뛰어나다는 증거야. 그 다섯 마리의 벌레들 심장을 동시에 펌핑했다니까. 심장 하나에 손가락 하나씩 대고 말이지."

"그럼 저에게 공감하지 말라는 말씀이세요?"

베인 선생님은 고개를 젓고 잔뜩 써 놓은 화면을 최소화했다. "아니, 클레오. 조심하라는 말이야."

의자에 걸쳐 놓은 실키 담요의 끝자락을 손가락으로 만지작거리며 클레오는 걱정스럽게 말했다. "그게 문제예요. 뭘 조심해야 하는지조차 모르는 거."

"좋아, 그럼 알고 있는 건 뭐지?"

클레오는 담요를 머리에 뒤집어썼다. 담요의 무게에 마음이 편안해졌다.

"미리엄에게 갈 방법이 있다는 건 알아요."

"어떻게 알아?"

"드론이요. 드론은 밖을 돌아다니잖아요. 그건 곧 밖에는 제가 움직일 공간도 있다는 거죠."

"그것 말고는?"

"제가 최초는 아닐 거예요." 클레오는 몸서리치며 잠시 말을 멈췄다. "밖에 나가 본 사람이요."

"당연하지."

"그렇죠? 그러니까, 한참 전에 우리가 여길 지은 거잖아요. 아파트 안으로 들어오기 전에 사람들은 밖에 있었으니까요."

클레오가 이렇게 말하자, 베인 선생님은 화면 구석에 기호를 붙여 가며 사실 목록을 작성했다.

"그리고 미리엄의 아파트가 여기서 아주 멀진 않을 거예요. 건물에서 나가면 바깥세상이 있는 거잖아요, 맞죠? 식물들이 자라고, 비가 오고, 사람들이 진짜로 축구를 하던 곳이요. 경계가 있는 거죠. 무슨 말씀이냐면요, 우리 건물이 커 봐야 얼마나 크겠냐고요."

베인 선생님이 눈을 깜빡거렸다. "대분리 때, 주거 구조물 300채가 일정한 거리를 두고 지어졌지. 각 구조물은 6층으로 돼 있고. 층들은 여섯 블록으로 나뉘어 있는데, 그게 또 여섯 구역으로 더 나뉘어 있지. 이 여섯 구역도 각각 216유닛으로 이뤄져 있어."

"많은 사람이 살 수 있는 공간이네요."

"5500만이 넘는 사람들이 미국 대륙 전역에 살고 있는데, 인플루엔자 D 발병 이전 북아메리카에 살던 인구에 비하면 적은 수야. 하지만 살아남은 비감염자들로 그 안을 채우고도 공간은 많이 남았다. 내 데이터베이스에 있는 최신 기사에 따르면, 각 구조물 안에는 사람이 거주하지 않는 유닛도 상당히 많단다."

"우리 구조물 안에는 유닛이 총 몇 개 있는지 계산해 주세요."

베인 선생님은 즉각 답했다. "각 구조물엔 4만 6656개의 유닛이 있단다."

"우와." 클레오가 속삭였다. 담요가 클레오의 머리에서 미끄러져 내려 바닥에 폭신한 웅덩이 모양을 만들었다.

"그리고 각 유닛은 130제곱미터. 거기다가 드론들이 움직이고 유지, 관리할 여유 공간들을 합하면…."

"이곳은 참 거대하네요."

베인 선생님은 고개를 끄덕였다. "상대적으로 말해, 그렇지."

클레오는 숨을 내쉬며, 몸에 느껴지는 오싹함을 떨쳐 내려는 듯 팔을 털었다. "하지만…." 클레오는 혼잣말처럼 베인 선생님에게 말했다. "그런 건 걱정할 필요 없어요. 아직 아파트에서 다른 아파트로 가는 방법도 모르는걸요."

베인 선생님은 미안하다는 듯 양손을 들어 올렸다. "그에 관해선 내게 데이터가 없구나. 온라인에서 어린이를 수천 명 가르쳤지만, 솔직히 말하면 아파트에서 나갈 생각을 한 건 네가 처음이다. 나는 네가 탈출 실행 계획을 묻기에 적합한 대상은 아니란다."

클레오가 막 대답하려는데, 문 두드리는 소리가 났다.

"저녁 먹자!" 아빠였다.

클레오는 눈을 가늘게 뜨고 스크롤을 집어 베인 선생님을 내려다보았다.

"그걸 여쭤 보기에 선생님이 적합한 대상은 아닐지 몰라도…." 클레오는 말했다. "누구에게 물어봐야 할지는 알 것 같아요."

아빠가 브로콜리 접시를 막 건네려는데, 클레오가 물었다.

"아빠는 어디서 오셨어요?"

포터 씨는 눈이 휘둥그레져서 말을 더듬기 시작했다.

"다 삼키고 말해요, 여보." 엄마가 말했다.

아빠는 초록색 브로콜리 조각들과 씨름하다 겨우 삼키고 가슴을 주먹으로 몇 번 쾅쾅 쳐 가까스로 진정했다.

"음, 클레오, 그 질문은 엄마한테 하는 게 낫지. 엄마는 외과 의사니까, 결국…."

클레오는 눈알을 굴리고 포크를 내려놓았다. "아뇨, 아빠. 사람이 사람을 재생산하는 시스템은 저도 이미 알아요. 그러니까, 아빠가 여기로 어떻게 오셨냐고요. 이 아파트, 이 안으로요. 우리 집 거실에서 태어나신 건 아니잖아요."

포터 씨의 얼굴이 점차 혈색을 되찾았다. "오, 오! 그래, 클레오. 맞아. 너처럼, 나도 우리 엄마 아빠랑 살았어."

"언제까지요?"

남편의 손을 잡으며 엄마가 나섰다. "네 아빠가 밍글에서 날 만날 때까지."

클레오의 입가에 미소가 떠올랐다. "밍글이요?"

"가상 만남의 장소. 열여덟 살이 되기 전까지 갈 수 없는 곳이야."

"스물한 살." 아빠가 정정했다.

"그래, 아빠 말씀처럼 서른다섯 살은 돼야 갈 수 있지."

"그게 낫다, 여보."

"어휴." 클레오는 짜증을 냈다. "아무튼요."

"그래, 아무튼 우린 만나서 사랑에 빠졌고, 결국 공동 주거

신청을 했지. 승인 나는 데 1년이 걸렸어."

포터 씨가 남은 손으로 탁자를 쳤다. "맙소사, 여보, 그때 받았던 건강 검진 기억나?"

"검진! 너무 많았죠!" 닥터 포터도 동의했다. "수십 년 동안 인플루엔자 D 발병은 보고된 적 없는데, 6개월 동안 매주 혈액 검사를 한 결과를 제출해야 했어."

"네 엄마랑 함께 살기 위해서라면 꼭 해야 할 일인데, 그럴 가치가 있었지."

닥터 포터는 남편을 바라보며 속눈썹을 깜빡였다. "당신은 나랑 사는 거니까, 그럴 가치가 있었지요!"

클레오는 민망했다. 클레오는 군이 그렇게까지 할 가치는 없다는 기분이 들기 시작했다. "알았어요. 그래서 검진 통과하고, 그다음은요.?"

포터 씨는 물을 한 모금 마시고 콧수염에 묻은 물을 훑었다. "여기로 이송됐어."

"평생 그렇게 떨렸던 적은 없었단다." 닥터 포터는 인정한다는 듯 말했다. "몇 년을 알고 지냈어도, 실제로 네 아빠를 만나본 건 그때가 처음이었으니까."

클레오는 포크를 내려놓았다. "여기로 이송됐던 때의 얘기로 돌아가 주실래요?"

닥터 포터는 미소를 지었다 "그래, 그때가 재밌었지."

포터 씨도 빙그레 웃었다. "재밌는 부분 중 하나였지."

포터 씨의 아내는 눈총을 주었다. "그래, 우린 이송됐어. 전에 살던 아파트로 드론이 멸균 포드를 가져왔지. 들어가서 포드를 완전히 닫고 음악을 들으면서 여기로 날아왔다. 오염될 위험은 없었지."

클레오가 코에 주름을 잡으며 물었다. "튜브를 통과해서요?"

닥터 포터가 미소 지었다. "네 아빠가 저길 통과했다니, 상상이 가니?"

"이리 와 봐, 클레오." 포터 씨는 테이블을 밀며 일어나, 부엌을 가로질러 튜브로 갔다. 클레오도 따라갔다. "이거 보이지?"

포터 씨는 튜브와 벽의 결합 부위를 손가락으로 훑으며, 그 자리에 잘 보이지 않는 타원이 있다는 걸 알려 주었는데, 그건 튜브 유리와 그보다 더 견고한 벽 재질 사이의 이음매였다. "이 부분이 우리 튜브가 설치된 곳이야. 하지만 튜브가 생기기 전엔 그냥 구멍만 있었어. 시스템에 전원이 공급되고, 온도 조절이 되고, 살균 밀봉재를 입혀 우리 아파트가 활성화되고 나서 가장 마지막으로 문이 닫힌 부분이 바로 여기야. 우리가 탄 포드를 안에 들이고, 튜브를 설치하고, 그렇게 마무리된 거란다."

클레오는 튜브를 응시했다. 그러자 목 뒤의 털이 쭈뼛 섰다. 벽에 붙은 그 덧문 달린 구멍으로 물건이 들어오는 게 신기했고, 또 한편으로는 신이 나서 수백 번도 넘게 봐 왔었다. 하지만 그것을 통해 바깥으로 나갈 방법은 한 번도 생각해 본 적이 없었다.

적어도, 지금까지는.

아빠가 클레오의 어깨를 잡는 바람에 생각이 끊겼다. 계속 긴장하고 있던 클레오는 소스라치게 놀랐다.

"그건 그렇고 왜 이리 호기심이 많은 거야?" 아빠가 물었다.

클레오는 이를 앙다물고 흘러내린 곱슬머리 사이로 아빠를 올려다보았다. 클레오가 불편해하는 걸 느낀 아빠는 클레오를 쿡 찔렀다. "우리 클레오, 그린에서 누굴 만난 거야? 그러려고 오늘 오후에 공부를 10분 쉰 거야?"

클레오는 양손으로 주먹을 너무 세게 쥐어 손톱이 손바닥을 파고들었다.

"아뇨!" 클레오는 씩씩거렸다. "정말이에요, 아빠. 아니에요!"

그렇게까지 반박할 필요는 없었다.

"여보." 엄마가 나무랐다. "클레오를 시뮬레이션에 보냈어요? 시험에 열중해야 하는 거 알면서." 엄마는 클레오를 향해 브로콜리를 찍은 포크를 흔들어 댔다. "그리고 넌 딴짓할 시간이 어디 있니? 시험 얼마 남지도 않았는데."

"알아요, 엄마. 걱정 마세요. 정말로 그 생각만 하고 있다고요." 클레오는 대답했다.

이번에도 거짓말이 아니다.

"그래서 오늘은 뭘 공부했니?" 포터 씨가 고구마를 다 먹고 나서 물었다.

클레오는 음식을 포크로 퍽퍽 찔렀다. "두개골 봉합, 관절과 신장의 관절낭액 배수량, 뇌수종…."

닥터 포터가 눈을 가늘게 떴다. "뇌 붓는 거?"

"네, 우리집으로 배달된 택배로 받은 약이…."

"오, 그래!" 포터 씨가 외쳤다. "그거 어떻게 됐니? 뭐 좀 알아냈어?"

"조금요." 클레오는 자세를 고쳐 앉았다.

"이를테면?"

클레오는 앞으로 몸을 숙였다. 브로콜리를 한 입 더 먹고 난 클레오는 그 약이 어떻게 작용하는지, 어떤 증상에 쓰는지, 환자의 생존에 얼마나 중요한지, 약에 대해 베인 선생님과 공부한 내용을 부모님 앞에서 모두 이야기하기 시작했다. 클레오는 팔을 마구 흔들며, 의자를 들썩이고, 포크로 접시 위에 칼로텍시나 클로리네이스의 화학 구조까지 그렸다. 말을 마친 클레오는 숨이 가빴고, 음식은 이상하게 으깨진 샐러드처럼 뒤죽박죽 상태가 됐다. 부모님도 어두운 표정이겠거니 하고 클레오는 고개를 들었다. 하지만 엄마는 손뼉을 치고 있었고, 아빠는 눈을 반짝이고 있어 클레오는 근심만 더 깊어졌다.

"굉장한 걸 많이도 알아냈네, 클레오!" 엄마가 말했다.

"하지만 그런 사실을 알아도 그 약을 원래의 주인에게로 보내진 못해요!" 클레오는 탄식했다.

"그래도 그만큼 배웠잖아. 그걸 생각해."

"배운 걸 생각하는 것 따위는 별로 신경 쓰고 싶지 않아요. 미리엄을 돕고 싶다고요!" 클레오가 포크를 너무 세게 내리꽂는 바람에 그만 식탁보에 고구마가 잔뜩 튀었다.

"클레오!" 엄마가 외쳤다.

"진정해, 클레오." 아빠도 덧붙였다.

"그렇게는 못해요! 우리가 여기 앉아 저녁 먹는 동안, 미리엄 웬디모어 아디사는 죽어 가고 있다고요. 그런데 엄마 아빠는 그래도 괜찮다는 거잖아요!"

클레오가 코를 벌름대며 엄마 아빠를 노려보자, 닥터 포터와 그녀의 남편은 한동안 서로 마주보았다. 그런 다음 엄마가 클레오의 손을 잡았다. 클레오가 손을 빼려 했지만, 엄마는 손을 꽉 잡았다.

"클레오, 얘기 좀 할까? 외과의 대 외과의로."

클레오는 화가 나 눈물까지 글썽였지만, 눈을 몇 번 깜빡이고 고개를 끄덕였다.

"지금 그 감정? 우리가 이 일을 하면서 겪어야 할 가장 힘든 부분이야. 모두를 구할 수는 없다는 자각."

"하지만 미리엄⋯."

"우리 힘으로는 어쩔 수 없는 일도 있는 거야. 그 일로 가슴이 아프기도 하지. 그렇다고 눈앞에 있는 일에 집중 못 하고, 당장 해야 할 일을 소홀히 하면 안 돼. 엄마에게는 환자. 아빠에게는 프로그램. 너에게는 시험."

"할 수 있는 게 정말 하나도 없어요?"

"네가 한 대로, 이런 순간은 그저 잘 이용하면 되는 거야. 공부하렴. 성장할 수 있는 기회가 주어졌음에 감사하면서. 이런 좌절감을 통해서도 배우고, 나중에 다른 환자를 살릴 수 있도록 말이야."

클레오는 엄마의 손을 뿌리치고 벌떡 일어났다. "그것만으로는 안 돼요!"

닥터 포터는 손바닥으로 식탁을 가만히 눌렀다. "그렇게 할 수밖에 없어, 클레오."

되받아치려고 입을 열었다가, 엄마의 표정이 너무 어두운 걸 알아챈 클레오는 순간 말문이 막혔다. 대신, 돌아서서 식탁을 뒤로하고 쿵쿵 부엌을 나갔다. 아빠가 헉하는 소리, 엄마가 엄하게 부르는 소리를 무시하고, 클레오는 복도를 뛰어서 방으로 들어가, 문을 쾅 닫았다. 그런 다음 침대로 뛰어들어 베게 밑에 머리를 묻고 고래고래 소리를 질렀다. 아무리 크게 소리 질러도, 귓가에 맴도는 엄마의 말을 덮을 순 없었다.

'할 수 있는 일은 없어, 이럴 때 배워.

우리 힘으로는 미리엄을 도울 수 없어.

우리 힘으로 안 돼.'

"아냐!" 클레오는 이를 악물고 머릿속에 밀려드는 끔찍한 장면을 떨치려 악을 썼다. "그럴 리 없어! 엄마가 틀렸어!"

어둠 속에 누워 부모님과의 말다툼을 곱씹던 클레오는 엄마가 했던 말 중 하나는 확실하다는 걸 깨달았다. 바로 튜브다. 포터 씨는 그 작은 구멍을 통과할 만한 몸집이 아니었다. 지금의 거의 반으로 줄었다면 몰라도.

달리 말해, 몸집이 클레오만 하면 몰라도.

10장

클레오는 부엌 한구석에 웅크리고 앉아, 무용으로 탄탄해진 두 다리를 바짝 끌어당겨 두 팔로 끌어안으며 무릎에 턱을 기댔다. 방 안은 깜깜했고, 바닥에 놓인 베인 선생님에게서만 빛이 나왔다. 베인 선생님 옆에는 베갯잇이 있었는데, 클레오가 안에다 이것저것 쑤셔 넣어서 울퉁불퉁 모양이 이상했다. 짐 싼 물건 중 몇 가지는 베인 선생님에게 칭찬을 받기도 했다. 여벌 옷, 클레오가 애지중지하는 실키 담요, 사과 몇 알, 소형 구급상자, 물병, 물론 그 약까지. 다른 물건은, 그러니까 해골 모형의 두개골 같은 건 필요 없다고 선생님은 클레오를 설득해 봤다. 하지만 클레오는 가져가겠다고 우겼는데, 그 해골이 왠지 중요하다는 느낌이 들었기 때문이다. 엄마에게 여행하는 내내 공부했다고 말할 수 있어서였을까?

클레오에게 방문을 열라고 열 번도 넘게 설득해도 소용이 없자, 몇 시간 전에 부모님은 잠자리에 든 상태였다. 클레오도 잠을 청해 봤다. 걱정을 그만하고 싶은 간절한 마음에 한 마지막 시도였다. 잠이 들고, 기억할 가치도 없는 꿈을 꾸고 일어나면 이 계획은 완전 어리석은 것이었고, 미리엄 웬디모어 아디사는 클레오 없이도 괜찮을 거라는 게 납득되길 바랐다. 그런데 잠이 오지 않았다. 이불은 점점 더 무겁고 덥게 느껴졌고, 피부는 점점 차가워지고 땀이 났으며, 고요함이 점점 더 커져만 갔다. 결국 클레오는 벌떡 일어나 스크롤을 열고 짐을 쌌다. 그런 다음 까치발을 하며 복도로 나왔다.

클레오는 대개 종일 혼자 있었다. 적어도 혼자인 것처럼 시간을 보냈다. 물론 곁에는 늘 베인 선생님이 있었고, 부모님은 문하나만 열면 그곳에 계셨다. 그게 익숙했다. 하지만 부모님이 주무실 땐 뭔가 느낌이 달랐다. 몰래 부모님 침실 곁을 지나가자니 괴로운 마음이 들었다. 주위에 있는 모든 것이 무척 고요하며, 매우 어둡고, 매우 감동적으로 느껴졌다. 이전엔 들어 본 적 없는 수천 가지 소리, 있는 줄도 몰랐던 수백만 가지의 그림자가 그 자리에 있었다. 부모님이 주무실 때 혼자 깨어 있는 건 그리 유쾌하지 않다는 생각이 들었다. 이치에 맞지 않는 시간이었다. 마법에 걸린 듯한 시간이었다.

죄책감이 드는 시간이었다.

두 번이나 그 자리에 얼어붙은 채, 차마 용기가 나지 않아 용서를 구하는 말, 비난하는 말, 무슨 수를 써서라도 나가야 한다는 말을 입술로만 말했다. 문을 벌컥 열고 부모님을 깨워서, 이제 자신은 튜브로 들어가 밖으로 나갈 작정이라고 한다면? 이해해주실까? 도와주실까?

그럴 리 없었다.

그렇게 되면 클레오는 방에서 옴짝달싹 못 하는 신세가 되어 시험이 코앞인데도 미리엄 걱정에 머리만 쥐어뜯게 될 것 같았다. 그러다 시험에 떨어지고, 엄마는 크게 화를 내고, 미리엄은 죽고. 잘못된 판단으로 인해 일어난 일들이 클레오의 머릿속에서 소용돌이칠 것 같았다.

그래서 클레오는 계속 한 발 한 발 나아갔다.

이제 부모님의 방문과 몇 발자국 떨어진 곳에 서 있었다. 덜덜 떨리는 다리를 두 팔로 끌어안고, 떨리는 가슴을 진정시키는 동안, 처음 느껴 보는 공포심이 스며들었다. 정말로 밖에 나간다면?

만약 못 돌아오면?

"베인 선생님?" 클레오가 속삭였다.

"응, 클레오?" 선생님이 대답했다. 아니, 대답하려 했다고 해야 할까. 어쨌든 베인 선생님이 가지 말라고 클레오를 계속 설득하는 통에, 선생님의 목소리를 무음으로 설정해 둔 터였다. 클레오는 볼륨을 5퍼센트만 올리고 속삭였다. "이야기 속에서, 집으로 돌아온 사람도 있어요?"

"돌아오는 경우가 많지." 베인 선생님이 다시금 안심시키며 말했다. "자갈이나 빵 부스러기를 떨어뜨리고 그 길을 따라 오기도 하고. 미로에 들어가기 전 출발 지점에 끈을 묶어 놓고 그걸 따라 돌아오기도 하지. 옷장을 통과해 돌아온 사람도 있고. 떠나간 곳이 너무 좋아 새로 집을 마련해 그곳에 눌러 살기도 했지."

"전 빵 부스러기가 없어요."

"그건 나한테 있잖니. 내가 여정을 기꺼이 기록할 테니, 갔던 길로 되돌아오면 된단다."

클레오는 훌쩍거렸다. "고마워요, 선생님."

"안전이 염려되니? 병에 걸릴까 봐?"

클레오는 고개를 저었다. "병원체 역사에 대해서는 이미 읽었어요. 기억하시죠? 빌딩에서 병 걸릴 걱정은 안 해요. 적어도 제가 병에 걸릴 걱정은요."

그러고 나서, 둘은 한참을 말없이 앉아 있었다. 베인 선생님이 혼자서 하는 카드놀이 게임을 꺼내기까지 했다. 카드 뒤집는 소리를 들으려고 애를 썼지만, 볼륨이 너무 작아 아무 소리도 안 들렸다.

"클레오." 베인 선생님이 먼저 말했다. "어려운 일을 어렵다고 인정하는 건 부끄러운 게 아냐."

클레오는 입술 가장자리를 앞니로 살짝 깨물었다. 숨이 막혔다.

"그건 당연한 거야, 클레오. 사실 네가 놀라운 사실들을 알아냈다 해도, 넌 아직 이 세상에 대해 모르는 게 훨씬 더 많아."

클레오는 마지막으로 한 번만 더 생각해 보려고 눈을 감았다.

미리엄 웬디모어 아디사가 있다.

얼굴을 알 수 없다.

아무 힘도 없다.

죽어 가고 있다.

"조심할게요." 클레오는 속삭였다. "그럼 돼요."

"클레오, 그래도⋯."

"쉿!" 클레오가 있는 곳에서 부모님의 방문 윤곽이 보였다.

문 테두리에서 방금 빛이 깜박였다.

부모님이 깨어난 것 같았다.

클레오는 다리를 반사적으로 움직여 급히 일어섰다. 그러고는 베갯잇과 스크롤을 집어 들고, 재빨리 튜브로 가 커버를 밀어 젖혔다. 튜브 안에 소지품이 담긴 베갯잇을 집어넣어서 덮개 달린 구멍이 있는 끝부분까지 밀어 올렸다. 그런 다음 자기도 튜브 안으로 기어 올라가 뚜껑을 닫았다.

비좁았다. 매우 비좁았다. 등을 대고 누웠는데, 베갯잇에 머리가 눌리고, 튜브 유리에 코가 눌려 차가웠다. 숨이 가빠 왔고, 콧김이 유리에 뿌옇게 서렸다.

"베인 선생님?" 클레오는 숨을 헐떡이며 말했다.

"여기다, 클레오." 선생님의 목소리가 클레오의 머리 뒤에서 들렸다.

"이제 밀면서 올라가려고요." 클레오가 말했다. 이가 덜덜 떨렸다.

"그래." 베인 선생님이 대답했다.

양손을 힘겹게 올려 갈비뼈, 견갑부, 뺨을 지나 베갯잇을 밀쳐 냈다. 급조한 가방으로 뚜껑을 밀치다가 팔꿈치를 위쪽 유리에 부딪혔다. 처음엔 꿈쩍도 하지 않았지만 절박한 심정으로 세게 밀자, 갑자기 확 뚫고 나가더니 밖으로 베갯잇이 떨어졌다.

사라졌다.

클레오는 양손을 번쩍 든 채 얼어붙어 있었다. 분명 뚜껑이 열리는 느낌이 났었다. 분명 열린 곳으로 손가락이 통과했었다. '밖에' 나갔던 거다. 지금 클레오가 하려는 것처럼.

클레오는 움직이고 싶은 마음이 너무 크고 간절한 나머지 잠시 공황 상태에 빠졌다. 클레오는 뚜껑을 다시 밀쳐 강제로 그것을 열었다. 순간 미풍이 확 밀려 들어와 머리칼이 날렸고, 어디선가 들려온 낮은 허밍 소리가 누군가 팽팽한 고무줄을 잡아당기듯 긴 여운을 남겼다. 클레오는 구멍 입구의 튀어나온 부분을 손가락으로 잡고 정신을 가다듬었다. 발로 유리를 차는 끼익 소리와 함께. 온몸을 비틀고, 꿈틀거린 끝에 클레오의 몸이 확 빠져나갔다.

그렇게 클레오도 사라졌다.

11장

구멍으로 굴러 떨어지자, 떨어질 줄은 꿈에도 생각하지 못했던 클레오는 비명을 지를 수밖에 없었다. 2미터쯤 아래로 떨어지면서, 클레오의 등이 쇠창살에 세게 부딪히는 바람에 깡 하는 소리가 울렸다. 클레오는 온몸을 떨며 재빨리 쭈그려 앉아 양팔을 뻗어 베갯잇과 스크롤을 잡았다. 그런 다음 허둥지둥 벽에 기대어 짐을 움켜쥐고 벌벌 떨었다.

주위에 초록, 빨강, 주황색 불빛이 떠다니는 것 같았다. 심장이 너무 빨리 세차게 뛰어 가슴이 아플 지경이었다. 이제 윙윙 소리가 더 커졌고, 그 소리 너머로 고음으로 잦게 삑삑대는 또 다른 소리가 들렸다. 갑자기 메스꺼워진 클레오가 손으로 입을 막자, 삑삑거리던 소리가 멈췄다. 클레오는 그 소리의 정체를 깨달았다. 자신의 숨소리였다.

과호흡 상태에 빠진 것이었다.

순간 폐, 혈관, 분자 그림이 있는 도표들이 머릿속에 떠올랐다. 모조리 뒤죽박죽이었다. 입술과 손가락의 얼얼한 증상을 없애는 방법이 생각났다. 숨을 들이쉬는 방법 아니면 내쉬는 방법.

'아니, 내쉰 숨을 그대로 들이쉬는 방법.'

클레오는 눈을 크게 뜨고 베갯잇에 머리를 쑤셔 넣었다. 베갯 잇은 짐으로 가득 차 있었지만, 얼굴 들이밀 자리는 있었다. 클레 오는 얕은 숨을 발작적으로 내쉬었는데, 계속 헐떡거리는 바람에 내쉰 공기는 공간을 채우기도 전에 몸 안으로 다시 빨려 들어갔 다. 클레오는 정신을 못 차리고 한쪽으로 기우뚱하더니 격자 위 로 넘어져 공처럼 몸을 웅크렸다.

평생 이토록 무섭고 비참했던 적은 없었다.

하지만 해냈다. 밖으로 나왔다.

그리고 살아남았다.

숨을 내쉬고 다시 천천히 들이마셨더니, 호흡이 훨씬 안정되 고 더 깊어졌다. '이산화탄소의 균형', 클레오는 생각했다. '숨을 내쉬고, 그걸 다시 들이쉬기.'

"클레오? 거기 있니?" 베인 선생님이 외쳤다. 선생님의 목소 리는 아주 작았다. 5퍼센트 볼륨 그대로였다.

"네, 네." 클레오는 겨우 대답했다. 목이 아프고 입에서 피 맛 이 났다. 떨어질 때 혀를 깨문 게 분명했다. 혀로 이를 이리저리 문지르며 아픈 부위를 찾았다. 따갑긴 했지만 심하게 아프진 않 았다. 클레오는 천천히 베갯잇에서 머리를 뺐다.

가장 먼저 눈에 들어온 건 발아래의 쇠 격자였다. 격자는 두 껍고 견고했다. 사람이 올라가도 버틸 수 있게 만든 것 같았다. 클레오는 뚫린 부분에 손가락을 밀어 넣고 몸을 살짝 일으켰다. 금속이 차갑게 느껴졌는데 사실, 공기 자체가 쌀쌀했고 일정한 기류로 움직여 클레오의 곱슬머리가 헝클어졌다. 격자 아래쪽엔 뭐가 있나 살펴봤으나, 아래쪽은 깜깜하기만 했다.

그래도 사방이 다 어둡진 않았지만, 일어나 주위를 둘러본 클레오는 입이 떡 벌어졌다.

복도였다. 좌우로 끝이 안 보일 정도로 길게 뻗은 복도. 바닥은 아까 앉았던 바닥과 완전히 똑같은 재질로 돼 있는 것 같았다. 천장은 꽤 높았지만, 조명이 있어서 잘 보였다. 전구가 세 개씩 일정한 간격으로 달려 있었고, 각 전구는 각기 다른 색을 내고 있었다. 전구 뭉치마다 첫 번째 전구는 초록, 두 번째는 빨강, 세 번째는 주황색으로 빛났다. 자세히 보면 전구 색이 각각 완벽히 잘 보였지만, 전구의 빛이 한데 뒤섞이면서 베갯잇뿐만 아니라 다른 모든 물건이 갈색으로 얼룩져 보였다.

바로 건너편 벽에는 더 많은 수의 전구가 붙어 있었고, 그 바로 아래에는 뚜껑 덮인 원형 해치가 있었다. 전구는 여섯 개가 나란히 늘어서 있었다. 앞쪽의 세 개는 초록, 빨강, 주황으로 천장의 전구들과 색깔이 일치했다. 나머지 절반은 파랑, 빨강, 노랑 순이었다. 복도 왼쪽으로 멀리 해치가 하나 더 보였고, 전구가 또 늘어서 있었다. 클레오가 그쪽 전구도 같은 색인지 눈을 찡그리고 보려는데, 뭔가가 움직여서 시야를 가렸다.

뭔가 커다란 물체였다.

클레오는 또 비명을 지르지 않으려고 급히 손으로 입을 틀어막으며, 몸을 최대한 작게 웅크린 채로 베갯잇을 방패처럼 끌어당겨 안았다. 그 물체는 배가 불룩한 호박벌이 윙윙거리며 느릿느릿 날듯 클레오 옆 공중에 둥둥 떠 있었다. 여섯 개의 눈이 까맣고 반질반질한 곡면으로 빛을 포착하고 있었으므로 어디가 얼굴인지를 확실히 알 수 있었다. 전기가 윙윙거리는 듯한 소리가 너무 시끄러운 나머지 가슴까지 울렸고, 어디서 소리가 나는지도 쉽게 알 수 있었다. 그 물체 아래로 네 개의 강력 프로펠러가 회전하며 벌레처럼 생긴 몸체를 계속해서 공중에 띄우고 있었다. 그 물체는 클레오 곁을 지나 자기 갈 길을 계속 갔는데, 금세 시야에서 사라지면서 윙윙 소리도 함께 잦아들었다.

그 물체가 사라지자, 클레오는 용기를 내 다시 팔을 뻗어 스크롤을 잡았다. 베인 선생님은 재빨리 클레오를 살펴보았다.

"맥박이 빠르네. 떨고 있고. 동공이 확장돼 있어. 공황 발작인 것 같구나."

"이, 이제 괜찮아요." 클레오가 답했다. 혀가 따갑고 발음이 어눌해진 데다, 다시 숨이 턱 막혀서 코로 숨을 고르게 쉬려 애썼다.

"운송 드론을 본 거로구나, 응?" 선생님은 방금 날아간 물체의 3차원 모델을 보여 주었다.

클레오는 고개를 끄덕였다. "저렇게 클 줄 몰랐어요!"

"더 큰 것도 있어." 선생님은 말했다. "데이터베이스에 있는 디자인 중엔 세 배나 더 큰 것도 있단다. 드론 기술 발달에 관한 이야기를 들어 보겠니?"

"선생님, 저 지금 밖이에요." 클레오가 중얼거리듯 말했다.

"그래도 여전히 넌 클레오야. 난 네 선생이고."

클레오는 살며시 미소 지었다. "이제 일어나 볼게요, 선생님."

"조심하렴."

클레오는 조심조심 한 손으로 벽을 짚고 몸을 의지했다. 슬리퍼의 얇은 고무 밑창에 쇠 격자가 걸렸지만 크게 불편하진 않았다. 덜덜 떨리는 다리로도 몸을 지탱할 수 있어서 안심이 된 클레오는 한숨을 쉬었다.

"뒤를 봐봐, 클레오." 베인 선생님이 부드럽게 말했다.

뒤돌아보니, 눈앞에 있는 건 클레오 가족의 유닛이었다. 셔터 일부분이 걸쇠에서 빠진 채 걸쳐져 있었다. 클레오는 손을 뻗어 만져 봤다. 셔터가 떨어지며 날카롭게 '탱' 하고 격자를 때렸다.

"어, 이러면 곤란한데…." 클레오가 말했다.

"다시 들어가긴 쉬울 것 같구나."

"웬디모어 아디사가 사는 아파트부터 찾아야 해요." 클레오가 자신 있게 말했다. "이웃집이길 바라는 건 아무래도 무리겠죠."

베인 선생님은 미소 지었다. "찾을 방법은 하나지. 631445."

"맞아요." 클레오는 자기가 사는 유닛 번호를 찾아 벽을 살펴보았다. 번호는 없고, 해치 위에 색깔 전구만 초록, 빨강, 주황, 주황, 보라, 노랑 순서로 있었다.

"전구도 여섯. 숫자도 여섯이라니." 클레오는 중얼거렸다.

"말이 되는구나." 베인 선생님은 운송 드론 도면을 다시 띄웠다. "저 렌즈들 보이지?"

"드론의 눈?"

"썩 나쁘지는 않은 비유구나, 클레오. 설계도에 따르면, 저건 주파수 수용기란다."

"그럼 드론은 전구 색만 따라가는 거네요?"

베인 선생님이 환하게 웃었다. "맞아! 물론 색은 사람의 뇌가 주파수를 읽는 방식인 거고. 사실 빛 에너지의 각기 다른 파장일 뿐이며, 드론이 찾는 것도 바로 그거지. 특정한 파장의 패턴.”

“이게 우리 유닛 패턴이고요.” 클레오는 손으로 전구들을 훑으며 말했다. 전구들은 따뜻했다. “처음 세 개는 천장에 있는 전구, 복도 맞은편 유닛에 있는 전구와 일치해요.”

“복도 아래쪽 패턴은 어때?” 베인 선생님이 재촉하듯 말했다.

클레오는 폐가 아직도 조금 아팠지만, 그래도 숨을 깊게 들이쉬었다. 클레오는 베갯잇을 끌어당겨 어깨에 들쳐 멨다. 그런 다음 베인 선생님을 챙겨 들고 걷기 시작했다. 격자 위로 탱탱 발소리를 내며 걷다가도, 클레오는 자기 유닛의 해치와 그 색깔을 자꾸 뒤돌아봤다. 옆으로 몇 미터 거리에 해치들이 더 있었지만, 자기가 살던 유닛의 해치만 다섯 번이나 뒤돌아봤다.

“초록, 빨강, 주황, 주황, 보라, 초록.” 클레오는 말했다. “우리 집하고 하나만 달라요.”

“일리가 있구나.”

클레오는 고개를 끄덕하더니 말했다. “노트패드요.”

베인 선생님은 클레오가 제시하는 명령어를 따랐고, 클레오는 앉아서 계산을 해보았다. 계산하고 있는데 운송 드론 두 대가 더 지나갔다. 처음 것은 좀 전에 봤던 것과 똑같았지만 두 번째 것은 달랐다. 우선 반대 방향으로 날았다. 게다가 더 높게 천장 가까이 날았는데, 클레오가 점프해도 닿지 않을 높이였다. 하지만 가장 큰 차이점은 드론 등의 반쪽 부분이었다. 불룩한 벌레 가슴 모양이 아니라, 그냥 레일이었다. 택배를 배송하고 온 걸 거라고 클레오는 짐작했다.

"계산 잘 되니, 클레오?"

클레오는 생각에 깊이 빠져 있느라 찌푸린 얼굴이었다. "그런 것 같아요." 클레오는 손가락을 몇 번 더 쓱쓱 움직이고 말했다. "우리 유닛이 412263이면, 여기는 아마 412262 아니면 412264일 거예요. 마지막 전구 색만 다르니까요."

"당연히 그렇겠지."

"그리고 숫자가 색과 짝을 이룬다면, 이건 분명히 412264예요. 시작과 끝이 같은 색이니까요. 숫자로는 4지요."

클레오는 숫자들을 작게 표로 그렸다. 손이 아직도 떨려서 글씨체가 엉망이었지만, 베인 선생님이 인쇄체로 완벽하게 글자를 고쳐 주었다.

"이게 다 맞다면, 1은 빨강이에요."

"가시광선 스펙트럼에서 가장 파장이 짧은 색." 베인 선생님이 일러 주었다.

"그리고 2는 주황, 3은 노랑, 4는 초록이고요. 파랑은 복도 반대편인데, 아마 5겠죠? 6은 보라고요."

"흥미로운 얘기일지 모르겠다만, 무지개 색과 같구나."

클레오는 갑자기 무언가 생각이 난 듯 말했다. "'Roy G. Biv'요?"('Richard of York gave battle in vain', 즉 '요크의 리처드는 헛된 싸움을 했다'는 뜻으로, 무지개색인 빨주노초파남보[Red, Orange, Yellow, Green, Blue, Indigo, Violet]를 쉽게 기억하기 위해 만든 어구—옮긴이)

베인 선생님이 미소 지었다. "바로 그거야, 클레오. 망막을 처음 배울 때 설명했던 건데. 기억하고 있다니 기쁘구나."

클레오는 글자 하나하나를 다시 큰 소리로 말해 보았다. "하지만 무지개색은 일곱 갠데요."

"그게 약간 오해의 소지가 있어. '인디고(Indigo, 남색)'의 'I'는 수년 동안 뜨겁게 논쟁이 벌어졌던 색이지. 그 색이 해당되는 주파수 대역이 파란색과 잘 구별되지 않았거든. 적어도 사람 눈으로 볼 때는 그랬지. 그런데 연상기호를 'ROYGBIV'로 정하면, B와 V 사이에 모음이 있어 말하기 훨씬 쉬워지거든. 그래서 그 색도 남게 된 거야."

"그러면 이 시스템을 만들 땐…."

"주파수 영역을 명확히 규정하고자 했겠지. 그래서 인디고는 빠진 거고."

클레오는 어둑한 통로를 내려다보았다. "5가 들어간 주소의 전구를 찾기 전엔 확신할 수 없어요. 우리 쪽 복도에서 파란색을 찾아야죠."

"그럼 계속 가 볼까?"

클레오는 고개를 끄덕이고 복도를 따라 훨씬 더 아래까지 갔다. 부드럽게 불던 미풍이 여기선 약간 세진 것 같았으나 그것 말곤 달라진 게 없었다. 벽은 여전히 어둠침침한 갈색 플라스틱, 천장 불빛은 여전히 초록, 빨강, 주황이었고, 이따금 운송 드론이 질주하듯 지나갔다. 다음 유닛 전구는 확실히 파랑으로 끝났다. 자기 생각이 맞았다는 걸 깨달은 클레오는 기쁜 마음에 전구를 탁 하고 쳤으나, 이내 다른 생각에 빠져들었다.

"다음 전구가 자주색으로 끝나면…."

"보라색." 베인 선생님이 정정해 주었다.

"네, 보라색. 그럼, 그다음은요?"

베인 선생님은 유능하게도 가장 가능성 있는 답 열 가지를 준비하며 눈을 깜빡였지만, 이미 클레오는 어깨에 둘러멘 베갯잇을 출렁이며, 옆구리에는 베인 선생님을 흔들며 걸어가고 있었다. 클레오는 다음 유닛과 그곳의 마지막 보라색 전구를 지나갔다.

거기서 클레오는 그대로 얼어붙었다.

교차로가 나온 것이었다. 복도를 지나니 더 넓은 공간이 나왔고, 좌우로는 격자가 이어졌다. 하지만 중간쯤 가자 격자는 더 이상 보이지 않았고, 그 자리에 시꺼먼 구멍이 입을 쩍 벌리고 있었다. 또 머리 위와 양옆으로는 온통 운송 드론들이 윙윙거리고 있었다. 그때 바닥에서 드론 하나가 떠올라 나오는 것 같았는데, 프로펠러가 회전하며 드론을 띄우는 모습에 클레오는 경탄했다. 드론은 위를 향해 곧장 올라갔고, 드론이 가는 길을 눈으로 따라가던 클레오는 천장에도 열리는 부분이 있다는 걸 알게 됐다. 격자는 바닥에 난 구멍 주위에서 일종의 발판을 이루었고, 클레오는 구멍의 가장자리까지 기어가 들여다보았다.

"조심해라, 클레오." 베인 선생님이 경고했다. "난간이 없어."

"좀 보고 싶어서요…."

클레오는 그 안을 들여다보았다. 아래쪽 공간에는 클레오의 유닛이 있는 층처럼 복도가 이어져 있었다. 그러나 전구가 달랐다. 용감하게 몸을 돌려 위쪽을 본 클레오는 그곳도 마찬가지인 걸 알았다. 천장의 초록-빨강-주황 묶음 대신에, 파랑으로 순서가 시작됐다.

"베인 선생님!" 클레오가 외쳤다. "첫 번째 색이요! 그게 몇 층인지를 나타내는 것 같아요! 여기 아래쪽 전구는 모두 초록으로 시작하지만, 저 위쪽은….”

클레오의 말은 끔찍한 방식으로 끊겼다. 클레오는 눈부신 하얀 불빛이 번쩍이는 것처럼 아래로부터 갑자기 발사된 공기에 의해 나가떨어졌다. 클레오가 격자에 엉덩방아를 찧어 강철이 철렁이는 소리가 금속 격자 사이로 메아리쳤다. 앞을 다시 볼 수 있게 된 클레오는 양팔로 얼굴을 가리고 비명을 질렀다.

구멍 위로 드론 세 대가 떠다니고 있었다. 운송 드론보다는 작았지만, 그보다 더 곤충처럼 생긴 모습이었다. 앞뒤에 장착된 강력한 램프가 복도의 갈색 색조가 묻힐 만큼 빛을 뿜었고, 양쪽으로 달린 프로펠러는 잠자리 날개처럼 치솟았다. 클레오는 구형의 드론 몸체 아래 달랑달랑 달린 것이 처음엔 다리인 줄 알았다. 그러나 드론이 클레오의 머리 바로 위를 날았을 때, 실은 그게 회전 톱, 용접 토치, 스크루 드라이버, 심지어 드릴에 달려 희미하게 빛나는 블레이드 등 모두 도구라는 걸 알게 됐다. 클레오는 드론이 완전히 지나갈 때까지 격자 바닥에 납작 엎드려 있다가, 위로 기어 올라가 그 모습을 바라보았다.

“베인 선생님?”

“저건 수리 드론이야, 클레오.” 클레오가 스크롤을 들어 올려 보여 주자, 선생님이 답했다.

가슴은 쿵쾅거렸지만 방금 본 광경에 매료된 클레오는 그 드론 세 대를 따라 클레오의 유닛 쪽 복도로 되돌아갔다. 드론들이 멈춰 선 곳을 본 클레오는 눈이 휘둥그레졌다.

그곳은 클레오 가족의 유닛이었다.

"지금 뭘 하는…." 말을 꺼내긴 했지만, 드론들의 의도는 금세 알 수 있었다. 드론 하나가 집게가 달린 다리를 사용해 부서진 셔터 조각을 집어 들었다. 드론은 플레이트와 클레오의 유닛 튜브가 수평이 될 때까지 날아올랐다. 다른 두 대의 드론이 각각 다리를 뻗자, 파란 불꽃의 섬광이 바닥에 있는 구멍을 통해 불꽃을 흘려보내면서, 그동안 감춰져 있던 파이프와 전선의 연결망에 빛을 비추었다. 드론들은 눈 깜짝할 새에 셔터를 닫아 밀봉했고, 도착했을 때와 마찬가지로 재빨리 날아가 버렸다. 클레오는 서둘러 달려가 그곳을 살펴보았다.

그곳은 마치 클레오가 탈출하지 않은 것처럼, 완벽하게 수리되어 있었다.

클레오는 조심스럽게 손을 뻗었다. 하지만 용접한 지 얼마 되지 않아 열이 남아 있어서, 손을 가까이 대지 못하고 뒤로 물러나야 했다.

'다시 들어갈 수 없게 잠겨 버렸어.' 클레오는 생각했다.

또다시 두려움이 밀려왔다.

"선생님, 베인 선생님, 드론들이 닫았어요! 출입구를 닫았다고요! 이제 어떡해요?"

"앉아 봐, 클레오. 그리고 숨을 쉬어. 숨 쉬는 데만 집중해."

클레오는 자신의 유닛 밑에 털썩 주저앉았다. 선생님과 얼굴을 마주 볼 수 있도록 스크롤의 방향을 돌렸더니, 클레오의 얼굴을 타고 눈물이 흘러 내려와 후두둑 스크린에 떨어졌다.

"그래, 그래." 베인 선생님이 다독였다. "괜찮아, 클레오."

"부모님께 소리를 질렀어요! 작별 인사도 안 했다고요! 다신

못 만나면 어떡해요? 못 돌아오면요?"

"생각을 해 봐, 클레오. 택배는 항상 이곳을 통해 들어와. 우리도 그렇게 미리엄 유닛에 들어갈 거고, 또 그렇게 집에도 다시 들어갈 거야. 택배만 기다리면 돼."

"알겠어요…." 클레오는 흐느꼈다. "알겠어요…."

베인 선생님의 다정한 위로에도 불구하고 클레오는 한참이 지나서야 진정이 됐다. 입고 있는 셔츠 단을 잡아당겨 눈물을 닦은 뒤, 폐가 떨리도록 거칠게 숨을 헐떡이면서 클레오가 말했다. "10분이 1년 같았어요."

선생님은 싱긋 웃었다. "이건 내가 가르치는 대부분의 학생이 5년 동안 경험하는 걸 합친 것보다 더 흥분되는 일이다. 어때, 일생일대의 시험을 위해 공부하던 평온하고 차분한 시간이 차라리 그립지 않니?"

클레오는 웃으려 해 봤지만, 웃음이 콧방귀가 되어 나왔다.

"어, 저 진짜 엉망이에요."

"탈진돼서 그래, 클레오. 생각해 봐. 벌써 새벽 세 시 반이야."

"하지만 미리엄 웬디모어 아디사 집에 가려면 아직 멀었어요!"

"미리엄을 찾기 위한 첫 단계는 이미 밟았잖아."

클레오는 복도 아래를 내려다보았다. "어려운 단계이긴 했죠."

"평생 해 본 일 중 가장 어려운 일이었을 거다."

클레오는 몸을 떨었다. 그러고는 베갯잇에서 두개골, 사과, 물병을 꺼냈다. 그 아래에는 단단히 뭉쳐진 실키 담요가 있었다.

클레오는 담요로 몸을 감싸며 중얼거렸다. "사고하는 것이 어렵고, 입술이 마르고, 기분 변화가 심하고, 심계 항진이 온다."

베인 선생님은 고개를 끄덕였다. "그래, 그게 탈진의 증상이지."

"그러면 저 탈진됐나 봐요."

"내가 말했잖니."

"그러셨죠⋯." 툴툴거리던 클레오의 눈이 스르르 감겼다. 약이 배달된 이후, 처음으로 아무 생각도 나지 않은 순간이었다.

12장

시끄러운 소리에 클레오는 문득 잠에서 깼다. 천천히 일어나 앉아 눈가에서 눈곱을 떼고 눈을 떴다. 그때 웬 안경이 자기를 응시하고 있어서 클레오는 소스라치게 놀랐다. 아니, 적어도 맨 처음엔 안경인 줄 알았다. 빛에 눈이 적응하고 나서 보니, 그것은 드론이었다.

"너 정말 작다!" 클레오가 말했다. 하지만 드론은 그저 둥둥 떠 있기만 했다. 정면에는 커다란 렌즈 두 개가 달려 있었고 몸은 작은 반구형이었는데, 클레오의 주먹보다도 작았다. 클레오는 이게 드론이 날기 위한 메커니즘이겠구나, 하고 짐작했다. 전체 외관을 보니 아주 큰 무당벌레가 떠올랐다. 그렇지만 도대체 무슨 색인지는 구분이 안 됐다. 그것은 전구만 빼고 복도의 모든 것이 갈색으로 보였기 때문일 것이다.

"어디 갈 데 있니? 할 일이 있어?" 클레오가 드론에게 물었다. 드론은 모터만 웡웡댈 뿐 답이 없었다. 호기심에 클레오가 손바닥을 내밀었다. 그러자 드론이 손바닥 위에 앉았고, 웡웡 소리가 멈췄다.

"게다가 가볍기까지…. 베인 선생님, 이 작은 건 뭐예요?"

대답이 없었다. 스크롤은 몇 미터 떨어진 곳에 펼쳐진 채 화면이 어두워져 있었다. 드론에게, 혹은 누굴 특정하지 않고 클레오가 말했다. "배터리 절약하려고 절전모드로 전환하셨나 봐."

클레오는 손바닥 위의 드론을 다시 날려 보려 했다. 그런데 놀랍게도, 드론은 손에서 굴러 떨어져 플라스틱이 부딪히는 '탁' 소리와 함께 격자에 착지했다. 드론은 몇 번 딸각대고 모터를 털털거린 뒤 공중으로 떠올라 앞뒤로 오락가락하며 재조정했다.

"어리석긴…." 클레오는 이렇게 중얼거리며 스크롤을 탭해 스크린 잠금을 풀었다.

"안녕, 클레오!" 베인 선생님이 활기차게 말했다. "9시 43분이다. 지금까지 계속 잤니?"

클레오는 다리를 쭉 뻗고 발가락을 폈다 오므렸다 하며 시원하게 풀었다. "그런 것 같아요. 그런데 호기심 많은 손님이 왔어요." 클레오는 그 작은 드론이 마주 보이도록 스크롤을 돌렸다.

"데이터베이스에 따르면, 저건 관찰 드론이다."

"무슨 일을 하는데요?"

"이름대로 관찰만 하지. 관찰 드론이 보는 걸 가끔 사람들이 네트워크에 로그인해서 보기도 하지."

"그렇다면 지금 저를 보는 사람이 있겠네요?"

"그럴 가능성은 희박해. 구조물 안에는 이런 드론이 수천수만 개도 넘게 있거든. 사용 데이터를 보면 사람들의 네트워크와 연결됐던 관찰 드론은 두세 대뿐이었고, 대개 수리 내용을 추적하려고 본 거였어. 이 드론의 기본 프로그램은 정찰 경로를 날아다니며 이상 징후를 찾는 거니까. 너희 유닛에서 부서졌던 셔터도 이 드론이 발견한 것일지도 몰라."

"어이." 클레오가 말했다. "네가 일렀니, 꼬마야?"

드론은 대답이 없었다.

"출입구도 다 고쳤는데, 얘는 왜 아직 여기 있어요?"

베인 선생님은 빙그레 웃었다. "글쎄, 내 생각엔 너를 이상 징후로 여기는 것 같은데, 클레오."

클레오는 긴장했다. "음…. 혹시 저를 '수리'하려 들진 않겠죠?"

베인 선생님이 눈을 깜빡거렸다. "미안하지만, 관찰 드론이 사람을 무엇으로 간주하는지에 관한 데이터베이스 기록은 없단다. 네가 관찰 드론을 만난 최초의 사람일 수도 있겠구나."

"그럼 관찰 드론이 저를 처리할 방법을 찾기 진에 어서 자리를 떠야겠어요."

그 작은 드론에게서 눈을 떼지 못한 채, 클레오는 소지품을 챙겨 구멍 쪽으로 난 길을 따라 내려가기 시작했다. 클레오는 베인 선생님이 앞을 볼 수 있도록 스크롤을 앞을 향해 들었다. 하지만 얼마 안 가 관찰 드론이 윙윙거리며 클레오 앞에 다시 나타났다. 마치 클레오를 바라보고 있는 듯, 공중에서 까딱까딱 흔들리는 두 개의 커다란 렌즈에 클레오의 얼굴이 반사되고 있었다.

"잠시만요." 클레오는 베인 선생님을 내려놓았다. 그리고는 손을 뻗어 드론을 옆으로 살살 밀었다. 자기를 또 잡으려는 줄 알았는지, 드론은 클레오의 손에 착지하려 했다. 하지만 착지에 실패해 또다시 격자 바닥으로 굴러 떨어졌다.

"덜렁이 위젯." 클레오는 이렇게 중얼거리며 드론을 집어 들었다.

잠시 후, 또다시 끽끽거리는 금속성의 소리가 나더니 그 드론은 클레오 머리 주위를 시뮬레이터에서 본 파리처럼 획획 날아다녔다. 클레오는 콧잔등을 찌푸렸다.

"무슨 문제라도 있니, 클레오?" 베인 선생님이 물었다.

"저 드론이 따라오려나 봐요."

"그럴 수 있지. 그게 저 드론이 해야 할 일이니까."

"그런데 저 소리가 너무 시끄러워요…."

"해결책 좀 제시해도 될까?"

클레오는 고개를 끄덕였다.

"가장 빠르고 확실한 해결책은 드론을 파괴하는 거야."

클레오는 숨을 헉 들이쉬었다. "안 돼요!"

"살아 있는 것도 아닌데, 왜 그러니 클레오?"

"하지만 얘 얼굴이 요만하잖아요!"

"언제부터 드론을 얘라고 불렀지?"

클레오는 어깨를 으쓱했다. "코끼리 엘리도, 실키 담요에게도 그랬는걸요. 아빠도 시뮬레이터를 친구로 대하고, 심지어 엄마는 차 마시는 머그잔을 바네사라고 불러요."

"무슨 말인지는 알겠다. 그래도 무생물 기계 케이스에 든 동료 프로그램으로서 말하는데, 결코 그건…."

"그 아이요."

"그 아이는 고통스럽지 않을 거다."

"절대 안 돼요."

"그렇다면, 여기에 가둘 방법을 찾아야겠다."

클레오는 주위를 돌아보았다. 쓸 만한 건 보이지 않았다. 선생님에게 화면 밝기를 최대로 해 달라고 한 뒤 격자 아래와 그보다 더 깊은 곳까지 들여다봤다. 하지만 격자를 케이지처럼 쓸 방법은 없었다. 경첩도 없었고, 격자 틈보다 큰 구멍도 보이지 않았다. 음식물 찌꺼기와 폐기물 제거용이라 추측되는 파이프가 여러 개 있었고, 각 유닛으로 전기를 보내는 케이블이 있을 뿐이었다.

"지루해지면 알아서 가겠죠?"

그러나 관찰 드론은 쉽게 가지 않았다. 클레오가 교차로에 다다를 때까지 내내 클레오를 따라왔다. 이따금 클레오 주위를 빙빙 돌거나, 클레오가 찰싹 때려 쫓을 때마다 손에 착지하려 했다. 가장 견디기 힘든 건 드론이 내는 소음이었는데, 한밤중보다 훨씬 분주해진 교차로에서조차 그 소음은 엄청났다. 작은 드론이 윙윙거리는 소리가 그 와중에도 똑똑히 들릴 정도였다.

"저 소릴 계속 듣다간 미쳐 버릴 거예요." 털썩 쓰러져 벽에 기대며 클레오가 말했다.

"아직도 저게 귀엽니?" 베인 선생님이 약을 올리듯 말했다.

"네." 클레오는 반항하듯 말했다. "귀엽지만, 아주 기분 나빠요. 미리엄 웬디모어 아디사 주소의 전구 색이 뭔지 생각 좀 하려는데, 집중이 하나도 안 돼요."

"패턴대로라면, 미리엄의 유닛은 보라-노랑-빨강-초록-초록-파랑일 거다."

클레오는 널찍한 구멍을 통해 위쪽을 올려다보았다. 오른쪽에는 줄지어 올라가는 운송 드론의 행렬이 있었고, 왼쪽에서는 텅 빈 드론 십여 대가 천천히 하강하고 있었다. 시계처럼 착착 돌아가는 그 장면을 보고, 클레오는 뭔가가 떠올랐다.

"마치…." 클레오가 생각을 떠올리기도 전에, 귓가에서 그 작은 드론이 윙윙거렸다.

"더는 못 참아." 클레오는 씩씩대며 베갯잇 가방에 손을 넣었다.

클레오는 담요를 꺼내 드론에 덮어씌웠다. 드론을 바닥으로 끌고 가기엔 역부족이었지만 담요 덕분에 센서를 막을 수 있었고, 몇 초 만에 드론은 벽에 부딪혀 바닥으로 떨어졌다.

클레오는 서둘러 구겨진 담요 더미로 가 봤다. 조심조심 담요를 펼치자 작은 드론이 성난 말벌처럼 담요 밖으로 튀어나와, 클레오의 머리 주위에서 잠시 윙윙거리더니 귓가에 자리를 잡고 맴돌았다.

"좋아, 담요로는 안 된다는 거지?" 클레오가 중얼거렸다. 그런 다음 베갯잇 뒷면을 더듬거리며 물건을 하나씩 전부 만져 봤다. 드론에게 사과를 던지면 기분이 좋을 것 같았지만, 그렇게 하면 드론을 망가뜨릴 수도 있고 먹을 사과가 줄어들 것이었다. 물을 끼얹으면 없앨 수 있을까? 여벌 셔츠는 담요와 같은 효과를 낼 터였다. 그리고 두개골은….

두개골?

클레오는 두개골 모형을 꺼내 찬찬히 살펴보았다. 턱선 아래부터 두개강까지 구멍이 하나 나 있었는데, 두개골을 분해하지 않고 안쪽을 볼 수 있게 원래보다 더 넓게 만들어져 있었다. 클레오는 입술을 오므리고 눈을 가늘게 뜬 채 드론을 향해 손바닥을 내밀었다.

드론은 곧장 클레오의 손바닥에 내려앉더니, 자기 자리라는 듯이 환하게 빛을 냈다. 클레오는 천천히 두개골을 가져갔다. 드론은 꼼짝 안 했다. 그런 다음, 클레오는 두개골을 휘둘러 단 한 번에 드론의 머리를 덮었다. 드론은 클레오 손바닥에 공기를 세게 뿜어내며, 살겠다는 듯 거칠게 윙윙거렸다. 그러나 그 작은 드론은 두개골을 벗어나기는커녕 그 안에 갇히고 말았다. 클레오는 승리의 웃음을 깔깔 웃고는 두개골을 내려놓았다.

"약속할게, 꼬마야. 나중에 돌아와 꺼내 주는 걸로."

두개골 안에 갇힌 드론은 달그락거렸지만, 마땅히 움직일 공간이 없었다. 징징대듯 거슬리던 소리는 이제 더 이상 들리지 않았다. 클레오는 안도의 한숨을 내쉬고 길을 나서기 위해 일어섰다.

"보셨죠, 베인 선생님?" 클레오는 의기양양하게 말했다. "두개골이 쓸모 있을 거라니까요."

베인 선생님은 한쪽 눈썹을 올렸다. "음, 클레오?"

"네?"

"뒤를 좀 돌아봐라."

뒤를 돌아본 클레오의 얼굴 바로 앞에 두개골이 있었다. 깜짝 놀란 클레오는 엉거주춤 뒷걸음질을 쳤다. 렌즈는 두개골 안구로 밀려 올라가고, 프로펠러는 아래쪽 구멍에 끼워 넣어진 꼬마 드론이 그곳에 둥둥 떠 있었다.

"이럴 거야?" 클레오가 투덜댔다. 두개골은 화답하듯 프로펠러를 한쪽으로 기울이더니 천천히 전진하며 부르릉거렸고, 쩍 벌어진 턱은 껄껄 웃는 듯한 표정으로 고정돼 있었다. 그 모습을 본 클레오는 더 이상 참지 못하고 낄낄 웃음을 흘렸다. "이제 그렇게 빨리는 못 움직이지?" 클레오가 놀렸다.

"게다가 훨씬 조용해졌어." 베인 선생님이 관찰한 것을 말했다.

"천만다행이에요."

클레오가 보는 가운데 드론은 새 껍데기를 시험해 보는 것 같았다. 동그라미를 그리며 느릿느릿 날다, 공중에서 한 바퀴를 돌았다. 그런데 그 작은 것은 너무 빨리 날아다니려다가 두개골 속에서 비틀어져 버렸다. 그러고는 다시 날아올랐다가….

다시 벽에 부딪히는 드론을 보고 클레오는 움찔했다. 처음과 달리 그래도 이번에는 바닥에 떨어지진 않았다. 그 대신 계속 회전하며 렌즈가 다시 눈구멍 위치로 맞춰졌다.

"갑옷 입은 것 같다!" 클레오가 말했다.

두개골은 미소로 답했다.

드론의 소음이 웅웅대는 소리로 바뀌면서 다시 견딜 만해 지자, 이제 다시 생각이란 걸 할 수 있었다. "올라갈 방법이 필요해." 잠시 후 클레오는 결론을 내렸다. "우리 층 바닥이 초록색이면, 한 층 위는 파랑, 그렇다면 미리엄이 사는 층의 바닥 색인 보라는 우리보다 두 층 위여야 돼. 하지만 계단이나 사다리, 엘리베이터는 어디에도 보이지 않아."

"괜찮아. 굉장히 거대한 건물 안에서 우린 아직 아주 작은 부분만 탐험한 거니까." 베인 선생님이 알려 주었다.

"맞아요. 그럼, 또 가 볼까요?"

"내가 찍고 있어." 베인 선생님이 클레오를 안심시켜 주었다.

13장

클레오가 왼손으로 벽을 짚으며 자기 유닛 쪽 블록을 돌아보는 데는 10분이 걸렸다. 격자로 된 바닥이 이어졌고, 윙윙대며 지나가는 운송 드론의 행렬도 일정했다. 구석마다 바닥과 천장을 수직으로 연결하는 듯한 구멍이 뚫려 있어, 드론들이 층에서 층으로 이동할 수 있게 돼 있었다.

"마치 순환계 같아요." 자신이 관찰한 것에 대한 느낌을 말하며, 클레오는 사과를 아주 크게 한 입 베어 즙을 뚝뚝 흘리며 먹었다. 처음 출발했던 바로 그 코너에서, 천장에 초록, 빨강, 주황 불빛이 늘어서 있는 반대편 복도를 넘겨보다가 클레오는 자리에 털썩 주저앉았다. 두개골 동반자는 둥둥 떠다니다 공중에서 몸을 부르르 떨더니, 사과를 보고, 그다음 클레오의 입을 보고, 또 사과를 보았다. 클레오가 사과를 들어 올리자 드론이 그것을 들이받았다. 클레오는 킥킥거렸다.

"뭐가 순환계 같다고, 클레오?" 베인 선생님이 물었다.

클레오는 사과즙이 흐르는 손으로 가리켰다. "복도하고 드론요. 택배를 옮기는 드론들은 한쪽 구멍에만 있고, 빈 드론들은 다른 쪽 구멍에만 있는 거 보이세요? 산소가 풍부한 혈액과 산소가 부족한 혈액을 신체 기관으로 운반하는 동맥과 정맥 같아요. 그리고 수리 드론은 혈소판이고요."

"흥미로운 비유로구나!"

"그 생각을 하고 있는데 해골머리가 방해한 거예요."

"이젠 해골머리라고 부르는 거니?"

클레오는 사과를 한 입 더 베어 물더니 오물오물 씹으며 생각에 잠겼다. "아뇨, 선생님. 맞아요. 해골머리보다 더 좋은 이름이 필요해요."

"이름이 있는 두개골에 관한 이야기가 있는데, 들어 볼래?"

클레오는 한쪽 눈썹을 올렸다. "그런 이야기가 그리 많을 것 같진 않은데요…."

"이름 있는 두개골에 관한 이야기는 데이터베이스에 3941개가 있다."

"한때는 모든 두개골들에게 이름이 있었겠죠. 하지만 그건 제 발톱 이름이 클레오인 거나 마찬가지잖아요." 슬리퍼 속 발가락을 꼼지락거리며 클레오가 말했다.

"이 이야기에 나오는 두개골들은 특별히 두개골일 때 이름이 지어진 것들이다. 이전에 속해 있던 어떤 인간의 일부로서가 아니라."

"우와." 클레오는 중얼거렸다. 클레오는 작은 드론을 향해 사과를 흔들었다. "너 경쟁자가 참 많구나!"

"그중 가장 유명한 건, 그러니까 다양한 미디어에서 가장 자주 언급되는 건 윌리엄 셰익스피어의 햄릿에 나온 두개골일 거다.”

“남자 두개골요, 여자 두개골요?”

“두개골의 주인은 남자였어, '끝없는 재담과 기막힌 상상력을 가진 친구'였지.”

클레오는 미소 짓는 턱뼈와 퉁방울눈처럼 튀어나온 렌즈들을 올려다봤다.

“네, 그 사람이요. 좋아요. 이름이 뭐죠?”

“요릭.”

“그게 사람 이름이에요, 두개골 이름이에요?”

“둘 다.”

“보셨죠? 발톱이랑 똑같잖아요.” 클레오는 엄숙한 분위기로 사과를 들어 올렸다. 그런 다음 두개골의 정수리에 갖다 댔다. “이제 그대를 요릭이라 명하노라.” 클레오는 선포했다.

드론은 클레오를 바라볼 뿐이었다.

“자, 요릭, 자네! 이 어여쁜 아가씨에게 가장 가까운 계단이나 사다리, 엘리베이터나 트램펄린을 보여 주겠는가?”

“트램펄린이라고?”

“네, 어떻게든 저 위로 올라가야 하잖아요….”

“트램펄린은 대체 어디서 봤니?”

“시뮬레이터요. 테사의 10번째 생일 파티 장소에 있었어요. 근데 좀 따분했어요. 무릎을 굽히고 있으면 좀 세게 아래로 갔다, 위로 갔다 할 뿐이었거든요. 그보다는 회전목마가 더 재밌었어요.”

“테사의 생일 파티에 다녀와서 네가 아팠었지. 그래, 기억난다."

"그랬어요! 처음으로 멀미를 앓았죠. 정말 끝내줬어요! 기도로 케이크가 올라오는 게 진짜 느껴졌다니까요! 일부는 부비강에 걸리긴 했지만…. 뭐, 근사한 경험은 아니었어요."

"그랬겠지."

클레오는 사과를 바라보았다. 이제 더 이상 배가 고프지 않았다. 그래도 앞니로 사과를 꽉 깨물고 즙을 빨며, 베갯잇과 베인 선생님을 집어 들었다. 뒤쪽으로 가면 집이란 것만 확실할 뿐, 교차로의 네 갈래 길 사이엔 큰 차이가 없었다. 숫자를 근거로 하여 2층으로 올라갈 길을 찾으려면, 전혀 새로운 블록에서 전혀 새로운 섹션을 뒤져야 했다.

어쨌든 좀 더 걸을 수밖에 없었다.

문제는 숫자만 보고 어느 길이 올라가는 길인지 확신할 수는 없다는 것이었다. 멀리서나마 천장의 전구 색을 읽어 보려 했지만, 150미터 정도만 떨어져도 죄다 흐린 갈색으로 보였다. 클레오는 어깨를 한 번 으쓱하고 그대로 직진한 다음, 구멍을 지나, 주어진 일만 수행하는 배송 드론 여러 대를 지나고, 깜박임 없는 불빛들의 더미를 지나쳐 갔다.

클레오는 그렇게 한 시간을 걸었다.

모든 게 똑같아 보였다.

아니, 완전히 똑같은 건 아니었다. 불빛은 익숙한 패턴을 유지하고 있었다. 사실 조금은 황홀한 광경이기도 했다. 클레오는 어느덧 마음속으로 '한 세트만 더, 하나만 더, 초록색이 네 번째 위치에 있는 거 하나만 더' 하며 걷고 있었다. 그렇게 걷다가 천장의 전구가 달라진 새 블록으로 접어들었을 때처럼 뭔가 큰 변화가 생기면 조금 힘이 났다. 하지만 아무리 걸어도 위층으로 가는 길은 여전히 보이지 않았다.

"진전이 없어, 요릭." 클레오는 신음했다. "집에서 계속 더 멀어질 뿐이야."

대답 대신 요릭은 벽을 들이 받았다.

"바보 드론." 클레오는 히죽히죽 웃으며 드론의 두정골을 토닥였다. 놀랍게도 요릭은 손과 두개골의 무게를 잘 버텼다. 압력에 대항해 프로펠러가 윙윙 도는 소리가 들렸다. 물론 결국엔 가라앉았지만, 클레오의 생각보다 요릭은 훨씬 더 강한 것 같았다.

그때 반짝거리는 딱정벌레처럼 생긴 또 다른 운송 드론이 실린더 셸을 달고 느릿느릿 지나갔다. 클레오는 그 드론이 다음 교차로까지 굽이치듯 날아가 구멍 위로 활공하더니 어렵지 않게 상승하는 모습을 지켜봤다. 클레오는 입을 오므렸다.

"베인 선생님, 데이터베이스에 운송 드론이 얼마나 무거운 것까지 옮길 수 있는지에 관한 정보도 있나요?"

선생님은 눈을 깜빡거렸다. "종류에 따라 다르지만, 181킬로그램까지 나가는 짐을 옮겼다는 내용이 있단다."

"무게가 갑자기 달라지면요? 그땐 어떻게 한대요?"

"그에 관한 정보는 없어." 선생님은 책상에서 몸을 숙였다. "그건 왜 묻니?"

클레오는 베인 선생님을 내려놓더니, 갑자기 땀이 난 양 손바닥을 바지에 문질렀다. "전략을 짜려고요."

"하늘을 나는 동물을 타려던 소녀 이야기 들어 볼래? 약 59

퍼센트 이상의 이야기에서 주인공이 살아남는단다!"

클레오는 선생님을 노려보았다. "비꼬시는 거예요?"

"아니, 격려하는 거지. 늘 그렇듯 말이야. 네 또래 아이들과 200만 시간도 넘는 대화를 하다 보니, 생존율과 사망률에 대해 들었을 때 열두 살짜리 아이들이 반응하는 걸 관찰할 수 있었지. 긍정적으로 말하는 정보를 더 잘 수용하는 경향이 있더구나. 넌 어때? 이야기 속 주인공의 사망률이 41퍼센트 정도 된다고 하면 더 낫겠니?"

"그건 그래요." 클레오는 투덜댔다.

"아무튼, 수천 가지 이야기 중 뭘 적용하면 좋을지 나로선 알 수 없구나. 소녀들이 탔던 짐승은 대개 상상의 동물이니까. 드론에 비유하기 적절한 동물은 과연 무얼까? 용일까? 페가수스? 하늘을 나는 양탄자? 우산을 이용해 날아다니는 여자도 있긴 한데, 우산을 이동 수단으로 사용했는지, 아니면 이동은 직접 하면서 우산은 비나 햇빛을 가리는 용도만으로 사용했는지는 모르겠다."

클레오는 어깨를 으쓱했다. "이 상황에 그 이야기가 도움 될진 모르겠지만, 아무튼 격려는 감사해요."

"그게 내 보람이란다, 클레오. 분명 잘 될 거야."

천천히 숨을 내쉬며, 클레오는 지나다니는 운송 드론들의 크기를 측정하기 시작했다. 빈 드론은 구멍 아래로 내려가는 것만 봤으므로 바로 무시했다. 가장 큰 드론 중 택배를 운반하는 것이어야 했다. 복도를 천천히 날아다니는 드론이 구멍에 다다르기 전, 그 위에 올라탈 시간은 충분할 것 같았다.

'행운을 빌어 주세요.'라는 손 모양을 보인 뒤, 클레오는 스크롤을 닫았다. 그런 다음 스크롤을 베갯잇 안에 넣고 입구 부분을 매듭으로 묶었다. 왼손으로 베갯잇을 꼭 잡은 클레오는, 다음번 나타난 운송 드론의 크기를 가늠해 봤다. 비교적 큰 드론인데, 머리는 온통 갈색에 몸체는 무거웠고, 클레오가 기어가는 속도보다 느리게 활강해 복도로 내려왔다.

드론 등에 뛰어오르며 왜 '야호!'라고 외치고 싶었는지는 정말 알다가도 모를 일이었다. 그냥 그 소리가 자연스레 나왔다. 하지만 그렇게 외친 게 별 도움은 안 됐다. 드론의 등을 손이나 허벅지로 꽉 지탱하지 못하고 반대쪽으로 미끄러져 떨어지고 말았다. '깡' 하는 소리와 함께 격자 바닥에 부딪힌 클레오는 아픈 엉덩이와 어깨를 문지르며 일어섰다.

요릭은 윙윙대며 클레오 곁으로 내려와 이를 드러내고 웃었다.

"그래, 실컷 웃어라." 클레오는 툴툴거렸다. 요릭은 살짝 갸우뚱할 뿐 말이 없었다.

두 번째 시도는 조금 나았으나, 드론이 더 작았던 데다 최대 하중 가까이 운반하고 있었는지, 클레오가 올라앉자마자 사납게 프로펠러를 윙윙대며 바닥으로 가라앉았다. 클레오는 재빨리 뛰어내리고는 꼬리 같이 생긴 봉을 토닥이며 속삭였다. "미안!"

세 번 더 시도한 뒤에야 클레오는 자신의 체중을 버텨 줄 크기의 드론을 찾았지만, 크기가 그렇게 큰 편은 아니어서 떨어질 것 같았다. 하지만 다행히 점프할 타이밍을 잡았다. 클레오가 올라타자 드론이 아래로 처졌으나 멈추진 않기에, 클레오는 드론 짐에 매달려 실린더에 뺨을 딱 붙이고 팔다리를 넓게 벌렸다. 손에 달랑달랑 매달린 베갯잇이 격자 바닥에 쓸렸다. 이러다가 칼로텍시나 플로이네이스가 깨지면 어쩌나 걱정됐지만, 위험을 감수해야 했다.

다행히 드론이 그리 빠르게 날지는 않아서 클레오는 용기를 내 위쪽을 보았다. 15미터 정도 거리에 구멍이 있었다. 느릿느릿 통로를 따라 혈액처럼 흘러가는 드론들의 그림자가 보였다. 이따금 멈춰서 다른 드론이 지나가도록 비켜 주기도 했다.

"드론들 참 예의 바르다, 요릭." 클레오가 말했다. 클레오를 벌써 따라잡은 두개골이 머리 위로 둥둥 떠 있었다. 조그만 프로펠러에서 뿜어져 내려오는 공기가 클레오의 머리칼을 헝클어뜨렸다.

구멍 전체가 시야에 들어오자, 클레오는 용기를 내 손가락을 풀었다. 뚜두둑 소리가 났다. 최대한 앞으로 가 봤으나, 살짝 속이 메스꺼워 구멍에 얼마나 다가갔는지 제대로 볼 수 없었다. 구멍 입구에 점점 다가갈수록 메스꺼움이 심해지면서, 갑자기 손바닥에 땀이 차고, 움켜쥔 베갯잇이 떨어질 듯하고, 허벅지 근육에 통증이 생기고, 왼쪽 슬리퍼가 벗겨질 것 같았다.

"좋아." 클레오는 속삭였다. "좋아, 좋아, 좋아…. 당황하지 마. 잘 될 거야. 될 거야. 요릭, 잘 될 거야. 그치?"

요릭은 이래도 그만, 저래도 그만인 것 같았다. 요릭은 렌즈를 반짝이며 클레오가 탄 드론이 구멍 쪽으로 날아가는 걸 보았다. 하지만 클레오는 차마 볼 수 없어 눈을 질끈 감았다. 앙다문 이 사이로 쉬익 소리가 났다. "제발 돼라…. 제발, 제발…."

물결과 같은 바람이 클레오를 휘감듯 불어왔다. 위아래에서 불어 닥친 기류가 복도에서 만나 서로 교차할 때 부딪혀 부는 바람이었다. 바람의 낮은 휘파람 소리는 운송 드론의 윙윙 소리, 요릭의 금속성 웅웅 소리, 클레오가 숨 쉴 때 나는 높은 소리만큼 꽤 컸다. 땀 때문에 미끄러워진 오른쪽 손바닥이 드론의 매끄러운 등껍질에 미끄러지며 끼익끼익 소리가 나, 클레오는 온몸이 긴장됐다.

이제 올라가기 시작했다.

하지만 단숨에 편안하게 올라가는 건 아니었다.

드론이 휘청거리는 바람에 배 속이 뒤집혔고, 공기를 가르는 프로펠러의 소음이 다른 소리를 전부 삼켜 버렸다. 드론은 몇 미터 정도 떠올랐다가 갑자기 가라앉았고, 안간힘을 쓰며 화물과 클레오를 들어 올리려 했다. 어느새 밑에 다른 드론이 와 있었는데, 그 드론과 클레오가 올라탄 드론이 탁 하고 충돌했고, 그 충격에 클레오는 비명을 질렀다.

양쪽 손이 살짝 미끄러졌다.

"빨리…. 올라가. 위로!" 클레오가 외쳤다.

클레오의 외침을 들었는지, 드론은 기어를 바꾼 듯 프로펠러를 돌리며 다시 올라가려고 부르릉거렸다. 동력이 증가한 드론이 갑자기 치솟았고, 클레오는 눈이 휘둥그레졌다….

그때, 머리 위에서 회전하는 다른 드론의 날개가 보였다.

클레오가 비명을 지르며 드론을 잡은 손을 놓고 옆으로 굴러 피하자마자, 두 운송 드론이 충돌했다. 프로펠러의 날이 클레오의 드론, 아니 클레오가 타고 온 드론의 플라스틱 돔을 할퀴어 쇠가 갈리는 무시무시한 소리가 공중을 메웠다.

14장

아래쪽 드론 위로 등부터 떨어진 클레오는 폐에서 공기가 한꺼번에 뿜어져 나왔고, 드론은 옆으로 크게 기우뚱했다. 간신히 방향을 바꿔 뭐라도 붙잡으려 했지만, 한 손으로 베갯잇을 쥠틀처럼 잡고 있었으므로 더 이상 버티지 못했다.

클레오는 또다시 밑으로 떨어졌다.

주변 불빛들이 빙빙 돌았고, 클레오는 드론에서 드론으로, 그렇게 부딪혀 미끄러지듯 떨어지고 말았다. 드론에 부딪힐 때마다 클레오는 온몸이 떨리고 사지가 뒤틀리며 넘어졌다. 하지만 클레오는 포기하지 않고 손을 뻗었다. 아무거나 마구 흔들고 닥치는 대로 움켜쥐다 마침내 가까스로 빈 운송 드론의 레일을 팔로 휘감았다. 너무 어지럽고 아파서, 아래로 가고 있단 사실은 생각할 겨를도 없이, 클레오는 살기 위해 매달렸다.

클레오는 눈물이 가득 고인 눈으로 획획 스쳐 지나가는 층들을 비참하게 바라봤다.

노랑.

그다음 주황.

그다음 빨강.

그러고는 어둠 속으로.

클레오에게 잡혀 얼떨결에 끌려온 불쌍한 빈 운송 드론, 아마도 클레오의 목숨을 살려 준 그 운송 드론은 딱딱한 곳에 부딪혀 심하게 흔들렸고, 그 바람에 클레오는 바닥으로 떨어졌다. 클레오가 굴러서 피하자마자, 드론은 위로 솟구쳐 곧바로 시야에서 사라졌다. 몸이 너무나 떨리고 아파서, 클레오는 베갯잇을 끌어안은 채 웅크리고 울었다.

한참을 울었다. 다리와 등을 크게 다친 클레오는 아파서도 눈물이 멈추지 않았다. 자기가 어리석었단 걸 깨닫자 더 많은 눈물이 났다. 어떻게 그렇게 무모한 짓을, 그렇게 대담한 짓을 했지? 시뮬레이터 트램펄린이나 침대에서 떨어졌던 것, 아빠가 자신을 안고 갑자기 휙휙 돌려 주던 것과는 비교도 안 됐다. 손을 써 볼 수도 없었고, 정신이 없었고, 빨라도 너무 '빨랐다'. 하지만 클레오가 눈물을 흘리는 가장 큰 이유는 부모님 생각 때문이었다. 클레오는 자신도 의사인 엄마처럼 될 수 있다는 생각에 자기가 너무도 이기적이었단 걸 그제서야 깨달았다.

자신도 누군가를 구할 수 있을 거라는 생각에.

이제 엄마와 아빠와 미리엄, 그리고 '다른 사람들' 모두 클레오가 있는 곳보다 까마득히 높은 곳에 있었다. 엄마 아빠는 머나먼 저 위에서, 걱정과 슬픔, 두려움을 가누지 못하고 있을 터였다. 결코 아무도 사라지지 않았다.

'하지만 나는 어둠 속에 혼자 남았고, 사라져 버린 거야.' 그런 생각이 들자 클레오는 더욱 크게 흐느껴 울었다.

15장

클레오가 흐느낌을 멈춘 것은 얼음장 같은 공포감이 들어서였다. 뭔가 축축한 것이 아주 가까이에서 으르렁거리는 듯 세차게 콸콸 쏟아지는 소리에 클레오는 허둥지둥 뒷걸음질 쳤다. 클레오는 발길질하고 비명을 지르다가 뭔가 딱딱한 것에 등을 부딪쳐서, 몸을 웅크린 채 양팔로 얼굴을 감쌌다.

아무 일도 일어나지 않았다.

침을 삼키려 해 봤지만 그조차도 너무 힘들었다. 클레오는 얼굴을 꽉 감쌌던 팔을 조금 열고 그 틈으로 앞을 내다봤다.

어둠만 가득할 뿐이었다.

"베, 베인 선생님?" 클레오가 속삭였다. "제발⋯."

물론 베인 선생님은 돌돌 말린 채 베갯잇 안에 들어 있었다.

베갯잇은 콸콸거리는 소리가 났던 곳 근처, 좀 전에 클레오가 떨어진 곳에 있었다.

어쩔 수 없이 울음소리가 입에서 새어 나왔고, 클레오는 두 손으로 곱슬머리를 쓸어 넘겼다. 머리카락을 아프게 당겨서라도 어떻게든 정신이 들게 하거나, 최소한 두려움에서 벗어나 조금이라도 움직이게 될 수 있길 바라서였다. 하지만 또다시 우르릉 콸 콸거리는 소리에 클레오는 비명을 질렀다. 높고 날카로운 비명마저 가래가 끓는 듯한 그 소음에 묻혀 버렸다. 그와 동시에, 클레오는 슬리퍼 한 짝을 벗어들고 절박한 심정으로 소리 나는 쪽을 향해 던졌다. 어설프고 쓸모없는 짓이라고 생각했지만 그 콸콸대던 소리는 멈췄고, 뭔가를 힘껏 던지고 나니 기분이 나아진 클레오는 다른 쪽 슬리퍼도 벗어 던질 준비를 했다.

그리고 클레오가 다른 한 쪽 슬리퍼를 마저 던지자, 타오르는 듯한 노란 빛이 시야를 가렸다.

"안 돼! 안 돼!" 클레오는 악을 쓰며, 허공을 할퀴면서 양손을 채찍처럼 휘둘렀다.

익숙하지만 거슬리는 작은 윙윙 소리가 계속 들려와, 클레오는 흥분된 마음이 가라앉았다.

"요, 요릭?" 클레오는 숨을 헉 들이쉬었다. 씩 웃는 얼굴의 두개골이 공중을 맴돌고 있었다. 그 작은 드론이 두 개의 안구에서 쌍둥이 광선처럼 불빛을 뿜으며 주위를 빙빙 도는 동안, 클레오는 갑자기 밝아진 시야에 생긴 점들을 없애려고 눈을 깜빡거렸다. 그러고는 손바닥을 내밀었다.

두개골은 최대한 다소곳하게 손바닥에 내려앉았다.

클레오는 다시 펑펑 울었는데, 이번엔 순전히 안도감에서였다. 클레오가 와락 당겨 안자, 요릭은 경악하듯 진동했다. 두개골 속에서 작은 드론이 이리저리 부딪히는 소리가 들려도 클레오는 상관하지 않았다. 그저 요릭과 딱 붙어 있고 싶을 뿐이었다.

클레오는 요릭을 실컷 안아 주고 난 다음, 몸을 살살 돌려서 요릭이 쏘는 노란 광선이 어둠 속을 비추도록 했다. 요릭의 광선이 콘크리트 바닥에 떨어지자, 바닥의 거친 질감이 빛 가장자리에 작게 그림자를 드리웠다. 바닥의 빛 한가운데에 베갯잇이 축 늘어져 쓸쓸히 놓여 있었다. 그 너머로, 콸콸거리는 소리가 시작된 곳이 눈에 들어왔다.

수직 파이프들로 이루어진 거대한 벽.

클레오가 쳐다보는 순간, 파이프들 중 하나에서 그 거대한 관을 통해 뭔가를 분출하듯 철벅거리며 거품이 이는 불쾌한 소리가 들렸다. 파이프는 강철로 되어 있어 부엌 튜브처럼 속이 들여다보이진 않았다. 잠시 후, 다른 파이프도 조금 전과 똑같은 소리를 냈다. 클레오는 움찔했다. 그 소리는 마치 상태가 몹시 좋지 않은 배에 청진기를 들이댔을 때에나 들어 봤음직한, 평생 들어본 중에 가장 역겨운 소리였다.

울퉁불퉁한 바닥을 기어가는 바람에 손바닥과 무릎이 긁혀서, 클레오는 우선 슬리퍼를 찾아 신었다. 서 있다고 나아질 건 없었지만, 그래도 심하게 아프진 않았다. 최소한 바닥에 떨어질 때 다친 정강이, 엉덩이, 어깨보다는 덜 신경 쓰였다. 덜덜 떨면서 클레오는 그래도 뼈가 안 부러져 얼마나 다행인지 모른다는 생각에, 아까 그 빈 드론에게 마음속으로 고마워했다.

그러나 베갯잇을 자세히 본 순간, 고마운 마음은 순식간에 증발해 버렸다.

"안 돼! 어어, 요릭, 안 돼!" 클레오는 울부짖었다.

베갯잇 한쪽 구석에 물이 고여 서서히 번지고 있었던 것이다. 처음엔 물병이 깨졌나 했지만, 요릭이 그 위를 비추자 진실이 드러났다.

물은 밝은 파란색을 띠고 있었다.

클레오는 숨도 못 쉬고 베갯잇 매듭을 풀어 스크롤을 끄집어 냈다. 다행히 망가지지 않은 것 같았다. 그 아래 포장재 안쪽 투명한 충전재는 찌그러져 부서진 충전재들이 한쪽에 몰려 있었다. 칼로텍시나 플로리네이스의 구체들은 그 안에 있었다.

아니, 구체의 잔해가 있었다.

클레오는 떨리는 손가락으로 구체의 부서진 플라스틱 조각을 집어 들었다. 조각은 푸른색 약이 묻어 끈적였는데, 약물이 손바닥으로 흘러내렸다. 약에서는 식초 같기도 하고 쇠 같기도 한 냄새가 났다. 클레오는 깨진 구체 조각을 던져 버리고 나머지 구체들을 만져 보았다. 두 번째 구체도 첫 번째 것처럼 부서져 내용물이 온통 바닥에 새어 나와 있었다. 그럼 세 번째 것은?

클레오는 이를 덜덜 떨며 마지막 구체를 끄집어냈다. 젖은 포장재 조각들을 조심조심 떼어 낼 때마다 손가락 끝을 베갯잇에 문질러 닦았다. 손에 약이 좀 더 묻었지만, 클레오는 잠시 후 안도의 한숨을 내쉬었다.

마지막 것은 깨지지 않았다.

클레오는 보석처럼 빛이 나는 구체를 무릎 위로 끌어안고, 베갯잇 속 내용물을 전부 바닥에 쏟았다. 물병은 멀쩡했다. 남은 사과는 클레오만큼이나 멍들어 있었지만 먹어도 될 것 같았다. 실키 담요는 약 반대편 구석에 처박혀 있어 약이 거의 묻어 있지 않았다. 클레오는 마음을 달래려고 차가운 담요에 뺨을 비비면서 훌쩍거렸다. 그러고는 하나 남은 구체를 담요로 조심조심 단단히 싸서, 베갯잇에 도로 집어넣었다.

"잘 지켜 줘, 실키." 클레오가 중얼거렸다. 파이프들이 대답하듯 시끄럽게 우르릉댔다.

"갔던 일은 어떻게 됐니, 클레오?" 로그인하자, 베인 선생님이 활기차게 물었다.

"망쳤어요, 선생님. 완전히요." 클레오가 힘없이 말했다.

"마음 상해 보이는구나." 선생님은 상냥하게 제안했다. "말하고 싶으면 해. 들어 줄게."

"추락했어요. 그리고…." 클레오는 구멍 너머로 위쪽을 보며 잠시 말을 멈췄다. 위쪽 갈색빛 전구들은 조금이나마 형태가 보였지만, 복도 불빛이나 유닛은 보이지 않았다.

"길을 잃은 것 같아요. 하지만 더 나쁜 일도 있어요."

"다친 건 아니지? 응, 클레오?"

클레오는 머리를 흔들었다. "네, 그렇지만 약이 별로 남지 않았어요. 구체가 이제 하나밖에 없어요."

"이런, 어떻게 도와줄까?"

클레오는 눈을 감고 생각했다. "칼로텍시나 플로리네이스의 표준 투여량을 검색해 주실래요? 아니, 그보다는 구체 한 개에 든 약이 며칠 분량인지…."

베인 선생님은 눈을 깜빡였다. "환자나 증상에 따라 다르지만, 최대 안전 용량을 투여할 경우, 구체 하나는 열흘 분량이다."

"그럼 한 달 분량이었네요." 클레오는 침울하게 말했다.

"그럴 수 있지. 어쩜 아직 희망이 있을지도 모르겠는걸?"

클레오는 멍든 다리 한쪽을 문질렀다. "어떻게요?"

"지금이 5월 마지막 주잖니. 그러니 남은 구체만 가져다줘도 다음 달 초에 새로 주문할 때까지 시간을 벌 수 있지."

"그랬음 좋겠네요." 클레오는 힘없이 미소 지었다. 하지만 미소는 그리 오래가지 않았다. 왠지 느낌이 좋지 않았다. 갑자기 추락한 것, 약을 잃은 것, 파이프들에서 나는 오싹한 소음보다 더 안 좋은 느낌이었다. 질문들이 한꺼번에 너무 많이 떠올랐다 '여긴 어딜까? 여기서 어디로 가야 하지? 미리엄에게 가는 데 얼마나 오래 걸릴까?' 그리고 그 질문들 뒤에 숨겨진 더 어둡고 무서운 질문, '집으로 다시 돌아갈 수 있긴 할까?'까지. 적절한 해결책을 찾으려면 불안한 마음을 가라앉혀야 하는데, 역부족이었다.

"한 번에 하나씩, 클레오." 클레오는 스스로 다짐하며 일어섰다.

"좋은 생각이야, 클레오." 베인 선생님이 말했다.

파이프 위로 기어 올라가려 해 봤지만, 정확히 한 번 시도하고 포기했다. 너무 두껍고 미끄러워 잡을 수가 없었고, 베갯잇을 떨어뜨릴까 겁이 나서 높이 올라갈 엄두가 나지 않았다. 클레오는 요릭의 턱을 잡고 좌우로 천천히 돌렸다. 요릭의 눈에서 뿜어져 나온 광선에 또 다른 긴 복도가 드러났다. 어디로 가라는 표시는 없었다. '계단은 이쪽'이라고 쓰인 표지판을 바라는 건 무리일 거라고 클레오는 생각했다.

베인 선생님과 상의한 끝에 클레오는 오른쪽으로 가기로 결정했다. 파이프 소음이 오른쪽에서 왼쪽으로 흘러가고, 그게 하수 오물이나 음식물 쓰레기 파이프라면, 논리적으로 위쪽 유닛에서 나오고 있는 게 분명하다는 클레오의 생각을 듣고 난 뒤, 선생님은 빈틈이 없다고 답했다. 클레오가 간절히 가기를 원하는 곳이 바로 그곳이었으므로.

콘크리트에 슬리퍼의 고무 밑창이 긁히는 소리가 나자, 클레오는 문득 격자 바닥이 그리워졌다. 아파트의 쾌적한 카펫 바닥은 생각하지 않으려고 애썼다. 조금이라도 집 생각이 나면, 감정이 북받쳐 주저앉아 머리카락으로 얼굴을 뒤덮고 울고 싶어졌기 때문이다.

그래서 집 생각은 아예 하지 않으려고 애쓰며 계속 나아갔다.

드디어 통로에서 한 가지 패턴을 발견했다. 천장에 구멍이 나 있는 곳마다 수직으로 된 파이프들이 내려와 복도에 늘어선 파이프들과 만나며, 거꾸로 된 T자를 만들고 있는 것이었다. T자형 파이프 십여 개를 지나 주요 교차로에 다다랐다. 물병에서 물을 재빨리 한 모금 마신 클레오는 어느 쪽으로 가야할지 고민하기 시작했다.

네 방향 모두 파이프들이 있었다.

네 방향 모두 끝없이 이어지는 것 같았다.

네 방향 모두 어두웠다.

불빛 하나만 빼고.

"요릭, 잠깐 불 좀 꺼 봐." 클레오는 드론의 광선을 손으로 가렸다. 눈이 적응하는데 시간이 좀 걸렸지만, 적응이 되자 맞은편 복도에서 나오는 빛이 조금 보였다. 눈을 가늘게 뜨고 더 자세히 보려고 했지만, 하얀색인지 노란색인지 아니면 연두색인지 구별하기 어려웠다. 빛이 얼마나 먼 데서 나오는지도 알 수 없었다.

하지만 그 빛이 움직이는 것만은 확실했다.

"저기요!" 갑자기 클레오가 외쳤다.

"왜 그러니, 클레오?" 베인 선생님이 물었다. 베갯잇을 든 손에 베인 선생님까지 들고 있었으므로, 선생님은 목소리만 들릴 뿐 온통 파랗게 된 형겊만 보였다.

"저, 저기 뭐가 있는 것 같아요." 클레오는 흥분했다. "빛이 있어요. 또 관찰 드론일까요? 저 드론을 통해 사람이 보고 있다면요? 도와줄지도 몰라요!"

"조심해야 하지 않을까?" 선생님은 말했다. "이야기들을 보면 대개 멀리 보이는 빛은 긍정적 요인일 때도 있지만, 문제를 일으키는 경우가 더 많거든. 도깨비불, 호박등, 일본의 요괴등, 핀란드의 도깨비불 리코, 그리고 자연계의 아귀는…."

클레오는 그 말을 무시했다. 이미 통로를 전력 질주하기 시작한 클레오는 손을 흔들고 고함을 치며 주의를 끌려고 했다. 요릭이 미처 클레오를 따라잡지 못해서 100미터쯤 더 갔을 때 클레오는 양쪽에서 뿜어져 나오는 불빛이 미치지 않아 어둠침침한 복도에 서 있었다. 파이프 위아래의 숨은 공간들은 터널 속의 또 다른 터널처럼 뭔가 불안했고, 무거운 내용물이 요동치지 않을 때도 복도 위아래로 뭔가가 미끌미끌 후두둑 끝없이 흐르는 듯했다. 클레오는 미끄러지듯 멈춰 섰다.

"제, 제 생각엔 뭔가 이리로 오고 있는 거 같아요." 클레오가 속삭이듯 말했다.

뭔가가 정말 그들을 향해 다가오고 있었다.

16장

그 물체가 가까이 다가왔을 때, 클레오는 눈을 가려야 했다. 그것이 뿜어내는 빛은 요릭보다 강해, 눈이 너무 부셔서 클레오는 그 물체를 제대로 볼 수 없었다. 그렇지만 물체가 크고 빠르다는 것, 그리고 클레오가 그곳에 있다는 걸 알고 있다는 것만은 분명했다. 고통에 시달리는 남자가 신음하는 듯한 낮은 음조의 울림이 통로를 가득 메우자, 클레오의 심상이 요동치기 시작했다. 클레오는 뒤로 한 걸음 물러났고, 이내 한 걸음 더 뒷걸음질쳤다. 클레오가 움직이자, 그 물체는 쏜살같이 다가와 5미터 정도 앞에서 멈췄다. 그 물체에서 뿜어져 나오는 빛이 통로를 밝혔고, 클레오는 그제야 그 물체를 또렷이 볼 수 있었다.

"저…. 베인 선생님." 클레오가 속삭였다.

"응, 클레오?"

"선생님이 알고 계신 이야기들을 보면요, 혹시 착한 편이 저런 빛을 내뿜기도 해요?"

클레오는 떨리는 손으로 스크롤을 들어 올렸다.

"아니." 베인 선생님은 조용히 말했다. "그런 경우는 없어."

그 물체가 드론이라는 건 확실했다. 거미를 닮은 유리 눈 여덟 개가 전면부에 돌출돼 있었는데, 마치 거미를 연상시키는 듯한 형상은 거기서 끝나지 않았다. 머리를 둥글게 에워싼, 라디오 안테나처럼 짧아졌다 길어졌다 하는 기다란 부속이 여러 개 있었고, 각각의 부속 끝에는 집게발, 그물, 삽, 노즐, 와이어 브러시 등 여러 종류의 도구들이 달려 있었다.

가시 돋친 작살도 눈에 띄었다.

그 물체는 클레오가 보는 앞에서 부속 전체를 회전시키더니, 그중 두 개만 팔처럼 머리 아래로 늘어뜨렸다. 두 개의 도구인 작살과 집게발이 늘어났다 줄어들었다 하며 길이를 조절하기 시작했다.

클레오는 조금씩 뒷걸음질 쳤다.

드론은 눈에서 나오는 빛으로 클레오를 비추며 살금살금 다가오더니, 갑자기 높이 솟구쳐 작살과 집게발을 클레오의 머리 가까이 들이댔다. 클레오가 고개를 들어 위를 쳐다보자 그 물체의 아랫부분이 보였다. 거미였다면 둥글고 납작한 배가 있었을 자리에 촘촘한 그물 자루가 달려 있었다. 경악스럽게도 그 망은 드론이라고 하기엔 너무나 자연스럽게 움직이며 출렁거리고 꿈틀댔다.

그 안에는 살아 있는 생명체가 있었다.

그것도 많은 것들이.

클레오는 비명을 질렀다. 드론이 점점 더 가까이 왔다.

클레오는 도망쳤다.

가까스로 클레오를 따라온 가엾은 요릭은 오자마자 바로 그 드론의 도구에 낚아 채여 벽에 쿵 부딪히고 그대로 콘크리트 바닥에 떨어졌다. 드론은 다시 클레오를 쫓아 질주했고, 둘 사이의 거리는 금세 좁혀졌다. 클레오는 용기를 내 뒤를 돌아봤다.

드론은 바로 그 자리에 있었다.

드론이 클레오의 어깨를 집게발로 내리치는 바람에, 클레오는 바닥에 곤두박질쳐 콘크리트 바닥에 양손과 무릎을 긁혔다. 클레오가 정신을 차릴 새도 없이 드론은 계속 다가왔고, 이를 피하기 위해 클레오는 옆으로 굴러 맨 아래 파이프 밑에 몸을 우겨 넣고 베갯잇으로 가슴팍을 보호했다. 클레오는 몸을 최대한 웅크리고 꿈틀꿈틀 움직여 파이프 아래 틈새 깊은 곳으로 들어가려고 했다. 클레오는 폐가 타 들어가는 듯했으나, 숨을 참으면서 밖을 살폈다.

드론은 클레오를 찾느라 천천히 회전하며 그곳을 맴돌았다. 이제는 드론의 배에 달린 그물 자루가 또렷이 보였는데, 그 안에 들어 있는 것은 수십 마리의 쥐였다. 쥐들은 찍찍거리고, 싸우고, 서로의 몸 위로 기어오르고, 사납게 날뛰고 밀쳐 대며 있지도 않은 출구를 찾고 있었다. 그보다 더 큰 동물도 있었는데 털이 복슬복슬하고, 까만 꼬리는 휘어져 있고, 눈은 지능이 높아 보이고, 기다란 손가락들을 구부려 그물망을 감싸 쥐고 있었다. 클레오는 그 안에 잡혀 있는 동물들에 대한 연민이 순간 파도처럼 밀려왔고, 이어 그 동물들의 모습에 넋을 잃었다. 죽은 지렁이를 몇 마리 본 적은 있지만, 시뮬레이터를 통해 본 동물이 아닌, 진짜 동물을 본 건 처음이었다. 하지만 클레오는 눈을 질끈 감고 그 두 개의 감정을 억누르려 애썼다. 울음을 터트리면 위치를 들키게 될 테니까. 그러나 이 또한 소용없는 일이 되고 말았다.

요릭이 완전히 망치고 말았던 것이다.

"안 돼!" 요릭이 나타나자 클레오는 쉿 하고 소리를 냈다. 요릭은 벽에 부딪혀서 어지럽다는 듯 요상하게 날았는데, 그래도 어쨌든 위아래로 오르락내리락하며 날아오다 그 커다란 드론의 뒤를 깡 하고 들이받고 말았다. 큰 드론은 곧바로 한 바퀴 회전하면서 팔들을 빙빙 돌려 도구들을 새로이 정렬했다. 그러고는 그물 팔을 정면으로 발사해 공중에서 요릭을 재빨리 들어올렸다. 두개골이 꼼짝없이 잡히자, 그 안에서 작은 드론이 화난 것처럼 윙윙댔다. 큰 드론이 그물을 들어 올려 등 뒤로 보내자, 문인지 구멍인지 알 수 없는 무언가가 열리는 소리가 들렸다. 자신의 배에 있는 자루에 요릭을 집어넣으려는 것 같았다. 하지만 순순히 응할 요릭이 아니었다. 자루 안에 던져지려던 찰나, 요릭은 가볍게 날아올라 작게 윙윙거리며 거미 같은 드론 뒤쪽으로 되돌아가서는 다시 둥둥 떠서 바닥으로 내려갔다.

클레오를 똑바로 쳐다보면서.

바닥에서 두개골이 딸깍거리는 소리를 들은 큰 드론이 또다시 회전하며 바닥까지 렌즈를 내렸다. 간신히 떠 있는 상태를 유지하던 요릭이 콘크리트에 부딪혀 미끄러져 넘어지며 요릭이 내뿜는 광선이 똑바로 클레오의 얼굴을 비추고 있었다.

곧이어 거미 같은 드론도 클레오 얼굴에 광선을 비췄다.

드론은 귀를 찢을 듯 무시무시하고 날카로운 굉음을 내며 클레오가 있는 비좁은 틈새로 집게발을 발사했다. 클레오는 발길질로 그 집게발을 걷어차 파이프에 충돌시켰다. 그러자 드론은 또 다른 팔을 휘둘러 틈새 속으로 발사하더니, 클레오의 머리 위로 그물 자루를 바짝 갖다 댄 다음 클레오를 홱 잡아당겼다. 하지만 클레오는 드론이 잡아 가던 쥐나 다른 동물들보다 컸으므로 쉽게 밖으로 끌어내지는 못했다. 그렇지만 드론이 끌어당길 때마다 클레오는 심한 통증을 느꼈다. 클레오는 손을 위로 뻗어 그물 자루를 찢은 다음, 드론 팔의 금속 프레임을 움켜잡아 드론 못지않은 힘으로 비틀고 끌어서 홱 잡아당겼다. 갑자기 꾕음과 함께 드론의 팔이 떨어져 나갔다. 드론은 심하게 흔들리더니 뒤로 물러났다.

"저리 가!" 클레오가 외쳤다. "어서 가 버리라고!"

드론이 팔들을 다시 회전시켰다. 클레오는 이때를 틈타 재빨리 빠져나가려 했다.

하지만 그럴 틈이 없었다.

만지면 따끔거리는 뜨거운 액체가 드론이 새로 뻗은 팔 끝의 노즐에서 분사됐다. 클레오는 얼굴을 가리기 위해 베갯잇을 들어 올렸다. 그러자 또 드론이 집게발을 뻗어 베갯잇을 움켜쥐고 잡아당겼다. 클레오가 저항하려 했으나 액체가 닿는 곳마다 너무 아파서, 감히 눈을 뜨거나 입을 벌릴 엄두도 나지 않았다. 거대 드론이 베갯잇을 채 가는 바람에 클레오는 공포에 휩싸였다. 붙잡아 보려고 했지만 드론은 베갯잇을 홱 휘둘러 배에 달린 자루 속으로 던져 넣었다. 클레오는 침을 뱉고 소매로 눈을 비볐다. 눈을 뜨고 앞이 다시 보이기 시작했을 땐, 포획량이 충분해서인지 아니면 수리를 위해서인지 그 드론은 이미 이륙한 뒤였다. 클레오는 파이프 아래에서 허둥지둥 빠져나와 뒤쫓아 갔지만, 빠르게 날아가 버린 드론은 코너를 돌아 이미 사라진 뒤였다.

베갯잇도 함께.

그 안에 들어있는 것들도 모두 다.

17장

손에는 피가 나고 있었고, 드론이 뿌린 액체가 닿은 상처는 몹시 화끈거렸다. 클레오는 셔츠를 돌려 등 쪽 마른 부분이 앞으로 오게 한 다음, 배를 덮은 헐렁한 옷자락에 손을 감쌌다. 요릭은 바닥을 껑충 가로질러 잽싸게 다가와 최대한 클레오 가까이 자리 잡았다. 그런데 요릭이 내뿜는 양쪽 광선 중 한쪽이 다른 쪽보다 훨씬 어두워져 있었고, 날려고만 하면 두개골 안에서 딸각딸각 이상한 소리가 났다. 그래도 요릭이 내뿜는 빛으로 스크롤이 떨어진 자리가 보여서, 클레오는 재빨리 파이프 아래에 떨어져 있던 스크롤을 끄집어냈다.

"선생님, 이제 갔어요." 클레오가 말했다.

"알아, 나도 봤다."

"뭐, 뭐였어요, 그거?"

"청소 드론."

클레오는 오싹해져서 복도 아래쪽을 봤다. "저, 저런 게 많아요?"

베인 선생님은 눈을 깜빡이고 책상 위 머그잔에 든 걸 홀짝

마셨다. "그 정보는 데이터베이스에 없구나. 괜찮다면, 설계도는 보여 줄 수 있는데."

화면에서 선생님의 모습이 사라지고 무시무시한 청소 드론의 얼굴이 나오자 클레오는 움찔했다. 그래도 클레오는 꾹 참고 그 모습을 자세히 살펴봤다. 나쁜 소식만 있는 건 아니었다.

"아까 녀석이 뿌린 건 그냥 뜨거운 비눗물이었네요." 클레오는 말했다.

"응, 설명서에 따르면 그걸로 파이프 사이사이에 있는 동물 둥지를 쓸어 낸다고 해. 그다음 동물들을 잡아 제거하고. 여기는 낮은 층이라서 해충이 문제될 수 있겠다."

"백혈구…." 클레오가 중얼거렸다.

"그게 뭐라고, 클레오?"

"그냥 생각해 본 건데요." 클레오는 답했다. "운송 드론은 적혈구, 수리 드론은 혈소판, 저건 백혈구라고요."

"단핵 백혈구? 가장 크고, 침입한 건 모조리 흡수하는…."

클레오는 고개를 끄덕거렸다. "그 드론 말이에요, 배 쪽에 달린 그물에 쥐랑 그보다 더 큰 동물이 있었어요. 그 안에 제 베갯잇도 넣었고요." 클레오는 숨을 크게 들이쉬고 눈을 깜빡이며 눈물을 참았다. "실키 담요도, 마지막 남은 약도요."

"그러고 보면, 인도적인 해결책인 것 같다."

"인도적이요?" 클레오가 물었다.

"그래, 쉽게 몰살할 수 있음에도 그렇게 하지 않았으니까."

클레오는 일어나 바르게 앉았다. "그럼, 잡은 것들을 어떻게 할까요?"

"유감이지만, 그것에 대한 기록도 없구나."

"생각 좀 해 볼래요." 클레오는 눈을 감았다. 정맥과 동맥에서 백혈구 세포가 박테리아나 바이러스를 흡수한 다음 어떻게 하는지 상상하려 애썼지만, 시각화하기 어려웠다. 대신에 완전히 다른 이미지가 떠올랐다. 바로 잠든 늑대의 피투성이 배였다.

사냥꾼이 도끼를 들고 그 옆에 서 있었다.

클레오는 벌떡 일어나 요릭을 팔로 껴안고, 스크롤을 단단히 말아 바지 허리춤에 끼웠다. 그런 다음 청소 드론의 몸에서 떨어진, 막대기처럼 생긴 기다란 그물 팔을 후욱 들어 올려 검처럼 허공에 휘두르며 고개를 끄덕였다.

사냥할 시간이었다.

18장

클레오는 청소 드론이 사라진 쪽으로 성큼성큼 걸으며 5미터씩 앞으로 나아갈 때마다 이를 악물고 그물 팔을 휘둘러 파이프를 때렸다. 규칙적으로 들리는 텅텅 소리가 으스스하게 메아리치며 클레오의 존재를 알렸다.

"어딨어?" 클레오가 사납게 외쳤다. "난 여기 있으면 안 돼! 와서 나를 '청소'하라고!"

하지만 주변은 여전히 고요했다.

좌절감이 들었지만, 파이프가 더 많아졌다는 것만은 알 수 있었다. 이제 클레오 양옆으로 늘어선 파이프들은 점점 더 두꺼워지고 있었다. 그걸 본 클레오는 촘촘하고 길게 뭉친 근섬유를 떠올렸다. 이젠 아래로 기어들어 숨을 수도 없었다.

그렇다고 숨으려던 건 아니었다.

길을 찾을 만한 지표도 없었으므로, 클레오는 교차로가 나올 때마다 운에 맡겨야 했다. 베인 선생님이 촬영을 해 줄 수 없으면, 한 걸음 한 걸음 내디딜 때마다 더 심각한 상황에 빠질 수 있다는 것을 알았다. 하지만 약은 반드시 되찾아야 했으므로, 클레오는 파이프를 따라 계속 앞으로 나아갔다. 몇 분마다 꾸르륵거리는 파이프 소리로 그 안의 내용물이 어느 방향으로 흘러가는지를 가늠할 수 있었다. 파이프가 유닛에서 나온 오물과 음식물 쓰레기를 내보내는 통로일지도 모른다는 생각은 점점 확실해졌고 그게 맞다면 청소 드론은 베갯잇 또한 같은 곳으로 가져갈 거라고 생각했다. 클레오는 제발 그렇길 바랐다.

클레오가 추측하던 것은 냄새로 확인할 수 있었다. 톡 쏘는 냄새, 상한 사과 주스 같기도 하고 시금치를 너무 익힌 것 같은 냄새가 통로를 가득 메웠다. 클레오는 소매로 얼굴을 가려, 옷감을 통해 숨을 쉬어야 했다. 하지만 그조차도 별 도움이 안 됐다.

"후각 수용기가 없는 걸 감사해라." 클레오는 요릭을 보고 투덜거렸다. 요릭은 두개골 안에서 요동쳤지만, 그렇다고 빠져나갈 힘은 없는 듯했다.

통로를 따라 15미터 정도 더 내려가자, 확실히 기온이 올라간 게 느껴졌다. 집에서 막 나왔을 때는 살짝 시원하다 싶을 만큼 쾌적했다. 하지만 지금은 땀이 나서 무릎과 손바닥의 작은 상처들이 훨씬 더 따가웠다. 클레오는 땀방울이 눈으로 흘러들어가자 요릭을 내려놓고 이마의 땀을 닦아야 했다. 요릭의 조명이 잠깐 나간 사이, 통로 저편 멀리서 다른 뭔가가 드러났다. 청소 드론이 뿜는 더 밝은 빛이었다.

"어이!" 클레오는 두개골의 안구를 잡고 요릭을 집어 들었다. 클레오는 소리를 마구 지르며 청소 드론과의 거리를 좁혔고, 드론은 눈에 띄게 속도가 느려져 있었다.

클레오는 곧 그 이유를 알게 됐다.

복도는 거대한 방으로 이어졌고, 열 대 정도 되는 청소 드론이 조명 광선을 휙휙 뿜어내며 방 안을 밝히고 있었다. 벽으로 돌출된 파이프들은 입을 쩍 벌리고 있었고, 몇 분마다 한 번씩 그 파이프들 중 하나의 관에서 내용물이 쏟아져 직사각형 구덩이로 들어갔다. 앞으로 돌진하던 클레오는 하마터면 그 구덩이에 떨어질 뻔했다. 다행히 끝자락에서 멈춰 섰다.

망가진 청소 드론이 그 위를 천천히 항해하고 있었다.

"이리 돌아와!" 클레오가 외쳤다. 하지만 드론은 무시했다. 드론은 구덩이로 들어가 파이프들이 쏟아내 수북이 쌓인 더미 몇 미터 위까지 하강했다. 클레오는 손과 무릎으로 바닥을 짚고, 바닥의 가장자리 너머로 구덩이를 내려다봤다.

알고 보니, 그 더미는 음식물 찌꺼기였다. 사과 속, 땅콩 껍데기, 케일 자루, 감자 껍질, 데친 상추 등 건물 안 사람들이 먹고 버린 것은 그곳에 다 모여 있었다. 구덩이에서 올라오는 냄새에 클레오는 속이 뒤집혔지만, 꾹 참고 계속 지켜보았다. 새가 둥지에 앉듯 드론이 더미 위에 안착하자, 아래쪽에 달린 그물이 떨어져 나갔다. 그와 동시에 서로 얽힌 쥐들이 떨어져 나와, 허둥지둥 기어 사라지거나 더미 속으로 파고들었다. 그보다 더 큰 동물은 뒷다리로 서서 드론을 향해 사납게 짖어 대더니, 반쯤 씹다 버린 자두를 들고 가 버렸다. 드론은 더미 꼭대기에 한 가지 물건만 남겨 놓고 이륙했다.

클레오의 베갯잇이었다.

클레오는 지금 있는 곳에서 아래쪽 더미까지 약 3미터 정도 되는 것 같아 보여 떨어져도 괜찮겠다고 판단했다. 그 더미들 중 하나에 착지하면 크게 아프지도 않을 것 같았다. 하지만 그건 하나만 알고 둘은 모르는 생각이었다. 다시 빠져나오려면? 그러려면 어떻게 해야 할지 전혀 방법을 알 수 없었다.

게다가 알아낼 시간도 없었다.

클레오가 일어나 앉자마자 다른 청소 드론이 클레오를 발견했다. 눈을 뜰 수 없을 만큼 밝은 빛이 바닥의 가장자리로 쏟아지더니, 곧이어 클레오에게 집중됐다. 드론은 클레오 쪽으로 활강하면서 브러시와 노즐이 달린 팔들을 늘어뜨렸다.

날아드는 드론의 앞면을 클레오가 그물 검으로 강타했다.

그러자 조명 광선 대신 푸른 불꽃이 튀기며, 여섯 개의 눈 중 세 개의 플라스틱이 깨져 구덩이 속으로 굴러 떨어졌다.

"미안해!" 클레오가 반사적으로 말했다. "해치려는 게 아냐! 그냥 가 줘!"

클레오의 말을 알아들었는지 아닌지 드론은 대꾸하지 않았다. 대신 안테나 같은 부속을 교체해 창끝으로 클레오를 겨누었다. 드론이 공격을 하자 클레오는 이번에도 검을 휘둘러 응수했다. 클레오의 그물 검이 드론 팔의 이음새를 정통으로 잡아 두 동강을 냈다. 클레오가 고함을 치며 마구 휘두르다가 검이 부러져, 검 끝에 달려 있던 그물이 날아가 청소 드론의 전면부 한 가운데에 들러붙었다.

갑자기 싸울 수 없게 된 클레오는 드론이 따라오길 바라며 복도로 다시 뛰어들었다. 하지만 드론은 따라오지 않았다. 드론은 팔을 축 늘어뜨리고 조명도 꺼진 채 그 자리에서 맴돌았다. 잠시 후 드론은 상승하더니 천장의 구멍을 향해 빙글빙글 천천히 돌았다. 허공 한가운데에 도착한 청소 드론은 작은 수리 드론 두 대와 합류했고, 수리 드론들은 방에서 나가는 내내 청소 드론을 호위해 주었다.

"고마워!" 클레오가 떠나가는 드론들을 향해 외쳤다.

그런데 그때, 청소 드론 세 대가 나타나 휙 돌더니 조명을 동시에 클레오에게 비추며 뒤쫓아 왔다. 클레오는 또 뒤돌아 달아났다.

거미처럼 생긴 또 다른 드론이 클레오의 뒤편에서 날고 있었는데, 배에 달린 그물이 뭔가로 가득 차 꿈틀대고 있었다.

선두로 추격해 온 청소 드론이 바짝 따라붙어 있었다. 드론의 창이 클레오의 척추에 꽂히려던 찰나, 클레오는 바닥 모서리에서 아래로 껑충 뛰어내렸다. 클레오는 발로 착지했으나 발아래 퇴비 더미가 너무 물러 균형을 잡지 못했다. 클레오는 팔꿈치까지 오물에 빠졌고, 요릭은 다른 쪽으로 굴러가 버렸다. 클레오는 몸을 돌려 등을 대고 누운 채, 위로 발길질과 주먹질을 해 댔다.

드론은 클레오를 지나쳐 갔다.

클레오가 숨을 헐떡이는 동안, 복도에서 나온 청소 드론은 클레오의 머리 위를 향해했다. 그 드론은 구덩이 너머로 날아가 하강했다. 터널에서 클레오가 싸웠던 청소 드론처럼, 그 드론도 그물에 든 동물을 처분하고 난 뒤 그 자리를 떠났다. 두엄 더미 위에 열 마리 정도의 쥐가 흩어졌지만, 관심을 두는 청소 드론은 하나도 없었다. 그래서 클레오는 구덩이는 안전하다는 걸 알게 됐다.

적어도 청소 드론으로부터는 말이다.

베갯잇 쪽으로 힘겹게 기어가며 클레오는 굴러 떨어진 요릭을 집어 들었다. 두개골을 들어올리기 위해 클레오는 얄밉게 생긴 쥐 한 마리를 찰싹 때려야 했고, 쥐는 클레오의 손을 물려다 놓쳤다. 다른 쥐 두 마리가 베갯잇을 파고들었지만, 클레오가 발로 멀찌감치 밀어냈다.

"사방이 먹을 거라고!" 클레오는 쥐들을 향해 화를 냈다. "가서 찌꺼기나 찾아 먹어."

베갯잇을 되찾은 클레오는 뜨뜻하고 축축한 음식물 쓰레기 국물이 묻은 손을 바지에 문질러 손가락을 최대한 깨끗이 닦아냈다. 그런 다음, 짧게 기도를 한 뒤 베갯잇을 확 열고 안을 들여다보았다. 실키 담요는 단단히 뭉쳐져 있었고, 담요에 싸인 마지막 구체는 무사했다. 클레오가 안도감에 환호성을 지르다가 쥐들이 무슨 소동인가 보려고 기웃거리며 다가오자 사납게 화를 냈다. 쥐 한 마리가 도망치다 넘어지는 모습을 본 클레오는 폭소를 터뜨렸다.

길을 잃고, 크게 다치고, 두엄 구덩이 밑바닥에 갇힌 신세였지만, 클레오는 승리감을 느꼈다. 부드러운 베갯잇으로 손가락을 감싼 채, 눈을 감고 이 작은 승리를 만끽했다.

그러나 한숨을 돌릴 새도 없었다.

갑자기 삐걱삐걱 끼익 하는 소리가 귀를 찢을 듯 메아리쳐, 클레오는 귀를 막았다. 그러더니 온 세상이 뒤집히는 것 같았다. 바닥이 갑자기 기울며 두엄 더미를 이루는 끈적하고 썩은 내 나는 쓰레기가 마구 쏟아져 내렸고, 클레오는 거기에 휩쓸려 굴러 떨어져 폭삭 무너진 썩은 쓰레기 더미 아래 묻혔다. 얼굴에 두엄이 쏟아지고, 팔다리를 움직일 수 없는데도 침을 뱉고 몸부림치며 베갯잇과 요릭을 끝까지 놓지 않았다. 클레오는 참기 힘들만큼 역겨웠지만, 등 뒤에서 뭔가가 클레오를 긁고 밀치는 바람에 몸을 비틀었지만, 두엄 더미가 그대로 쏟아져 내리면서 휩쓸려 가 두엄 더미가 쏟아지도록 고안된 장치의 바닥 어딘가로 순식간에 빨려 들어갔다.

19장

참을 수 없을 정도의 열기였다.

숨 쉴 공기도 없었다.

몸도 움직일 수 없었다.

그저 어딘가 부드러운 곳에 착지했다는 정도만 알았다. 여러 차례 튕겨 나갔는데 몸 위로 계속 퇴비 더미가 쏟아져 내리며 빛과 다른 모든 걸 가렸다. 클레오의 몸은 이제 퇴비로 완전히 뒤덮였고, 설상가상으로 몸을 짓누르는 더미의 무게가 점점 더 무거워졌다. 양다리로 밀어내고 양팔로 긁어 내 겨우겨우 더미 속 작은 공간을 확보했다. 냄새나는 더미를 온몸으로 파서, 아니 거의 헤엄치듯 해서 얻은 공간이었다. 축축한 점액질의 무언가가 뺨을 간질이고, 손가락 사이로 흘러내리고, 입을 벌리면 입안으로 밀고 들어왔다.

하지만 클레오는 포기하지 않고 끝까지 대항했다.

그렇게 젖 먹던 힘까지 짜내다보니 어느 순간 몸이 자유로워졌다.

천천히 눈을 떠서 발밑을 봤다. 클레오가 있는 곳은 가파른 두엄 언덕 측면이었고, 초록색으로 시작해 밑으로 갈수록 갈색으로 변했다.

그래서 '클레오'는 아래쪽으로 내려갔다.

거의 굴러가다시피 하다가 딱 한 번 속도를 낮추려고 시도해 봤는데, 클레오는 곤두박질치기만 했다. 소용없단 걸 깨달은 클레오는 베갯잇을 끌어안고 중력에 몸을 맡겼다. 중력에 이끌려 클레오는 단단한 바닥까지, 더미가 끝나고도 몇 미터 더 지난 곳까지 내려갔다. 클레오는 뭔가 부드러운 것 위에서 멈췄는데, 그것은 몸을 뒤덮지는 않고 둘러싸고만 있었다. 왠지 뭔가 익숙하게 느껴졌다.

클레오는 겁이 나서 고개를 들지도 눈을 뜨지도 못한 채, 때 묻은 손을 뻗어 바닥을 더듬더듬 만져 보았다.

"G-잔디?" 클레오는 중얼거렸다. 가느다랗고 차가운 풀잎을 손가락으로 말아 살살 비틀었다. 셔츠에서 단추 떨어지는 것처럼 부드럽게 뜯기는 소리가 났다. 클레오는 뜯긴 풀잎을 손으로 꼭 쥐었다. 그제야 클레오는 일어나 앉아 주위를 둘러보았다.

마치 시뮬레이터 안에서 깨어난 것 같았다. 그런데 시뮬레이터 안보다는 뭔가가 '더 많았다'.

싱그러운 초록 풀잎들이 손 안에서 바스락거려서 손가락을 폈더니 후두둑 땅에 떨어졌다. 떨어진 풀잎들은 산들바람에 실려가 꽃잎이 무성한 노란 꽃밭 근처에 내려앉았다. 주변을 둘러보려면 눈을 가늘게 떠야 했다. 너무 밝았다! 그리고 그 산들바람은 이상하게도 균일하지 않고 휘몰아치다시피 했다. 시뮬레이터에서 적절히 조절되어 분사되던 공기의 흐름과는 달랐다. 바람은 마구 헝클어진 클레오의 곱슬머리에 낀 시든 시금치 잎사귀를 털어내며 클레오의 머리카락을 가지고 장난치는 것 같았다. 그런 느낌이 들어 클레오는 몸을 떨었다.

클레오는 위를 올려다봤다.

열두 살 평생 그렇게 광활한 광경은 처음이었다. 뭐라 말로 표현할 수가 없었다. 그 어떤 것에도 비할 수 없을 파란색이었다. 약도, 아빠의 눈동자도, 시뮬레이터에서 본 하늘도 분명 아니었다. 하늘은, '어디에나' 있는 하늘은 아빠의 작품을, 하늘을 포착하려고 애쓰던 다른 예술가들을 모조리 조롱하는 듯했다. 불가능할 정도로 넓고, 무한히 높으며, 완전히 가득 차 있었다. 색과, 소리와, 차이로 가득 차 있었다.

눈에 보이는 걸 모두 받아들이려다 보니, 클레오는 갑자기 현기증이 났다. 눈에 보이는 모든 게 그 너머의 새로운 무언가와 맞닿아 있어, 어디에 초점을 둬야 할지 알 수 없었다. 들려오는 소리마다, 곧바로 더 멀리서, 바로 옆에서, 아니면 뒤에서 나는 더 이상한 소리로 이어졌다. 모든 게 하나로 섞여 빙글빙글 돌기 시작했다.

클레오는 눈을 감았다.

몸을 숙였다.

그리고 풀밭에 토했다.

나오는 대로 토했다. 몸이 최선이라 판단한 방법이 뭐든 간에 그대로 따랐다. 다 토하고 속을 비우자, 한결 기분이 나아졌다. 피부에 와 닿는 산들바람에 마음이 진정되었고, 머리 위 태양이, 정말로 진짜인 '태양'이 몸을 따스하게 덮혀 줘서 덜덜 떨리던 것도 차츰 나아졌다. 클레오는 그제야 용기 내어 다시 눈을 떴다.

다시 눈을 떴을 땐 모든 것이 빙빙 도는 느낌이 조금 전보다는 덜 했다. 클레오는 또 과호흡 상태에 빠지지 않기 위해 호흡 방식에 집중해 숨을 천천히 내쉬었다. 자기 몸을 점검해 보기로 하고, 우선 두 손을 자세히 살펴보았다. 엄청나게 더러웠다. 상처에서 난 피가 두엄과 풀잎과 오물과 뒤엉켜 있었는데, 손톱 아래에 두껍게 그리고 손바닥에도 끈적하게 엉겨 붙어 있었다.

'감염', 뇌가 경고했다. '인플루엔자 D'.

클레오는 셔츠 깃을 세워 입과 코를 가리고, 거대한 박테리아 구름이 자신을 향해 내려오는 것을 보려는 듯이 눈을 가늘게 뜨고 주위 공기를 살폈다. 그러고는 천천히 베갯잇에 손을 뻗었다.

구급약 깡통은 찌그러져 있었지만 내용물인 거즈, 국소 연고, 체온계 패치는 괜찮아 보였다. 남은 물을 손바닥에 붓고 손을 모아 비비자, 긁힌 상처가 다시 드러나며 따끔거려 몸을 움찔했다. 상처에 피가 더 고였지만, 클레오는 그게 좋은 거라는 걸 알고 있었다. 박테리아와 불순물을 씻어 내기 때문이었다. 호흡을 가다듬은 클레오는 깡통에서 가장 강력한 소독제 튜브 뚜껑을 열어 손에 짰다.

그런 다음 두 손을 비볐다.

통증이 너무 심해 눈물이 났고, 속이 다시 메스꺼웠다. 하지만 몸이 버텨 주어서, 클레오는 가장 크게 다친 부분을 거즈로 감쌀 수 있었다. 무릎에도 똑같이 했다. 바닥으로 떨어지면서 옷이 심하게 뜯긴 탓에, 바지를 걷어 올리지 않고도 곧바로 피부에 처치할 수 있었다.

"완전 엉망이 됐군." 클레오는 투덜거렸다. 목소리가 이상하게 들렸고, 말소리는 탁 트인 사방으로 흩어졌으며, 아무도 대답해 주지 않아 외로움에 마음이 찔리듯 아팠다. 클레오는 본능적으로 스크롤을 찾았다.

스크롤이 없었다.

"베인 선생님?" 클레오는 울며 주변 풀밭을 뒤졌다. 없었다. 베갯잇도 확인해 봤지만 소용없다는 걸 알았다. 스크롤을 바지 허리춤에 넣었던 게 또렷이 기억났다. 허리춤에 없으니, 음식물 쓰레기 더미에 있다는 뜻이었다.

클레오는 음식물 쓰레기 '산' 을 올려다보며 생각했다.

하지만 음식물 쓰레기 산이 아무리 높았어도 클레오가 더 놀란 것은 따로 있었다. 그것은 바로 그 뒤에 있는 거대한 검은 큐브였다. 그걸 본 클레오는 너무 놀라, 목을 빼고 쳐다보며 도망치다 뒤로 크게 넘어지고 말았다. 어떻게 저걸 못 알아봤지? 하지만 큐브 꼭대기는 다른 쪽 하늘로도 솟아 있었는데, '심지어 그곳에도' 클레오가 감탄하지 않을 수 없을 만큼 '하늘이 더' 있었다. 가장 낮은 부분은 두엄 더미에 가려져 있었다. 그것의 엄청난 크기에 놀라 잠시 동안이지만 베인 선생님, 요릭, 미리엄 웬디모어 아디사, 그리고 자신이 처한 곤경조차 생각나지 않았다.

지금껏 클레오가 본 것 중 가장 컸다.

클레오는 문득 그게 자기 집이란 걸 깨달았다.

그 건물은 어느 방향으로든 눈이 닿을 수 있는 곳까지 뻗어 있었고, 건물 전체가 반짝이는 검은 빛으로 뒤덮여 있었다. 건물의 표면은 마치 거울 같아서 클레오가 얼핏 뒤돌아보았을 때 보앉던 것과 같은 하늘, 같은 구름, 같은 풀밭과 같은 두엄 더미가 보였다. 게다가 너무나 높이 솟아 있어 그 꼭대기를 올려다보려면 햇빛에 눈이 부셔 눈을 가려야 했는데, 지붕에는 거대한 탑이 솟아 있고 탑마다 마치 회전날개가 달린 바퀴가 달려 있는 것처럼 꼭대기가 계속 더 높아지고 있다는 걸 알아챘다. '게임 속 마을에서 보았던 풍차' 같다고 클레오는 생각했다.

더 아래쪽에는 퇴비를 내뿜던 구멍이 보였다. 바닥에서 5미터 정도 위쪽으로 나 있었는데, 이따금씩 악취를 풍기는 또 다른 더미가 쓰레기 산에 쏟아져 비스듬한 옆면을 따라 흘러내렸다. 클레오는 흘러내리는 더미를 뚫어지게 지켜보며 그 안 어디쯤에 베인 선생님이나 요릭이 있을지 알아내려고 애썼다.

그때, 쓰레기 산 중간쯤에서 씩 웃는 모습을 한 두개골을 발견했다.

"요릭!" 클레오는 벌떡 일어섰다. 발이 비틀거리는 바람에 옆으로 쓰러질 뻔했지만, 이를 악물고 두개골에서 눈을 떼지 않았다. 클레오는 쓰레기 더미에 뛰어들어, 밀치고 더듬어 찾으며 두엄 더미를 뚫고 들어가, 두개골의 벌어진 턱에 손가락 끝을 밀어넣었다. 요릭을 홱 당겨 빼낸 클레오는 다시 땅바닥으로 미끄러져 내려갔다. 클레오는 손을 떨며 용기를 내어 두개골 안쪽을 들여다봤다.

작은 드론은 윙윙대며 빙글 돌아, 클레오 손바닥에 자리 잡았다. 요릭은 무사했다.

그러나 베인 선생님은 온데간데없었다. 클레오는 5분 정도 더 두엄 더미 주변을 왔다 갔다 하며, 눈앞이 빙빙 도는 게 멈출 때마다 위를 올려다보았다. 계속 걸어 다니고 당장 할 일이 있다는 게 도움이 됐다. 클레오는 다시 바닥에 앉았을 때만 해도 주변 환경이 어떤 영향을 주는지 사실 거의 느끼지 못했다.

하지만 그건 베인 선생님 걱정이 너무 큰 나머지 다른 걱정거리는 제쳐 두어서이기도 했다.

"선생님 보이니, 요릭?" 클레오가 두엄 더미를 향해 드론을 높이 들고 물었다. 요릭의 프로펠러가 윙 하며 돌아가서, 클레오가 놔 주었더니 제자리를 맴돌기만 할 뿐 딱히 어디로 날아가지는 않았다. 요릭도 너무 혼란스러워서 몸이 마비됐나 보다 하고 클레오는 생각했다. 어찌됐든 여기, 밖에 있는 모든 것이 비정상이라고 생각했다.

"호, 혹시 반대편에 떨어졌나?" 클레오는 혼잣말을 하며 베갯잇을 집어 들었다. 그런 다음 멍하니 한 자리에 떠 있기만 한 요릭을 낚아채 팔 아래에 끼웠다. 클레오는 그 혐오스러운 산을 둘러보기 위해 나섰다.

왼편 풀숲에서 쉭쉭거리는 소리가 들리자 즉시 멈춰 섰다. 클레오는 요릭을 던질 기세로 쳐들고 그 자리에 그대로 얼어붙었다. 청소 드론에게 잡혔던, 꼬리에 고리 무늬가 있던 그 동물보다 그리 크지 않은 생명체가 무릎 높이의 풀숲에서 나와 살금살금 다가왔다. 하지만 이 동물은 꼬리가 더 길었고, 마치 꼬리 자체가 생각할 줄 안다는 듯 공중을 휘젓고 있었다.

"고양이?" 클레오는 궁금했다. 이 동물의 모습이 더 덥수룩했지만, 확실히 테사의 애완동물 시뮬레이션 게임의 옵션에서 봤던 것처럼 생겼다. 그 동물은 클레오를 쳐다보더니 불길하다는 듯, 쉭쉭 소리를 내며 껑충 껑충 뛰어갔다. 뒤따라 뛰어간 클레오는 공교롭게도 그 동물이 두엄 더미에서 막 굴러 떨어진 운이 나쁜 쥐를 덮치는 장면을 목격했다. 그 불쌍한 쥐는 제 발로 제대로 서지도 못한 채, 고양이에게 끌려 풀밭 속으로 사라졌다. 클레오는 몸서리쳤다.

클레오는 걸어가면서 고양이를 열 마리도 넘게 봤다. 고양이들은 몸을 낮추고 꼬리를 세운 채 풀밭 경계선에서 구부정하게 서 있었다. 그러다가 구멍에서 두엄이 쏟아져 나올 때면 등을 앞뒤로 실룩거리다가 두엄 더미로 쏜살같이 튀어 가서 서로 가장 살찐 생쥐, 가장 느린 쥐를 잡겠다고 다투며 울부짖었다.

"잔혹한 것 같아." 클레오는 말했다. "하지만 고양이도 살기 위해 먹어야겠지, 요릭."

이 와중에 배꼽시계가 울려 댔다. 뭔가 먹고 싶다는 생각을 하자 거대한 두엄 더미 옆이라 그런지 또 속이 메스꺼워져, 물 한 모금으로 배고픔을 달랬다. 효과가 그리 오래가지 않으리란 건 알았지만 아무것도 안 하는 것보단 나았다. 그래서 다시 두엄 더미 가장자리를 돌아볼 의지도 생겼다.

안타깝게도 반대편 역시 처음에 고양이와 쥐 들을 본 쪽과 다를 바 없었다. 베인 선생님은 보이지 않았다.

클레오는 햇빛이 처음 봤을 때만큼 밝진 않다는 걸 알았다. 자기도 모르게 베인 선생님에게 시간을 물을 뻔한 클레오는 선생님이 곁에 없다는 사실 하나만으로도 가슴을 한 대 맞은 것 같았다. 클레오는 요릭을 베갯잇 옆에 두고 미친 듯 두엄 더미를 파고들어 냄새나는 썩은 부식물이 켜켜이 쌓인 층들을 헤쳤다. 하지만 파낸 구멍에선 열과 악취만 더 올라오고, 손에 잡히는 건 기름과 꿈틀대는 지렁이뿐이라, 그걸 보니 속이 더 안 좋아졌다.

예전의 클레오는 참으로 어리석었다. 벌레를 살리려 하다니.

그래서 지금 어떤 꼴이 됐나?

끝내 지쳐 버린 클레오는 건물의 까만 벽에 털썩 기댔다. 피곤하고 아프고 무서웠다. 정말로 주변이 점점 더 어두워지고 있었는데, 요릭의 불빛이 자동으로 딸칵 들어왔다. 클레오는 요릭을 끌어다 무릎에 올리고 그 위에 머리를 기댔다. 이제는 힘들 때마다 다독여 줄 선생님이 없었다. 쥐와 고양이, 그리고 가늠할 수 없는 세상만이 주위에 있을 뿐이었다.

게다가 그 세상은 벌레 천지였다.

조금 전까지만 해도 벌레가 있다는 걸 미처 깨닫지 못했다. 아마도 이제껏 경험해 보지 못한 큰 사건들을 겪느라 그랬던 것 같았다. 하지만 해가 지고 나니 벌레들이 떼로 몰려와 두엄 더미와 클레오 근처에 우글거렸다. 대개는 너무 빨리 움직여서 잘 보이지도 않았고, 몇 마리는 클레오의 팔과 다리에 내려앉았다. 클레오는 손목에 내려앉은 벌레 한 마리를 유심히 들여다봤다. 팔에 난 조그마한 털들 옆에서, 벌레는 점점 편안해진다는 듯 까딱까딱했다.

그러더니 클레오를 물었다.

"어이!" 클레오는 손으로 그 벌레를 쓸어냈다. 벌레는 좀 더 날아가 이번엔 발목에 앉으려 했다. 보니까 발목엔 이미 세 마리가 더 기어 다니고 있었다. 이 벌레들도 손으로 휙 쫓아냈는데, 갑자기 손목이 엄청 가려웠다. 맨 처음 벌레가 바늘 같은 코를 박은 데가 부어 있었다.

"진피소양증, 부종?" 클레오가 말했다. 이어서 신호라도 받은 듯 발목도 화끈거렸다. 부은 곳을 손톱으로 긁었지만, 시원한 건 잠시뿐이었다.

그리고 손에 벌레 두 마리가 또 보였다.

"어휴!" 클레오는 껑충껑충 뛰며 팔다리를 마구 흔들었다. 클레오의 몸에 붙은 곤충 떼가 요릭이 내는 소리보다 열 배는 더 거슬리게 윙윙대더니 휙 사라졌다. 그러고는 또다시 클레오를 덮쳤다. 도망갈까 생각도 해 봤지만, 집이 있는 건물을 떠나는 건 상상만 해도 무서웠다.

클레오는 베갯잇에서 실키 담요를 꺼내 뒤집어썼다.

약이 담긴 구체가 무사한지 살펴본 다음, 구급상자에서 소독약을 꺼내 상처에 바르고 조심스럽게 거즈를 교체하고 있는데, 벌레들이 날아다니는 소리가 담요로 만든 임시 천막 주위에서 들려왔다. 다행히 녀석들이 담요를 뚫고 들어오진 못하는 것 같았다. 클레오는 안도의 한숨을 쉬며 남은 담요 자락을 발과 엉덩이 쪽으로 당겨 아래로 밀어 넣고, 등은 건물 벽에 기대어 막았다.

그런 다음 기다렸다.

꼼지락거렸다.

긁었다.

세어 보니 모두 열네 군데를 물렸다. 가장 많이 물린 쪽은 팔이었지만, 발목 물린 데가 더 가려웠다. 목도 머리카락으로 덮이지 않은 자리에 한 군데 물렸다. 긁는 게 좋지 않다는 건 알았지만 긁지 않곤 견딜 수가 없었고, 특히 가려운 곳을 긁으면 밤의 다른 소음들로부터 주의를 돌릴 수도 있었다.

뒤집어쓴 담요 밖에서는 악몽 같은 소리가 들려왔다. 30분마다 두엄 배출구가 귀청 떨어지게 꽥꽥대는 걸로 시작해, 그다음 연쇄적으로 쥐들이 찍찍대고, 고양이들이 울부짖고, 곤충들이 윙윙대는 소리가 폭풍우처럼 몰아쳐 뇌에서 진동이 느껴질 정도였다. 그럴 때마다 클레오는 몸을 더 웅크리며 집을 에워싸고 있는 검은색 벽에 몸을 더 밀착시켰다.

그때, 들어 본 적 없는 소리가 들려와 클레오는 겁에 질린 채 담요를 내렸다. 으드득거리며 부서지는 듯한 그 소리는 다른 모든 소리를 삼켜 버렸다. 벌떡 일어난 클레오는 요릭의 광선을 두엄 더미 끝자락에 비췄다. 아직 아무것도 보이지 않았지만, 그 소리는 점점 더 가까워졌다. 결국 클레오가 요릭을 내던지고 귀를 막으려는 순간, 소음의 근원이 갑자기 시야에 들어왔다.

드론이었다. 적어도 클레오가 보기엔 드론에 가까웠다. 요릭이나 안에서 본 다른 드론들과는 달리, 이건 날지 않았다. 대신 몸체를 바닥의 커다란 검정 타이어에 의지해 앞으로 굴러갔다. 그 드론은 타이어로 마른 땅에 두 갈래 바퀴 자국을 남기며 회전했는데, 주변의 돌멩이와 풀 무더기를 양 옆으로 튀기며 클레오가 있는 쪽으로 다가왔다. 클레오는 다시 담요를 뒤집어써서 얼굴을 가리고, 드론이 지나갈 수 있도록 벽을 따라 4미터 정도 살살 뒷걸음질 치면서 자리를 내어 주었다.

드론이 더미에 이르자, 거대 괴수가 턱을 쩍 벌리듯 전면부가 둘로 갈라졌다. 드래곤이나 베인 선생님이 들려준 우화에 나왔던 강가에 사는 뚱뚱한 동물, 하마인가 하는 괴수라고 클레오는 생각했다. 드론은 육중한 턱을 벌려 땅으로 내리고 그 안에 두엄 더미를 쑤셔 넣더니, 입안 가득 탐욕스럽게 집어삼켰다. 썩은 음식을 빨아들이느라 끽끽거리며 기어 바꾸는 소리가 나더니, 드론이 뒤로 물러나면서 전면부가 도로 닫혀 밀폐됐다. 뒤쪽으로 느릿느릿 움직이던 드론은 이번에도 풀과 먼지구름을 일으키며 사라졌다.

클레오는 문득 이 드론이 베인 선생님을 삼켜 버렸으면 어쩌나 하는 생각에 드론을 따라갈까도 생각해 봤다. 하지만 너무 무서웠다. 그리고 너무 피곤했다.

벌레들이 또 달려들었다.

클레오는 비참한 심정으로 다시 담요에 몸을 숨겼다. 온 힘을 다해 마지막 남은 사과를 먹으려고 했지만, 사과는 이미 물러진 데다 과육도 퍼석퍼석해 겨우겨우 삼켰다. 구급상자에는 가려울 때 바르는 약이 없었으므로, 앉은 자리에서 괴로움을 참는 수밖에 없었다. 스크롤이 없어진 것뿐이지, 정말로 베인 선생님이 없어진 건 아니란 생각이 들자 마음이 놓였다. 베인 선생님은 네트워크 안에 늘 존재했다. 지금쯤 아마 선생님은 그 연한 라벤더색 스웨터와 친절한 눈빛을 당연하게 여기는 수만 명의 아이들이 던지는 수억 가지 질문에 답을 해주고 있겠지.

클레오는 책상에 앉아 이야기를 찾기 위해 두꺼운 책을 뒤지는 베인 선생님의 모습을 상상하면서, 닿을 수 없는 자기 집 아래에서 작고 불쌍한 공처럼 웅크린 채 잠이 들었다.

20장

어깨에서 뭔가 느껴졌다. 박자에 맞춰 때리는 느낌.

가볍고.

부드럽게.

적어도, 처음엔.

클레오는 눈을 껌뻑이며 깨어났고, 담요 아래로 숨어든 빛 자락에 눈을 적응시키고 있었다. 또다시 어깨를 쿡 찔렸을 땐 정신이 번쩍 들 만큼 아팠다. 클레오는 그 즉시 담요를 던져 버리고 일어나 앉아 얼굴을 향해 휘두르는 막대기를 손으로 잡았다.

"맙소사, 살아 있잖아!" 누군가 놀라 외쳤다.

클레오는 대답 대신 비명을 질렀다.

앞에 있는 사람도 비명을 지르며 클레오의 머리를 막대기로 후려쳤다. 딱히 세게 맞은 건 아니었지만 몹시 아팠다. 클레오는 두 손을 들고 이를 드러낸 채 엉금엉금 벽으로 뒷걸음질 쳤다.

무섭도록 밝은 햇빛에 눈이 적응되자, 클레오는 그제야 공격한 사람을 볼 수 있었다. 여자였는데, 키는 클레오만 했지만, 나이가 굉장히 많이 든 할머니였다. 막대기를 창처럼 들고 있었는데, 주름이 깊게 팬 얼굴 앞으로 창끝이 불안정하게 흔들리고 있었다.

클레오는 자기도 모르게 그 할머니를 뚫어지게 쳐다봤다. 이 할머니는 엄마와 아빠를 제외하고 클레오가 실제로 만나 본 첫 번째 사람이었다.

"진, 진짜예요?" 잠시 후 클레오가 중얼거렸다.

"뭐라고?" 할머니가 버럭 했다.

클레오가 같은 질문을 반복했다.

"더 가까이 와 봐라. 보여 줄 테니!" 쭈글쭈글한 손으로 막대기 아랫부분을 움켜쥐며 할머니가 말했다. "그러는 넌 진짜냐?"

클레오는 고개를 끄덕였다.

"또 그랬지, 또 그랬어?"

"뭐가요?"

할머니는 발을 구르고 땅에 침을 뱉고 나서, 천천히 머리를 돌렸다. "그럴 줄 알았다. 나머지 사람들은 어딨냐? 이미 도망간 게야?"

"나, 나머지 사람들? 도망이요?" 클레오는 더듬더듬 물었다. "무슨 말씀인지 하나도 모르겠어요!"

할머니는 막대기로 땅을 짚고 절뚝절뚝 앞으로 갔다. 클레오는 슬금슬금 뒷걸음질 치다가 이내 구조물의 검은 벽과 지독한 악취를 풍기는 두엄 더미 사이에 갇히고 말았다.

"뭐가 잘못된 게냐?" 할머니는 다그치듯 물었다. "전기가 나갔어? 병이 안으로 들어간 게야?"

"병이요?" 눈이 휘둥그레진 클레오는 셔츠 앞자락을 잡아당

겨 얼굴을 다시 덮었다. 그런 다음 셔츠 깃 너머로 할머니를 내다
보며 다른 쪽 손을 들어 저지하는 듯한 자세를 취했다. "혹시 감,
감염되셨어요?"

"내가 먼저 물었다." 할머니가 정색을 하며 말했다. "함께 온
사람들은 어딨냐?"

클레오가 대답을 하려는데, 쓰레기 배출구가 '쉬익' 하는 커다
란 공기압 소리를 내더니, 또다시 두엄 더미 꼭대기에 쥐와 썩은
쓰레기를 잔뜩 쏟아 냈다. 그중 일부가 클레오 쪽으로 굴러 내려
오자 또 파묻히지 않기 위해 클레오는 비틀거리며 피했다. 뒤돌
아보니 할머니는 꼼짝도 않고 있었다.

"그래서, 꼬맹아?"

클레오는 손으로 방향을 가리키느라 입에서 셔츠를 치우고
말했다. "저 안에요."

할머니는 구부러진 손가락으로 백발 머리를 쓸어올리며 툴툴
거렸다. 그러고는 굉장히 힘들어 하며 풀밭 위에 쪼그려 앉았다.
할머니는 다리를 꼬고 무릎 위에 막대기를 걸쳐 놓았다. 그렇게
웅크리고 있는 모습을 보니 어디가 몸이고 어디가 목인지 분간이
안 됐다. 심하게 굽은 등, 넓은 어깨, 볼록 나온 배가 자주색과
초록색이 섞인 원피스에 둘러싸여 하나의 덩어리처럼 보였다. 신
고 있는 신발도 이상했다. 알록달록하고, 고무창이 두꺼운 신발
이 빼빼 마른 발목 위까지 올라왔다. 신발 끈은 있었지만 묶지 않
았다.

"이름이 뭐냐, 꼬맹아?" 노파가 물었다.

"인, 인플루엔자 D요."

"맙소사! 이름 한번 고약하구나! 어떤 부모가 애 이름을 전염병 이름을 따서 짓는다더냐? 그럼 별명은 뭐냐, 폐결핵이냐?"

"아뇨." 클레오는 대답했다. "할머니는 인플루엔자 D에 걸리셨을지 몰라요."

할머니는 코웃음을 쳤다. "제발 그만 해라. 그 병은 40년 동안 아무도 걸린 적 없다. 이제 얼굴에서 그 셔츠 좀 치우고 이름이나 말해 봐."

클레오는 잠시 할머니를 쳐다봤다. 할머니의 말이 맞을지도 모른다. 인플루엔자 D에 걸렸는데 이렇게 오래 산다는 것도 믿기 어려웠고, 클레오의 머리를 그 정도로 때릴 힘이 있다는 건 더 믿기 어려웠다. 클레오는 어쩔 수 없이 입을 가린 셔츠를 내렸다.

"저는 클레오예요."

"그래, 클레오. 너희 건물에서는 크게 구멍 난 것도, 끔찍한 화재도, 저기 배출구로 미끄러져 나오는 시체 무더기도 안 보이는구나." 할머니는 높이 솟구친 건물을 막대기로 가리켰다. "하지만 뭔가 잘못된 게 있긴 한 거지."

클레오는 땅바닥에서 베갯잇을 집어 든 다음 꼭 끌어안았다. "왜 자꾸 그런 말씀을 하세요? 잘못된 것 따윈 없어요!"

"그래? 그런데 넌 왜 여기 있냐. 어쩌다가, 엉?"

"전⋯." 클레오는 더러운 손가락으로 베갯잇에 있는 요릭의 윤곽을 더듬으며 중얼거렸다. "제가 실수를 해서요."

할머니는 갑자기 기침 발작을 일으켰다. 분명 발작으로 보였다. 하지만 그 쉰 목소리로 쌕쌕거린 게 실은 웃음소리였단 걸 클레오는 곧 깨달았다.

"실수? 그래, 실수고 말고!"

클레오는 배출구를 올려다봤다. "저기로 다시 들어가야 돼요."

그러자 할머니는 또 한바탕 크게 웃어 젖혔다.

"도와주세요." 클레오가 불쑥 말했다. 할머니의 낄낄거리는 소리가 점점 잦아들었다. 드디어 웃음이 멎자, 할머니는 코를 훌쩍이고 풀밭에 또 침을 뱉었다.

"진짜로 어쩌다 나온 게로구나, 응?"

클레오가 애절하게 고개를 끄덕였다.

"혼자?"

"저는…." 클레오는 베갯잇 속에 있는 짐 덩어리를 꽉 잡았다. "네, 혼자예요."

할머니가 눈을 가늘게 떴다.

클레오는 얼굴을 붉히며 베갯잇을 열었다. "요, 요릭이랑 같이 있다고 봐도 되겠네요. 얘는 관찰 드론이에요. 이 두개골에 넣고 다녀요. 그래야…."

"맙소사!"

클레오는 움찔했다. 할머니는 다시 막대기를 들어 요릭을 가리켰다. "저건 어디서 난 게야, 엉? 대체 왜 저런 걸 갖고 다녀? 너, 너, 정신이 어떻게 된 건 아니지, 응?"

"이건 모형이에요." 클레오가 설명했다.

"하느님, 맙소사. 보통 애들처럼 인형이나 담요 같은 걸 갖고 다녀라!"

"저도 담요 있어요…." 클레오는 툴툴대며 담요를 집어 들고

는 몸에 둘렀다. 왠지 이 할머니 앞에서 울면 안 될 것 같은데, 그
래도 눈물이 계속 났다.

할머니는 혀를 찼다. "그래. 담요가 있긴 하군." 할머니는 말
했다. "내가, 그래, 내가 미안하구나. 기분 상하게 하려던 건 아니
다. 안 그래도 속상할 텐데⋯. 저 안에서 살면 나 같아도 미쳤을
거다."

클레오의 시선이 할머니의 막대기가 가리키는 쓰레기 배출구
를 향했다.

"그럼, 저 안에서 나오신 게 *아니에요?*" 클레오가 작게 말했
다.

"뭐라고?"

"저 안에서 나오신 거 아니냐고요." 클레오는 더 크게 말했
다.

"절대 아니다!"

"그렇지만⋯."

"그렇지만, 뭐?" 이렇게 말하고 할머니는 관절에서 소리가 날
때까지 어깨를 뒤로 젖혔다. "독감? 그래, 그게 처음 나타났을 땐
거의 다 죽었지, 암만. 그래도 정어리 통조림처럼 저 안에 날 가둘
순 없어. 나는 거부했다. 말해 두겠는데, 저 태양광 발전기 패널
이 닫혔을 적에, 이 앤지 퍼넬을 위해 울어 준 사람은 단 한 사람
도 없었다. 다들 본인 살 생각만 하느라 바빠서, 남은 사람들을
걱정할 여유 따윈 없었던 게야."

클레오는 주위를 둘러봤다. "남은 사람들이요?"

"이젠 다들 떠나고 없지. 여기 밖에서는 노인들만 느릿느릿

걸어 다니지. 그들은 대부분 도시에서 함께 지낸단다. 하지만 난 아냐. 계단과 포장도로를 견딜 수가 있어야 말이지. 그런 것들은 무릎에 안 좋거든. 그래도 가끔 교역을 하러 다녀오긴 한다만. 내 신발 어떠냐? 송어 한 손을 주고 받은 거다. 80년 된 신발인들 무슨 상관이냐? 난 백두 살인 것을. 그만큼 살았으면 이젠 내 맘 대로 아무거나 신어도 되지 않겠니?"

앤지 할머니는 발을 꼼지락댔다. 클레오는 입이 딱 벌어졌다.

"백두 살이요?"

"너무 충격 받은 것처럼 굴지 마라. 저 안에 들어가려고 처치를 받던 사람들처럼, 나도 주사도 맞고 약도 먹었다. 마지막 단계만 그냥 안 한 거야. 저 안에서는 사람이 몇 살까지 사느냐?"

클레오는 숨을 크게 들이쉬고 입을 다물었다. "저, 저는, 그렇게 충격 받진 않았어요. 데이터베이스에 의하면 여성 평균 기대 수명은 119세니까요."

"오호, 그럼 만세구나."

"내내 이렇게 밖에 계셨어요? 혼자요?"

앤지 할머니는 고개를 끄덕이더니 날아가던 파리 한 마리를 재빠르게 후려쳤다. "그렇기도 하고, 아니기도 하다."

"그렇기도 하고, 아니기도 하다고요?"

"그래, 그리고 두개골을 갖고 다니는 괴상한 아이한테 지금 내가 말할 수 있는 건 여기까지야."

멋쩍어진 클레오는 요릭을 도로 베갯잇에 넣었다. 요릭은 조금 윙윙거리다 이내 조용해졌다. 클레오는 목청을 가다듬고 말했다. "저를 도와주실래요, 아니면 그냥 가실래요?"

앤지 할머니는 막대기를 무릎에 올려놓고 팔짱을 꼈다.

"뒤를 봐라, 클레오. 저 문 보이느냐?"

직접 보지 않아도 답을 알 것 같았다. 클레오는 이를 악물고, 눈물을 훔치고 나서, 고개를 흔들었다.

"맞아, 여긴 사람들이 들어오지 못하도록 지은 곳이다."

클레오의 눈물이 방울방울 흘러 뺨에 묻은 때를 지우고 희미하게 자국을 남겼다. 갑자기 어지러워진 클레오는 다리가 떨려 간신히 땅바닥에 앉았다. 클레오는 몸을 웅크려 베갯잇을 감싸 안고 무릎에 얼굴을 기댔다.

앤지 할머니의 얼굴이 일그러졌다. 자글자글한 눈가 주름 말고도 수천 개는 넘어 보이는 주름이 더 잡혔다. 앤지 할머니는 크게 앓는 소리를 내며 일어나, 느릿느릿 앞으로 걸어갔다. 클레오의 어깨를 토닥이려고 뻗는 할머니의 손이 살짝 떨렸다.

"보아하니 넌 참 똑똑한 아이로구나. 투지가 넘치고. 아무렴, 그 길을 거쳐 예까지 왔으니."

클레오는 몸을 떨었다.

"그래." 한숨을 쉬며 할머니가 말했다. "내가 도울 수도 있겠다."

클레오는 할머니를 올려다봤지만, 눈물이 앞을 가려 흐릿하게만 보였다. "도와주실 수 있어요?"

앤지 할머니는 기침을 하고는 눈길을 돌렸다. 앤지는 몸을 팽창시키기라도 할 것처럼 크게 숨을 들이쉬고 나서 막대기로 땅바닥을 탁탁 쳤다. 그러고는 무뚝뚝하게 말했다. "나중에 다시 만났을 때 내 뒤통수를 치면 곤란하니까, 도와주지 뭐." 앤지는 고개를 돌려 키가 큰 풀들이 자라는 숲속에 녹색 나뭇잎이 밟혀 생긴 길을 잠시 바라보았다. 앤지는 뭔가를 중얼거리더니 다시 클레오를 홱 돌아보고는 고개를 끄덕였다. "하지만 우선, 네가 날 좀 도와야겠다. 오전 시간은 이미 다 날려 보냈고, 해가 높이 뜨면 물고기가 입질을 안 하거든."

"어떻게 도와드리면 돼요?"

앤지는 두엄 더미에 막대기를 꽂았다. "벌레. 미끼로 쓸 벌레가 필요하다."

클레오는 천천히 일어섰다. 앤지는 녹슨 양동이를 숨겨 둔 풀밭 가장자리로 느긋하게 걸어갔다. 할머니는 굽은 손가락으로 손잡이를 감싸 쥐면서 쉭쉭 소리를 냈는데, 손잡이를 제대로 잡기까지 꽤 시간이 걸렸다. 드디어 양동이를 잡은 할머니는 소리도 없이 돌아와 클레오에게 양동이를 내밀었다. 클레오는 할머니의 손을 보았다. 관절은 부어 있었고, 나무 손잡이를 나란히 감싸야 할 손가락은 저마다 울퉁불퉁했다.

"여기, 받아라." 앤지가 채근하자 클레오는 주춤주춤 손을 뻗어 양동이를 잡았다. 양동이는 비어 있었다.

"여기다 큰 놈으로 100마리는 잡아야 해. 내일 또 오긴 싫으니까. 걸어오기 너무 멀어."

클레오는 앤지를 쳐다봤다.

"자, 어서, 파라!"

앤지는 클레오 옆을 지나 두엄 더미에 막대기를 꽂고 휘휘 젓더니 오물 맨 꼭대기 층을 제거했다. 바로 그 밑에는 풍성한 양질토 같은 갈색의 두엄이 있었는데, 음식물 찌꺼기가 막 분해되기 시작해 뭉쳐진 흙처럼 변해 있었다. 조금 기다리자, 분홍색의 볼록한 머리를 내밀며 지렁이들이 나타나기 시작했다.

"잡아라, 클레오! 나는 손이 이래서 못 잡는다." 앤지가 버럭 소리쳤다.

클레오는 꿈틀대는 지렁이 한 놈의 머리를 낚아채 잽싸게 잡아당겼다. 놀랍게도 지렁이들은 두엄 속에서 계속 나왔는데, 어제 본 지렁이나 아빠의 풀 상자에서 본 지렁이보다 훨씬 컸다. 앞뒤로 몸을 휘갈기는 지렁이는 내부 장기가 다 보였다.

"저건 동맥궁 같네…." 클레오가 손으로 가리키며 말했다.

"그게 무슨 상관이냐. 저놈하고 같이 양동이에 넣거라." 앤지가 답했다. 클레오가 지렁이를 양동이 바닥에 떨어뜨리자, 철퍼덕하는 소리에 클레오는 움찔했다.

지렁이가 너무나 많아, 앤지가 요구한 아흔아홉 마리에다 '행운의 표시'로 한 마리 더 잡는 덴 몇 분도 채 걸리지 않았다. 앤지는 활짝 웃으며 남아 있는 여덟 개의 이를 드러내며 클레오의 어깨를 토닥였다.

"잘했다. 이제 가자."

"문으로요?"

앤지는 한숨을 쉬었다. "말했잖니, 애야. 문 같은 건 없다고."

클레오는 인상을 찌푸렸다. "하지만 아까 분명…."

"도와주겠다고 했지. 그래, 도와줄 거다. 하지만 내일 정오까지 미끼 끼울 낚싯바늘이 100개나 돼. 그걸 하지 않으면, 난 뒤떨어질 게다. 잡을 것도 없고, 교역할 것도 없고. 그럼 먹을 게 부족해질 거야."

앤지는 걸어가면서 쉬지 않고 말을 했다. 허리까지 올라오는 풀숲에 들어갈 때까진 클레오가 곁에 없는 것도 알지 못했다. "얘야, 오는 거냐, 마는 거냐?" 앤지가 돌아보고 외쳤다.

클레오는 등 뒤 검은 벽에 짝 하고 손바닥을 내리치고는 말했다. "안 가요!"

앤지는 클레오를 노려보고는 다시 하늘을 바라보았다. "하늘이시여, 어찌 저리 우둔한 것들만 보내 주시는 겁니까?" 앤지가 투덜대며 말했다.

"전 안으로 돌아가야 돼요!"

클레오가 크게 깡 소리를 내며 양동이를 떨어뜨리자, 노파는 어기적거리며 다시 그리로 갔다. 양동이는 옆으로 쓰러질 뻔했지만, 앤지가 막대기를 꽂아 균형을 잡았다. 지렁이들은 한데 뭉치고 꼬여, 어디까지가 한 놈이고 어디서부터 다른 놈인지 분간할 수 없었다.

"왜?" 앤지가 투덜거렸다. "뭐가 그리 중요하기에…."

"이거요." 클레오는 날카롭게 쏘아붙이고 베갯잇을 집어 들었다. 클레오는 남은 칼로텍시나 플로리네이스 구체를 꺼냈다. "이게 제가 밖으로 나오게 된 이유예요. 애초에 집을 나선 이유이기도 하고요."

"공놀이?"

"아뇨!" 클레오가 외쳤다. 앤지는 대답하지 않았다. "제 말씀은, 이건 공이 아니에요. 약이라고요. 미리엄 웬디모어 아디사라는 사람 약이요. 그 사람, 이 약이 없으면 죽을지도 몰라요."

"그 사람은 너랑 어떤 관계냐. 언니? 엄마? 할머니?"

클레오는 어깨를 으쓱했다. "모르는 사람이에요."

앤지는 큭큭거리며 웃었다. "그렇겠지, 멍청한 것. 왜 이 여자를 위해 안전, 집, 아이고 맙소사, 인생까지 희생하려는 게냐?"

클레오는 자세를 고쳐 앉은 다음, 숨을 깊이 들이마셨다. "제 환자니까요."

약이 클레오의 손에 들어왔을 때부터 앤지가 막대기로 어깨를 찔러 깨어났을 때까지 있었던 일을 이야기하는 동안, 앤지는 클레오의 이야기를 참을성 있게 들어 주었다. 양동이 속 지렁이가 걱정됐지만, 그 말을 꺼내진 않았다. 드디어 이야기가 끝나자 앤지는 클레오를 바라봤다.

"그래서, 그래서 그런 거라고요." 클레오는 툴툴거리면서 칼로텍시나 플로리네이스를 도로 베갯잇 속에 넣었다.

"음." 앤지는 몸을 숙여 양동이를 들어 올린 뒤, 지팡이에 몸을 기댔다. "그 여자가 이미 죽었을지 아닐지 어떻게 아느냐?"

클레오는 목에 뭐가 걸리는 것 같았다. "그건 저도 모, 몰라요."

"그러면 그 모든 수난을 겪으며 네가 여기까지 온 게, 아무 소용없게 되는 거 아니냐."

클레오는 고개를 저었다. "아무 소용없는 거 *아녜요*." 클레오는 소리쳤다. "할머니가 아팠으면요? 누가 도와주길 바라지 않았겠어요?"

앤지는 허공에 손을 휘저었다. "쯧, 애야, 괜찮아. 죄책감 느끼게 할 것까진 없어. 그래서 말인데 지금 너한테 필요한 게 뭔지 알겠다."

"아신다고요?"

앤지는 고개를 끄덕였다. "넌 좀 쉬면서 생각해야 돼. 그러니 여기서 쉬거라. 생각도 정리하고."

클레오는 베갯잇을 꼭 움켜쥐었다. "뭐라고요? 안 돼요! 시간 없단 말예요⋯."

"넌 지금 공황 상태야. 네 꼴 좀 봐라. 일생의 반을 시험공부에 바치다가 갑자기 어떤 약이 나타났고, 그 약에 대한 생각을 멈출 수가 없었어. 맞지? 그래서 세상 속으로 혼자 여행을 떠났고, 드론 위에 올라탔고, 통로를 달려 내려왔고, 청소 드론과 싸웠고, 두엄 더미에 몸을 던졌지. 처음부터 허둥지둥 달려오기만 한 거야."

"하지만⋯."

"하지만 얻은 게 없잖아. 넌 똑똑한 아이야. 그만 허둥대고 *생각을 해.*"

"그럴 수 없어요! 그 약은 유효기간이 내일까지란 말예요!"

"아이고, 그런 날짜는 겁주려고 붙이는 거야. 필요한 것보다 많이 사게 하려고. 그 '유효기간'이 5년도 넘게 지난 콩 통조림을 먹고 산 나도 여기 멀쩡히 살아 있다. 안 그러냐?"

클레오는 눈썹을 찌푸렸다.

"관점, 얘야, 넌 사물을 내다보는 힘이 필요해. 그게 어딜 가야 생기는지는 내가 잘 알지. 이 지렁이들을 낚싯바늘에 다 끼우고 나서 차나 한잔 마시자꾸나. 그러고 나면 그 똑똑한 머리로 이 문제를 해결할 방법을 찾게 될 게다."

클레오는 거세게 고개를 저었다.

"봐라, 클레오." 앤지가 말했다. "어려운 일인 거 안다. 네가 지난 며칠 동안 겪은 일이 보통 사람이 80년 동안 겪는 일보다 많은 일이었으니까. 이후에 다른 일이 또 생기더라도, 계속 이대로는 안 된다는 것도 알아야 해. 그러니 어서 따라와라. 좀 쉬어."

"하지만 미리엄은…."

"네 환자지. 그래, 나도 안다. 하지만 네가 가장 먼저 돌봐야 할 사람은 미리엄이 아니야."

앤지는 팔을 들더니 울퉁불퉁한 손으로 클레오에게 뒤돌아보라고 손짓했다. 손이 가리키는 그곳, 태양광 패널의 액체 같은 검은 표면에 클레오 자신의 모습이 있었다. 그걸 앤지가 지팡이 끝으로 가리켰다.

"*저 아이*부터 돌봐야지."

21장

앤지는 양동이를 옆으로 흔들고, 발 디딜 때마다 무릎에서 뚜둑 소리를 내며 길을 안내했다. 할머니가 걷는 게 느리다 해도 클레오는 그조차도 따라잡기 힘들었다. 클레오는 어지럽기도 했지만, 구조물이 그대로 있는지 뒤돌아 보느라 몇 걸음마다 멈춰야 했다.

"아, 아직 멀었어요?" 넓은 길로 나오자 클레오가 물었다. 풀밭은 어느덧 잘 닦인 길로 바뀌어 있었고, 나무뿌리들이 서로 얽혀 불거져 나오는 바람에 자리를 뺏긴 검은 돌이 잘게 부서져서 길에 뭉텅이로 흩어져 있었다.

앤지는 휘적휘적 걸었다. "이 늙은 앤지가 걸어 봐야 얼마나 걷겠느냐? 이제 멀지 않았다. 거의 다 왔어. 이 길을 따라 한 400미터만 더 내려가면 주행로가 나온다. 뭐, 누가 운전하고 다니는 건 아니다만."

클레오는 눈을 가늘게 뜨고 멀리 바라봤다. 온통 초록색 벌판만 펼쳐져 있을 뿐, 다른 건 보이지 않았다. 클레오의 집은? 뒤돌아보니 어느새 주먹보다 작아져 있었다.

"저, 전 이렇게 멀리 와 본 적이 없어서…."

"집에서 말이냐?" 앤지가 넘겨짚어 말했다.

"어디서든요." 클레오가 상냥하게 답했다.

앤지는 히죽히죽 웃었다. "세상에 나온 것을 환영한다, 클레오."

그 말에 클레오는 발끈해서 턱을 쳐들고 몇 걸음 나아갔다. 그러나 심장이 뛰어서 클레오는 또 뒤돌아보지 않을 수 없었다.

클레오가 살던 건물은 그 자리에 그대로 있지만, 땅이 조금씩 조금씩 그 건물을 삼키는 것처럼 보였다.

"저, 전 좀 쉬어야겠어요." 클레오는 탄탄한 나무에 기댔다. 초록색과 회색이 섞인 나무껍질 한 조각이 떨어져 클레오 발에 내려앉았고, 나무껍질이 떨어진 부분에는 하얀 속이 드러나 있었다. 클레오는 잠시 눈을 감은 채 나무에 이마를 기대 나무가 주는 편안함을 느꼈다. 손끝으로 나무껍질에 길게 패인 홈과 부서진 조각들을 만져 보며, 클레오는 그걸 벽이라고, 지속적이고 규칙적이며 움직이지 않고 변하지도 않으며, 예측 가능한 것이라고 상상했다. 하지만 그때 미풍이 불어와 나뭇잎들이 춤을 추자 나무가 흔들렸다.

클레오는 놀라며 뒤로 물러났다. 그러고는 휘둥그레진 눈으로 위를 올려다봤다. 수천 개의 넓은 나뭇잎이 서로 대결을 벌이듯, 그 옆 나무의 잎사귀들과는 한데 어울리듯, 그다음 나무, 또 그다음 나무의 잎사귀와도 끝없는 움직임의 파동을 이루며 클레오의 눈이 닿을 수 있는 곳까지 서로 끝없이 이어져 있었다. 도대체 나뭇잎은 몇 개나 될까? 나무는 몇 그루가 있을까? 수백만?

수십억? '사람들도 한때 그랬듯이' 모든 게 연결돼 있고, 역동하고 있으며, 살아 있다는 생각이 불현듯 들면서 클레오는 기절할 것만 같았다.

앤지가 울퉁불퉁한 손가락으로 클레오의 어깨를 찔렀다. "쓰러질 것 같니, 얘야?"

밀려오는 현기증을 겨우 떨쳐 낸 클레오는 다시 눈을 감았다. 어떤 기분인지 설명할 말을 찾다가, 클레오는 겨우 이 말 밖에 하지 못했다. "그냥, 그냥, 엄청 커요…."

앤지는 한쪽 입술을 씰룩 거리더니 길 아래를 내려다보았다.

"그래, 좋다. 숨을 깊이 들이마셔라. 세상은 이보다 더 클 테니까. 어서."

클레오는 베갯잇을 가슴팍으로 가져가 꼭 안았다. "더 크다고요?" 클레오는 작은 소리로 말했다.

하지만 그 말을 앤지는 듣지 못했다. 이미 무지개 신발로 검은 돌 뭉치들을 길 밖으로 걷어차며 비틀비틀 길을 내려가고 있었다. 갑자기 길이 갈라지는 곳에서 앤지는 걸음을 멈췄다. 주도로는 계속 이어졌지만, 오른쪽으로 난 작은 샛길이 언덕 아래까지 완만하게 뻗어 있었다. 그 길 맨 위에는 기둥으로 받쳐 놓은 상자가 하나 있었는데, 거의 다 녹이 슬어서 나사 하나로 고정된 채 위태롭게 걸려 있었다. 앤지는 그걸 막대기로 톡톡 치며 클레오에게 윙크했다.

"오늘은 우편물이 좀 늦는구먼." 앤지는 우스갯소리를 했다.

클레오는 무슨 말인지 몰라 고개를 저었다.

앤지는 한숨을 쉬었다. "됐다. 집은 이쪽이야." 앤지는 굽은 손가락으로 샛길 아래쪽을 가리켰다. 클레오가 그 방향으로 발걸음을 옮기자, 앤지는 클레오의 셔츠 자락을 붙잡았다.

"그렇게 빨리는 말고, 꼬맹아." 앤지는 경고하며 클레오를 도로로 다시 끌어당겼다. "나 먼저 갈 테니, 넌 조금 있다가 오너라. 60까지 세든지 해. 숫자를 다 센 다음에 저 아래 문까지만 와라. 보이느냐?"

클레오는 길이 이어진 곳을 힐끗 보았다. "그게 문이에요?"

앤지는 고개를 끄덕였다. "그래, 뭐 이젠 문 같지도 않다만. 그냥 구멍이 크게 뚫린 담장일 뿐이지. 아무튼, 거기서 멈춰서 내 신호를 기다렸다가 와야 한다."

클레오는 긴장감에 마른 침을 삼켰다. "왜요?"

"나보고 혼자 사느냐고 물었지?"

클레오는 고개를 끄덕였다. "'그럴 수도 있고 아닐 수도 있다'고 하셨어요."

앤지의 호흡이 치아 사이를 지나며 휘파람 소리를 냈다. "자, 이제 곧 '아닐 수도 있다'를 만날 게다." 그러더니 앤지는 클레오를 우편함 옆에 세워 두고는 걸음을 뗐다.

"잠깐요! 그럼, 다른 사람이 또 있어요?" 클레오가 물었다.

"60초다." 앤지는 뒤도 안 돌아보고 답했다.

클레오는 베갯잇을 내려놓고 양손으로 뺨을 눌렀다. 차가운 손끝이 떨리고 있었다. "다른 사람. 다른 사람…. 괜찮아…. 괜찮아…. 다른 사람이 있어…." 클레오는 속삭였다. 우편함 바로 뒤로도 커다란 녹회색 나무들이 서 있었는데, 클레오는 그쪽으로 걸어가다 미끄러져 넘어졌다. 발치를 보니 그루터기에서 길게 벗겨져 나온 나무껍질이 접힌 상태로 떨어져 있었다. 그걸 보니 문득 스크롤이 떠올랐다. 클레오는 나무껍질을 집어 들고 쥐어짜듯 힘을 주었다. 그러자 손 안에서 부서진 나무껍질은 바삭바삭한 조각이 돼 클레오의 더러운 슬리퍼 위로 떨어졌다.

"다른 사람…." 클레오는 또 중얼거렸다.

그러고 나서 클레오는 수를 세기 시작했다.

60까지 다 세고 나자 앤지의 모습이 길 위에 더 이상 보이지 않았다. 클레오는 베갯잇을 들고 다시 한 번 그 안의 내용물을 확인한 뒤 발걸음을 재촉했다. 담장은 클레오가 집 밖으로 나온 뒤 보았던 빨강에서 보라까지 이어진 복도 길이만큼 떨어져 있었지만, 담장까지 가는 데는 눈을 요리조리 움직이면서, 작은 소리 하나라도 놓치지 않으려고 귀를 쫑긋 세우며 가느라 일 분도 더 걸렸다.

앤지의 목소리가 아닌 다른 목소리를 듣기 위해서였다.

클레오는 자기도 모르게 몇 미터를 달음질쳐 커다란 문설주까지 가서 그 뒤로 몸을 바짝 붙여 숨었다. 행여 풍성한 곱슬머리가 삐져나가 들킬까 봐 머리카락을 급히 그러모아 붙잡고 있기까지 했다. 그런 다음, 눈을 감고 되도록 숨소리도 내지 않으려 애썼다.

뭐라 외치는 목소리가 또 들렸다. 낯선 목소리였다. 날카로운 목소리였다.

그건 어린아이의 목소리였다.

호기심을 참지 못하고 클레오는 몸을 돌려 문설주 너머로 고개를 내밀고 내다보았다. 길은 언덕 밑 얕은 계곡으로 이어졌다. 왼쪽 풀밭에 자동차 세 대가 오래된 바위처럼 자리하고 있었다. 클레오는 전에 비디오에서 차를 본 적이 있어서 그것들을 알아볼 수 있었다. 그런데 비디오에 나온 차들은 금속과 조명이 번쩍번쩍했지만, 이 차들은 녹슬고 부서지고 지붕이 찌그러져 있었다. 집은 아직 더 멀리 계곡 저편 위에 있었다. 앤지가 언뜻 말했던 호수는 보이지 않았지만, 그렇다고 정말로 그 호수를 찾는 건 아니었다.

아니, 클레오의 눈은 언덕 옆으로 난 내리막길을 깎아 만든, 단조롭고 낮은 계단 밑에 서 있는 앤지에 꽂혀 있었다. 앤지는 양동이를 내려놓고 막대기를 휘두르며, 그림을 그리거나 이야기하는 듯한 동작을 하고 있었다. 클레오는 앤지가 누구에게 말하고 있는지 보려고 목을 길게 뺐다.

앤지가 몇 번 더 손짓을 하고 옆으로 비켜서자, 막대기 끝이 곧바로 문설주를 가리켰다. "클레오!" 앤지가 외쳤다. "얘는 페이지다! 데려가 만나게 해 주마!"

아이는 앤지의 뒤에 있었는데, 클레오가 보았을 땐 할머니 뒤에 가려 잘 보이지 않았다. 페이지는 작았는데, 아직 앤지보다도 작았고, 확실히 클레오보다는 어렸다. 머리는 빡빡 밀었으며, 노란색과 초록색이 뒤섞여 앤지의 신발과 비슷해 보이는 옷을 입고 있었다. 팔로 뭔가를 꼭 안고 있었는데, 클레오가 베갯잇을 붙잡듯 페이지도 그걸 꽉 잡고 있었다.

클레오가 얼빠진 듯 보고만 있자, 앤지가 아이의 어깨를 감싸 클레오가 있는 곳으로 데리고 왔다.

아니, 적어도 그렇게 하려 했다.

페이지는 두 발자국쯤 움직이더니 갑자기 멈춰 서서 앤지의 손을 뿌리쳤다. 앤지가 다시 손을 뻗었으나, 그 아이는 들고 있던 물건으로 앤지를 밀쳐 냈고, 그러다 그만 그 물건을 떨어뜨렸다. 페이지는 집으로 쏜살같이 도망쳐 달아났다. 그 아이가 한 번에 두 계단씩 껑충껑충 뛰어 올라가는 모습을 클레오는 넋을 잃고 바라봤다. 페이지는 현관으로 기어 올라가 곧장 안으로 들어가 버렸고, 문이 쾅 닫히는 큰 소리에 관목 근처에 앉아 있던 새들이 깜짝 놀라 하늘로 날아 흩어졌다.

앤지가 크게 한숨을 쉬며 어깨를 늘어뜨리는 모습이 클레오가 숨어 있는 데서도 보였다. 앤지는 손짓으로 클레오를 불렀다.

"딱 예상했던 대로구먼." 클레오가 다가오자 앤지가 코웃음을 쳤다.

"여자아이였어요!" 클레오가 흥분해서 외쳤다.

"그래, 요즘 내가 미스 해니건(뮤지컬 〈애니〉에 나오는 악덕 고아원 원장-옮긴이) 역을 고정으로 맡고 있다." 앤지가 투덜댔다.

"누구예요?"

"미스 해니건 말이냐?"

클레오는 인상을 썼다. "아뇨, 저 여자애요. 페이지였나요?"

"내가 관점을 회복하게 도와줬댔지?"

클레오는 고개를 끄덕였다.

"자, 저 조그만 아이 말이냐? 저 애가 바로 네 관점이다."

"네에?" 클레오는 툴툴대면서도 눈을 현관에 고정한 채 뭔가 움직이는 낌새를 찾고 있었다.

"많이 달라질 거야. 안 그래? 너 같은 아이를 만나면 말이다.”

“저, 저 같은 아이요?”

“그래.”

클레오는 허리를 굽혀 페이지가 떨어뜨리고 간 꾀죄죄한 물건을 집어 들었다. 강아지 인형이었는데, 너무 낡고 해져서 들고만 있어도 찢어질까 걱정될 정도였다. 클레오는 본능적으로 그 인형을 꼭 안았다.

다른 아이가 있다니.

밖에.

'클레오 같은 아이'가.

22장

앤지가 집을 최대한 깨끗이 관리해 왔지만 세월의 흔적은 어쩔 수 없었다. 페인트는 심하게 벗겨져 있고, 정원에는 오래 전부터 잡초가 무성했으며, 부서진 현관에 매달린 그네는 짝 없는 그넷줄에 의지해 산들바람이 불 때마다 삐그덕거리며 바닥에 원을 그렸다. 호수는 집 뒤 꽤 먼 곳에 있었는데, 앤지는 주변 풍경에 정신이 팔린 클레오를 막대기로 여러 번 찌르며 "신경 좀 꺼라." 라고 열 번도 넘게 말하고서야 호숫가 선창까지 데려갈 수 있었다. 그곳에 도착해서 앤지가 낚싯대를 갖고 부산을 떨기 시작하는 사이 클레오는 한꺼번에 쏟아져 나오는 수천 가지도 넘는 질문을 참으려고 애썼다.

"페이지는 몇 살예요?"

"몰라. 일곱? 여덟? 나랑 산 게 이제 5년째니까, 처음 발견했을 때 고맙게도 기저귀를 막 뗀 상태였지."

"발견했다고요?"

앤지는 낚싯줄을 물에 던져 넣고 지렁이 기름이 잔뜩 묻은 손을 옷에 문질러 닦았다.

"그래, 발견했다. 너처럼."

눈이 휘둥그레진 클레오는 이제 더는 질문을 참을 수 없었다. "페이지는 안에서 왔나요? 어떻게 나왔는지 기억난대요? 다시 들어가는 방법을 안대요? 그래서 페이지가 절 도와준다는 거였어요?"

"조용, 조용!" 앤지가 엄한 표정으로 선창을 막대기로 두드리자, 클레오는 깜짝 놀라며 조용해졌다. 클레오는 더러운 손으로 가까스로 입은 틀어막았지만, 긴장되어 발을 동동 굴렀다. 그 바람에 그 작은 선창이 기우뚱하여 또 한 번 앤지가 매섭게 쏘아 보았다. 할머니는 낚싯바늘에 미끼를 몇 개 더 끼운 뒤 클레오에게 말했다.

"페이지가 네게 도움이 많이 될지 어떨지는 모르지. 솔직히 그 안으로 들어갈 수 있도록 도와줄 방법 같은 게 있는지조차 모르겠다. 그래, 납득 못 하겠지. 하지만 네가 뭔가를 좀 깨달았으면 하는 마음에 널 여기로 데려와 그 애를 보여 준 거다. 네가 간절히 들어가고 싶다는 그곳? 거긴 네 생각만큼 그리 완벽한 집이 아냐."

클레오는 인상을 찌푸렸다. "그, 그게 무슨 뜻이에요?"

앤지는 한숨을 쉬며 막대기에 힘겹게 기대며 그 위에 두 팔을 올려놓았다. 앤지는 집 쪽을 흘끗 보고는 클레오를 똑바로 바라보았다.

"페이지는 네가 살던 건물에서 오지 않았어." 할머니의 목소리는 낮고 부드러웠다. 그 목소리에 클레오는 베인 선생님이 떠올랐다. "페이지는 다른 건물에서 왔다."

"다른 건물이요?"

"그래, 저 위쪽 밀워키(미국 위스콘신주 동부에 있는 도시-옮긴이) 근처였지." 어리둥절해 하는 클레오를 모른 체하고 앤지는 설명을 계속했다. "내가 그 근처에 살았거든. 이 집하고 비슷한 집에서. 그곳 들판에서 식량도 얻고, 배출구에서 지렁이도 얻고, 그곳의 모든 게 핑크빛이었지. 그런데 뭔가 일이 잘못되었어."

클레오는 그날 이른 아침, 앤지가 맨 처음 했던 질문이 떠올랐다. 클레오는 몸을 떨었다.

"뭐가 잘못된 거였는지는 확실히 몰라. 큰 폭풍? 컴퓨터 결함? 시스템 오류나 다른 어떤 문제? 어쨌든 내가 알기론 드론들이 작동을 멈췄어. 건물 안팎 모두에서. 들판도 엉망이 되었고, 식량 배송도 안 됐지. 그때부턴 모든 게 오로지 시간문제였단다."

클레오는 마른 침을 삼켰다. "언제까지요?"

"더 이상 참을 수 없을 때까지 사람들은 갇혀 있었는데 탈출하려고 했지."

"하려고 했다고요?"

"성공한 사람도 있었다. 하지만 대부분은 못 했을 거야."

"페이지는요?"

앤지는 미간을 찌푸리더니 물에다 침을 뱉었다. "그냥 아기였지. 가엾게도 죽은 사람들을 깨우려고 울부짖으며 밖에서 뒤뚱뒤뚱 걸어 다니더라고. 그때 내가 발견한 거다."

클레오는 헉하고 놀랐다. "혼자였어요?"

앤지는 화가 난듯 말했다. "혼자나 다름없었지. 그때 빠져나온 사람들이 더 있었는데, 스무 명쯤 됐나? 애들만 있진 않았지. 저 작고 가엾은 걸 데리고 그 애가 살던 건물 사람들이 모여 있는 곳에 갔더니만, 다들 어떻게 했는지 아느냐? 엉? 도망갔다. 생각을 해 봐라. 늙은 할망구가 힘들게 아이를 안고 갔는데, 둘이 울면서 도와 달라는데, 그놈들은 뿔뿔이 흩어져 도망만 치지 뭐냐. 우리가 뭐…."

"감염되기라도 한 것처럼." 클레오가 작게 말했다.

앤지는 단호하게 고개를 끄덕였다. "내 걸음으로는 그 사람들을 절대 못 따라잡겠더라. 그래서 이 어린 것을 데리고 집으로 돌아와 잘 달래서는 이름을 물었지. 먹이고, 재운 뒤, 다음 날 아침에 되돌려 보낼 생각이었어. 운 좋으면 어느 젊은 엄마가 애타게 딸을 찾으며 나타날지도 모른다고 기대하면서 말이다."

그래서 어떻게 됐냐고 물을 필요도 없었다. 답은 클레오의 뒤쪽에 있는 집에 숨겨져 있었으니까.

"현관 밖으론 나가지도 못했다. 건물로 되돌아간다는 소릴 듣기 무섭게 페이지가 온 세상이 떠나갈 듯 아주 난리를 폈지 뭐냐."

앤지는 소매를 걷어 앙상한 팔뚝을 보여 주었다. 피부는 간반과 점으로 얼룩덜룩했지만, 그 반점들 속에 점점이 찍힌 타원형 상처가 보였다. "이빨 자국이에요?" 클레오가 물었다.

"그래. 끌고 가는 걸 포기하고, 달래려다가 물렸지."

"페이지가 왜?"

"모르지. 알고 싶지도 않다. 저 망할 건물에서 무슨 몹쓸 일을 당했는지, 얼마나 무서웠으면 그 건물은 쳐다보지도 않고 근처만 가도 경기를 일으켰겠니. 그래서 내가 직접 지렁이를 잡는 거다. 건물 근처에서 페이지는 아무 도움이 안 돼."

클레오는 어깨를 축 늘어뜨렸다. "그래서 도망갔군요…. 제가 무서워서."

앤지는 어깨를 으쓱했다. "네가 건물에서 왔다는 게 더 무서운 게지."

"그러면 제가 그 안에 들어가는 것도 도와줄 수 없겠네요."

앤지는 클레오의 어깨에 손을 얹었다. "이 말을 너한테 하는 건, 돌아가는 게 최선이 아닐 수도 있어서야, 클레오."

"하지만…."

"환자, 엄마와 아빠, 네 세상? 알지. 알고말고. 하지만 클레오, 저 건물은 네가 생각하는 그런 성역이 아니란다. 너의 세상이 아냐. 그 누구의 세상도 아니지." 앤지는 호수가 펼쳐진 광경을 가리키며 팔을 휘저었다. *"이런 게 세상이야. 그건 변치 않아."*

"건물은 저희를 안전하게 지켜 줬어요! 유일한 생존 수단이라고요!"

"애야, 나도 살아남았다!" 앤지가 반박했다. "고립되지 않고서도."

클레오는 갑자기 분노가 치밀었다. "하지만 당연히 그래야만 했어요! 인플루엔자 D는…."

"사람들이 그렇게 옹고집만 부리지 않았더라면 몇 주 만에 나을 수 있었을 텐데! 넌 네가 무엇을 모르는지 몰라. 하지만 난 *거기* 있었다. 독감이 닥쳤을 때 무슨 일이 있었는지 두 눈으로 똑똑히 다 봤지. 그때 사람들이 가장 먼저 뭘 했었는지 아느냐?"

클레오는 주먹만 꽉 쥐었을 뿐 대답은 하지 않았다.

"겁부터 먹었지. 서로 삿대질하고 고함쳤다. 그 병이 퍼지는 걸 완전히 막으려고 벽도 세웠지. 어쨌든 그랬어. 늘 그렇듯. 세상은 그렇게 돌아가는 거니까. 그래, 너희 아파트? 계획은 좋았다만 늦었지. 계획을 세우기도 전에 현실을 부정하고 다투고 비난하며 몇 년을 허송세월했어. 그 많은 돈, 그 소중한 시간을 머리를 맞대고 치료법을 찾는 데 쓸 수도 있었다. 하지만 사람들은 그러지 않았어. 대신, 문을 닫아걸고 거리를 두면서 세상이 우리를 야금야금 집어삼키도록 내버려 뒀지."

"우린 안전해요. 안에 있으니까요." 반박을 하던 클레오는 말 끝을 흐렸다.

앤지는 클레오를 날카롭게 쏘아보았다. 그 이유를 깨달은 클레오는 뺨이 따갑게 느껴졌다.

"알았어요. 그래요, 지금 저는 *안에* 있지 않지요. 그렇다고 해서 다 망한 건 아니라고요!"

"한 번에 망하는 일은 드물지. 눈사태도 작은 조약돌에서 시작하니까. 허리케인은 산들바람에서, 지진은 작은 떨림에서 시작돼. 세상이 밀고 들어올 땐, 그냥 들어오는 거야. 대개는 그런 일이 다가오고 있단 것도 알아채지 못하는 법이지."

"좋아요. 세상이 밀고 들어온다면 저도 밀고 들어가야죠. 포기 안 해요."

앤지는 절레절레 고개를 흔들고 한숨을 쉬었다. "그래, 넌 포기하지 않겠지."

23장

두 사람은 말없이 하던 일을 마쳤다. 아니, 클레오는 그랬다. 앤지는 낚싯줄에 미끼를 끼우면서 흥얼거리다가, 갈고리에 퍽 하고 지렁이가 찔리는 소리에 창백해지는 클레오를 보고 더 크게 흥얼거렸다. 어찌 됐든 클레오는 일손을 보태지 못했다. 연신 뒤돌아 집만 흘끗거릴 뿐이었다.

"페이지를 찾느냐?" 앤지가 물었다.

"네." 클레오는 얌전히 답했다. "밖으로 나올까요?"

앤지는 어깨를 으쓱했다. "나올 수밖에 없지. 옥외 화장실에 가려면 언덕에서 50미터는 내려가야 하니까."

"또 없어요?"

"뭐 말이냐? 화장실?"

"사람들이요." 클레오는 작은 소리로 말했다. 클레오는 손으로 채양을 만들고 눈을 가늘게 떴다. 아침 햇살이 수면에 강렬하게 반사되었지만, 클레오는 여전히 건너편 둑에 있는 다른 건물들을 알아볼 수 있었다. "저긴 아무도 안 살아요?"

"저기 살 사람이 없다."

클레오는 몸이 떨렸다. "그러면 할머니랑 페이지만 남은 건가요? 이 넓은 곳에요?" 지평선을 가리키며 클레오가 말했다. "생각만 해도 어지러워요."

앤지는 빙긋 웃었다. "안에 갇혀 있는 것보단 낫다. 내가 갇혀 있을 성미가 못 된다는 건 애초부터 알고 있었지."

"폐소공포증이요? 그건 불안 장애잖아요. 입이 마를 수 있고, 땀이…."

"그게 뭔지 나도 안다. 네 말도 아예 틀린 말은 아냐. 아주 오래전, 독감이 유행하기 전에 나는 감옥에 있었다. 그래서 상자에 들어가는 게 어떤 맛인지 알게 됐지. 적어도 그게 못할 짓이란 건 확실히 깨달았어."

"감옥에 계셨어요?"

"그래!" 앤지는 대놓고 그렇게 말하고, 낚싯대 하나를 홱 잡아챘다. 낚싯줄은 수면에 파문을 일으켰다. "바보 같은 짓을 좀 했지. 더 바보 같은 물건들을 훔쳤고. 물론 지금이야 춤추면서 들어가 원하는 건 뭐든 갖고 나올 수 있지만. 그때 그냥 10년만 기다렸어야 했는데. 그럼 벌도 안 받고 풀려났을 텐데."

"감옥에 갔던 사람은 한 번도 만나 본 적 없어요."

"그야 뭐, 네가 직접 만나 본 사람이 그리 많지는 않았잖니."

클레오는 반박할 수가 없었다.

앤지는 빙그레 웃었다. "페이지랑 나, 우리가, 그 뭐냐. 네가 직접 만나 본 사람 수의 두 배 아니냐?"

"시뮬레이터에선 많이 만나 봤어요." 클레오가 대답했다. "하지만, 맞아요. 페이지는 제가 평생 처음 직접 만나 본 어린아이예요."

앤지는 씨익 웃었다. "벌써 페이지를 *만나* 봤다고 해도 되는지 모르겠구나."

클레오는 앤지에게 지팡이를 건네주었다. "그래도 만나고 싶어요. 겁줘서 달아나게 할 마음은 없었어요."

"너한테서 나는 냄새를 맡으면 어차피 벌어졌을 일이다. 맙소사! 얘야, *냄새가 너무 고약하구나.* 두엄 더미 옆에 있을 땐 몰랐는데, 지금은 확실히 느껴진다. 대체 뭘 한 게야? 그 안에서 뒹굴었느냐?"

클레오는 팔꿈치를 긁었다. "어쩌면요."

"그래. 다행히 집에 비누가 있고 지붕의 태양광 패널도 아직 작동하니까, 네가 쓸 물을 조금 데워 줄 수는 있겠다. 욕조처럼 근사한 건 없다는 걸 미리 알아 두거라. 그래도 몸은 충분히 씻을 수 있을 게야."

클레오는 입고 있는 셔츠에 코를 대고 킁킁 냄새를 맡았다. 앤지의 말이 맞았다. 냄새가 '고약했다'.

"입고 있는 옷도, 그리고 그 담요도. 깨끗이 씻고 배도 좀 채우자. 그런 다음 페이지가 네 앞에 나타나게 할 방법을 찾아보자."

"또 그런 다음, 제가 안으로 되돌아갈 수 있도록 도와주실 거지요?"

앤지는 놀리듯 말했다. "비누? 식사? 그런 게 바로 도와주는 거야."

"하지만 아까는…."

"넌 똑똑한 아이니까 뭘 좀 먹고 나서 푹 쉬면 방법을 찾을

177

수 있을 거라고 말했지. 네 배에서 나는 꼬르륵 소리를 못 들을
만큼 귀가 안 들리진 않아. 처음엔 그 멍청한 고양이들 소리인 줄
알았다만, 그 소리가 집까지 따라왔으니 너한테서 나는 소리일
수밖에."

신호라도 받은 듯 클레오의 배 속에서 다시 시끄럽게 꼬르륵
거렸다. 앤지는 팔짱을 끼고 미소 지었다.

"좋아요." 클레오는 한 손엔 베갯잇, 다른 손엔 페이지의 강
아지 인형을 들고 툴툴대며 앤지를 따라서 안으로 들어갔다.

뒷문은 부엌으로 이어졌는데, 앤지가 뒷문을 활짝 열자마자
집안에서 타박타박 발소리가 들렸다. 클레오는 앤지 할머니 너머
를 보려고 폴짝폴짝 뛰어봤지만, 창문 쪽에 있던 페이지가 쏜살
같이 달려가는 노랑과 초록의 섬광밖에 보지 못했다. 자기가 있
는 곳으로 다가오는 앤지와 클레오를 지켜보고 있었나 보다고
클레오는 짐작했다. 잠시 후 오른쪽 복도 아래에서 꽝 소리가 났
다. 앤지가 눈을 굴렸다.

"꼭 다람쥐 같다니까, 저 녀석."

"다람쥐요?"

"작고 겁 많은 설치류다. 뺨에 뭘 잔뜩 넣고 도망 다니지. 페
이지가 딱 그래." 이렇게 말하며 앤지는 조리대에 막대기를 기대
어 놓았다. 양동이들이 조리대에 줄지어 놓여 있었고, 그 안에는
여러 종류의 과일과 채소들이 가득 담겨 있었다. 감자, 당근, 사
과, 배, 옥수수, 시금치 외에도 클레오가 모르는 것들도 있었다.
낡은 냉장고가 한쪽 벽을 다 차지하고 있었는데, 낮은 스툴로 괴
어놓은 냉장고 문들이 살짝 열려 있었다. 선반 위에 가지런히 놓

여 있는 유리병과 상자들에는 소금, 딸기 잼, 식물성 기름 등의 라벨이 붙어 있었다. 클레오는 어깨를 부드럽게 문지르며 더디지만 확실하게 근육이 풀리는 게 느껴졌다. 다시 벽과 천장에 둘러싸여 있으니 왠지 편안한 느낌이었다.

앤지는 신발을 문가 매트 위에 벗어 던지고, 클레오에게도 그러라고 시켰다. 클레오는 자기 발 냄새를 맡고 움찔했는데, 그것은 셔츠에서 나는 냄새보다도 고약했다. 그 냄새를 맡은 앤지도 코를 쥐고 황급히 난로로 갔다. 그러고는 싱크대 다이얼을 돌려 냄비를 꺼냈다.

"수전이 고장 났다." 앤지가 설명했다. "하지만 내가 얼마 전에 빗물받이를 설치했지. 뜨거운 목욕물을 곧 대령하마. 클레오가 깨끗이 씻고 나오면 숨어 있는 페이지도 나오지 않겠니?"

난롯가 벽에 물이 나오는 호스가 걸려 있었고, 그 옆으로 긴 숟가락과 주걱, 젓가락이 잔뜩 꽂힌 커다란 물 주전자가 있었다. 호스의 한쪽 끝은 천장으로 들어가 보이지 않았다. 앤지가 호스의 다른 쪽 끝을 잡고 노즐을 비틀어 냄비로 조준했다. 그러자 그 안으로 물이 흘러 들어갔다. 물은 비록 쫄쫄 나왔지만, 냄비는 금세 가득 찰 것 같았다. 물을 받는 동안 클레오는 베갯잇을 비워 그 안에 있던 것들을 조리대에 정렬한 뒤, 그 곁에 요릭을 놓아 지키게 했다. 그러나 요릭은 지키기는커녕 빠르게 전진하다 옥수수 양동이를 들이받았다. 결국 클레오는 요릭을 잡아다 빈 양동이를 씌워 놓아 진정시켜야 했다.

물이 충분히 데워지자, 앤지는 뒤 베란다에 냄비를 갖다 놓았다. 앤지가 올이 다 풀린 커다란 수건을 줘서, 클레오는 그걸로 몸을 감싸고 옷을 벗었다. 옷이 하나씩 냄비 안으로 던져지자 마룻바닥에 물이 철벅 튀었다. 앤지는 그 안에 슬리퍼까지 던져 넣더니, 클레오의 실키 담요도 넣으라고 말했다. 실키 담요까지는 다 들어가지 못했지만, 앤지는 개의치 않고 부엌으로 다시 뛰어들어가더니 가루비누를 한 통 들고 왔다. 그러고는 그것을 담가 놓은 빨래 더미에 넉넉하게 부었다. 앤지는 걸쭉한 거품 죽을 젓듯 휘휘 저으며 냄비 속 빨래 더미를 막대기로 꾹꾹 눌렀다. 수건으로 몸을 감싼 클레오가 문으로 막 뛰어들었다.

"이건 호수에서 헹궈 와야지. 물고기도 상관 안 할 게다. 매번 하는 일이니."

"그건 제가 할 수 있어요." 나이 많은 할머니가 뒤틀리고 부은 손으로 젖은 빨래를 호숫가까지 끌고 간다고 하자, 클레오는 수건을 어깨에 둘러 묶고는 냄비를 끌고 호숫가로 갔다. 맨발이 차가운 진흙에 빠지자 등줄기가 서늘해졌고 발가락 사이에도 진흙의 냉기가 느껴졌다. '이런 기분은 시뮬레이터에서는 단 한 번도 느껴 본 적 없었다.'

클레오가 빨래를 다 마치자, 앤지가 그걸 현관 울타리에 널었다. "이 정도 바람이면 한두 시간이면 마르겠다." 앤지가 말했다. "그건 그렇고, 낡긴 했지만 운동복 바지하고 티셔츠를 가져다 두마. 목욕 다 하면 입거라."

난로에 따끈한 목욕물이 준비돼 있었고, 클레오는 그 물과 비누 상자를 들고 다시 호수로 갔다. 집에서 하던 샤워와는 거리가 멀었지만 몸을 문지르고, 물로 헹구고, 머리의 물기를 털고 나자 태어나서 최고로 깨끗해진 기분이었다.

평생 그렇게 더러워져 본 적이 없어서였겠지만.

클레오가 옷을 다 입고 아직도 쓰라린 손과 무릎에 밴드를 붙이려는데, 앤지가 말했다. "한결 낫구나! 손톱 밑까지 닦다니. 외과 의사 딸이 맞긴 맞구면."

클레오는 구석에 있는 작은 탁자 밑에서 의자를 끄집어냈다. 탁자 가운데에는 가짜 장미꽃 한 송이가 먼지가 쌓이고 거미줄이 잔뜩 쳐진 채 파란 꽃병에 담겨 있었다. "엄마가 보고 싶어요." 클레오가 조그맣게 말했다.

"돌아가면 되지. 똑똑한 녀석이, 생각이 안 나는 게냐?"

"하지만 문도 없는 데를 어떻게 들어가요?"

앤지가 막대기를 흔들었다. "밥부터 먹어라. 생각은 그다음에 하고. 내 말 명심해. 으깬 감자를 먹고 나면 머리가 더 잘 돌아가는 법이지."

그 말에 반박하려고 클레오가 손을 들었지만, 이미 앤지는 양동이에 든 감자를 고르고 있었고, 배 속도 요란하게 꾸루룩거리고 있었으므로 클레오는 별 도리가 없었다. 그래서 클레오는 그냥 앤지를 돕겠다고 말했다. 앤지는 클레오에게 감자를 씻고 깎는 일을 맡겼다.

"이 음식은 다 어디서 구해요?" 유난히 큰 감자를 들고 검게 변한 부분을 파내며 클레오가 물었다.

"페이지가."

"페이지가요?"

"그래, 음식을 가져오는 걸로 제 몫을 하지. 들판은 여기서 아주 멀거든. 아무튼 나한텐 멀지. 2층 뒤쪽 창문으로 보면 호수

너머로 들판이 보일 거다. 굽이굽이 그림처럼 예쁘게 펼쳐져 있지. 과수원도, 온실도 있어. 당연히 허수아비도 있고… 아마 너희 건물 청소하는 녀석들과 비슷할 거다. 페이지는 그걸 피할 줄 알지, 게다가 수확 드론은 페이지를 크게 신경 쓰지 않거든. 페이지는 일주일에 한 번 어슬렁어슬렁 거기로 가서 우리에게 필요한 걸 뭐든 집어 온단다."

"운송 드론 같은 거네요. 과일, 채소, 단백질을 주문하면 배송해 주거든요."

"단백질? 고기 말이냐?"

클레오는 고개를 저었다. "고기는 바이러스의 매개체예요."

앤지가 눈알을 굴렸다. "그거 말 되는구나. 돼지랑 닭은 너무 많은 병에 걸리거든. 그런데 맛좋은 스테이크는 너무나 그립구나. 이가 시원치 않아 어차피 못 먹지만!"

앤지가 키득거리며 웃자, 클레오도 빙긋 웃었다. "하지만 생선은 드시죠?"

"오, 물론이지. 먹어 보겠니? 선창에 활어가 좀 있단다. 재빨리 살을 발라 소금과 백리향(꿀풀과의 낙엽 활엽 관목으로 줄기의 잎으로 약재 또는 소스를 만듦―옮긴이)을 넣고 팬에 올리기만 하면 돼."

바로 고개를 절레절레 흔드는 클레오의 얼굴이 어찌나 하얗게 질렸는지, 앤지는 그냥 넘어가기로 하고는 이렇게 중얼거렸다. "그래, 으깬 감자랑 채소라 이거지."

"고, 고맙습니다." 클레오가 대답했다.

앤지가 직접 만드느라 부엌은 금세 감자와 식초 끓는 냄새로 가득했다. 앤지는 클레오에게 당근 피클과 사과 소스도 몇 병 개봉하라고 했고, 눈 깜박할 사이에 식탁 위에는 식사가 먹음직스럽게 차려졌다. 앤지가 점심 먹으라고 페이지를 불렀지만, 대답은 없었다.

"아휴." 앤지가 말했다. "저 어린 게 식은 감자도 못 먹고 다녔지. 페이지 몫은 따로 남겨 두자."

배가 고파 죽을 지경이었지만, 클레오는 그래도 일부러 조금씩만 베어 먹으며 팔꿈치를 식탁에 올리지 않으려고 애썼다. 앤지는 식사를 하다 말고 일어나 칼로텍시나 플로리네이스를 가지고 왔다. 앤지가 창문 쪽으로 그 약을 들어 올리자, 햇빛이 약을 통과하면서 바닥에 파란 무늬를 드리웠다.

"말도 안 되지. 안 그러냐?" 잠시 후 앤지가 말했다.

클레오는 또 한 입 가득 감자를 베어 물었다. 포만감에 배가 따뜻해지면서, 금세 기분이 나아지고 있었다. 앤지가 미리엄의 약을 만져도 크게 거슬리지 않았다. 30분 전만 해도 그런 행동은 분명 클레오를 화나게 했을 터였다.

"뭐가 말도 안 돼요?"

"이런 게 모두 세 개 있었다고 했잖니?"

클레오는 고개를 끄덕이고는 포크를 내려놓았다. "네."

"유효기간은 내일까지고?"

"네."

"그런데 그걸 2, 3일 전에 받았다고?"

클레오가 일어섰다. "그게 저도 이상했어요!" 클레오는 소리를 높였다. "한 달 분량인데, 유효기간이 며칠밖에 안 남았다니요. 그렇다면⋯." 클레오는 인상을 썼다. "만약에 할머니 말씀처럼 유효기간이 크게 의미 없는 거라면요."

"그렇다기보다는 네 곱슬머리만큼이나 꼬불꼬불하게 꼬인 기술 문제에 휘말린 거겠지. 네 집 현관문에 도착하기까지 여기저기 얼마나 오래 돌아다녔을지 누가 아니."

"튜브요. 현관문은 없어요."

앤지는 어깨를 으쓱하고 칼로텍시나 플로리네이스를 내려놓았다. "튜브든 문이든 상관없다. 요점은 누군가 사고를 쳤다는 거지. 드론이든 그걸 디자인한 사람이든 말이야. 그리고 불쌍한 네가 그걸 고치겠다고 애쓰고 있고."

"고친 건 없고, 실수만 많이 한 것 같은데요."

"원래 다 그런 거 아니겠냐?" 앤지는 의자에 앉은 채 편안히 뒤로 기대었다. 손을 뻗어 굽어진 손가락으로 조심스레 찻잔 손잡이를 잡는 앤지를 클레오는 유심히 지켜보았다.

"관절 류머티즘이시네요." 클레오가 부드럽게 말했다.

앤지는 차를 한 모금 쭉 마시고 컵을 테이블 가까이 가져왔지만, 내려놓진 않았다. 도자기를 감싼 손가락을 꽉 쥐자 관절에서 뚜둑 소리가 났다.

"몇 십 년 됐다."

"그⋯."

"아프냐고? 매일매일, 매 순간 아프다. 뭐, 익숙해졌다고 해야 하나? 하지만 그런 거짓말은 금세 탄로 나겠지."

"만약 안에 계셨음, 엄마가 치료해 드렸을 텐데요."

앤지는 빙긋 웃었다. "아니, 괜찮다. 낚싯바늘에 미끼를 꿰고 지팡이를 짚을 수 있는 한, 난 괜찮아."

"글루코코르티코이드 써 보셨어요? 메틸프레드니솔론을 드시면 그게…."

"뭐냐, 이젠 *내가* 네 환자가 된 게냐?" 앤지는 소리 없이 웃었다. "거짓말이 아니라, 난 약과 관련된 거라고는 '반'으로 시작해서 '창고'로 끝나는 거 아니면 들어 본 적 없다."

클레오는 눈썹을 치켜 올렸다. "그걸로는 관절 류머티즘을 치료할 수 없는데요."

앤지는 뒤로 기대 찻잔을 배에 올려놓고 클레오를 바라보았다. "그건 그렇고, 너희 외과 의사들은 환자를 어떻게 치료하느냐? 볼 수도 없고 만질 수도 없는데."

"수술용 드론으로요. 드론으로 환자를 보면서 대화할 수 있어요."

"실제로 만나서는 못 하고?"

클레오는 갸우뚱했다. "안 되죠! 그랬다가 감염되기라도 하면 어떡해요!"

앤지가 클레오를 노려보는 바람에 순간 불편해진 클레오는 자세를 고쳐 앉았다.

"저, 전 약만 배달하려는 거예요. 제가 병이라도 걸려 아팠다면 절대 나오지 않았을 거예요."

"그만, 진정해라." 앤지가 대답했다. "몇 년 동안 인플루엔자 D는 없었으니까. 맞지?"

"하지만…."

할머니는 미소를 지으며 눈을 감았다. "애야, 이 말이 도움이 될지는 모르겠지만, 나는 네가 지금 고귀한 일을 하고 있다고 생각한단다." 앤지는 턱밑을 손등으로 문지르고, 희끗희끗한 귀밑머리를 긁었다. "내가 너만 했을 때 말이야, 나는 병원 가는 게 좋았어. 좀 이상하게 들리겠지만 내가 다닌 병원의 의사는, 여자 선생님이셨는데 좋은 분이었단다. 목소리도 세상에서 제일 상냥했고. 스티커도 주셨지!"

"스티커요?" 클레오가 말했다.

"응! 스티커, 막대사탕, 작은 플라스틱 거미 반지…. 그런 것들이 바구니에 하나 가득 있었고, 갈 때마다 맘에 드는 걸 고를 수 있었지. 주사를 맞은 날엔 특별히 두 개를 고르게 해 주셨다."

"이해가 안 돼요."

앤지는 코웃음 쳤다. "이런 거다. 세상 어떤 약을 다 갖다 준대도 싸구려 물건이 가득 담긴 그 병원 바구니만큼 기분 좋아지게 해 주진 못할 거다. 그 의사 선생님 목소리, 그 상냥함도 마찬가지고."

클레오는 눈썹을 찌푸렸다. 앤지가 한숨을 쉬었다.

"너 어릴 때 넘어진 적 있지, 클레오?"

"네?"

"당연히 넘어져 봤겠지. 드론에 몸을 던지고, 두엄 더미에서 뒹구는 너 같은 아이라면 분명 꽤 넘어졌을 거야. 그러고 나서 큰소리로 엄마 아빠를 찾았겠지."

"아마, 네, 그랬던 거 같아요."

앤지는 클레오를 가리켰다. "그럴 때 네 부모님은 어떻게 하셨지?"

"와서 일으켜 주셨어요."

"약이나 듬뿍 주더냐? 주사도 한 열 대쯤 놔 주고? 네가 있는 방향으로 드론을 조종해서?"

"아뇨! 안아 주고, 울음을 그칠 때까지 곁에 계셔 주셨어요! 한번은 아빠가 자기도 다리를 다쳤다며 종일 아파트 안을 저랑 같이 절뚝거리며 다녔어요. 우리가 '무릎 꽈당 클럽'이라고 하면서요. 그리고 아빠는⋯."

말끝을 흐리며 클레오는 입을 오므렸다.

"이제 알겠지?" 앤지가 씩 웃었다. "몸을 고치는 방법은 하나만 있는 게 아냐."

그런 앤지의 말을 클레오는 반은 흘려들었다. 아직 엄마와 아빠 생각에 잠겨 있었던 것이다.

"어쩌면⋯." 앤지가 덧붙였다. "그게 애초에 네가 밖으로 나온 이유일지도 모른다. 의사로서의 본능이 너에게 왕진을 갈 때라고 한 거야."

"어⋯." 클레오는 웅얼거렸다.

앤지가 손가락을 굽혔다 폈다 하느라, 손가락이 화난 것처럼 두둑거리는 소리에 생각에 빠져 있던 클레오는 문득 정신을 차렸다. "아무튼, 내 손 걱정은 말거라. 이제 어느 정도 배를 채웠으니, 그 대단한 머리로는 네 문제를 해결하려무나 ."

클레오는 뒤로 물러앉아 어깨를 으쓱했다.

"일단 알고 있는 것부터 시작하자." 앤지가 말했다. "그 방식은 늘 통하는 법이지."

"베인 선생님처럼 말씀하시네요. 선생님은 메모를 잘하고, 제

여정을 녹화하셨어요. 보여 드렸음 좋았을 텐데…."

"그래, 베인 선생님이 없어 정말 안됐구나. 그래도 이 늙은 앤지가 있잖니. 나는 감자 요리를 만들고 이야기도 잘 들어 준단다. 그거라도 써먹으렴."

클레오는 눈을 감았다. "그 안은, 마치, 마치 살아 있는 것 같아요. 운송 드론은 혈관 속을 다니는 적혈구처럼 움직이거든요. 우리가 사는 유닛은 뼈 같아요, 그렇죠? 단단한 부품 주변에 있는 다른 건 다 움직이잖아요. 네트워크는 뇌 같고, 그리고…."

앤지는 손으로 입을 가렸다. 클레오는 앤지가 기침을 하려는 건 줄 알았는데, 앤지는 빙그레 웃기 시작하더니, 깔깔 웃다가, 이윽고 우는 소리까지 내더니 구부러진 손으로 탁자를 너무 세게 내리치는 바람에 찻잔까지 튕겨 나갔다.

"왜요?" 클레오는 팔짱을 끼고 뿌루퉁하게 말했다. "그런 식으로 이해했다고요, 아무튼."

"너는…." 앤지는 눈가에 맺힌 눈물을 닦느라 잠시 말을 멈췄다. "정말 그것들이 방금 설명한 대로 굴러간다고 믿는 게냐?"

클레오는 턱을 들고 자세를 바르게 고쳐 앉았다. "네, 제 생각엔 그래요."

앤지는 흐려진 눈을 또 닦았다. "미, 미안하다, 얘야. 웃음보가 터져서."

"웃음보라는 건 존재하지도 않아요." 클레오는 침울하게 답했다. "원래는 척골신경이라고요."

앤지는 숨을 여러 번 깊이 들이쉬었다. "말이 그렇다는 거다. 너 때문에 웃음이 났단 뜻이야."

"그건 알아요."

"그래, 클레오. 생각을 해 보렴. 저 검고 거대한 건물이 살아 있는 거라면, 넌 어떻게 그곳을 빠져나온 거겠니?"

"저는 음식물 쓰레기 배출구를 통해 떨어져 나왔어요."

앤지가 싱긋 웃자, 살짝 벌어진 치아 사이로 혀가 보였다.

콧잔등을 찌푸리고 있던 클레오의 얼굴에 갑자기 미소가 떠올랐다. "어…." 클레오는 웅얼거렸다. "아아!"

그러더니 클레오는 한참 동안 끅끅거리며 웃었다. 앤지가 식탁을 치우고 자리로 돌아왔을 땐 어느 정도 진정돼 있었다.

"비누를 쓰게 해 주셔서 큰 도움이 됐어요." 클레오는 다시 미소 지었다. 하지만 그때 또다시 클레오의 표정이 바뀌었다. 앤지는 앞으로 몸을 숙였다.

"뭐라도 알아냈느냐?"

"그러니까, 그게 진짜로 말이 되네요."

"비누 말이냐?"

"아뇨, 퇴비요. 그건 소화 기관 같은 거잖아요? 노폐물이 나오는 거니까…."

"우리 식탁에 그 산 증거가 앉아 있지."

"그렇다면 입도 있어야겠죠? 신선한 음식이 들어가는 경로 말이에요!"

앤지는 천천히 고개를 끄덕였다. "그래서 농장도 있는 거지, 아무렴."

"그것들이 들어가는 문이 분명 *있어요*. 없을 수가 없어요."

앤지는 어깨를 으쓱했다. "음, 그래. 하지만 그건 건물의 북쪽 면, 100미터나 되는 높은 곳에 있지. 수확 드론이 거기까지 날아 올라가서 짐을 떨어뜨리는 거야." 앤지는 굳은살 박인 손가락으로 탁자 모서리를 훑다가 잠시 말을 멈추었다. 스크린도어를 통해 연못을 내려다보며, 앤지는 중얼거렸다. "감염자들을 들어오지 못하게 하는 데 아주 안성맞춤이지."

클레오는 의자 앞쪽으로 당겨 앉았다. "수확 드론이 사람은 신경 안 쓴다고 하셨지요?"

앤지는 눈을 가늘게 뜨고 클레오를 보았다. "설마, 그럴 생각은 아니겠지?"

클레오는 자리에서 일어나 믿기 어려울 만큼 숱이 많은 머리칼을 손으로 빗어 내렸다.

"위층에 올라가 볼게요."

24장

클레오와 앤지는 낡은 나무 층계 맨 아래에 서 있었다. 창문에서 조금씩 빛이 들어와 층계참 위로 떨어져, 계단의 거미줄과 두껍게 쌓인 먼지를 비추었다.

"언젠가 페이지가 저기에 올라간 적이 있었지. 갑자기 아이가 울면서 달려 내려오더니 어둡고 무서웠다더구나. 난 이제는 층계참까지도 못 올라간단다." 앤지가 진지하게 말했다. "무릎이 허락을 안 해. 현관 계단도 겨우 오르내리니까."

"계단은 한 번도 올라가 본 적 없어요. 게임에서 본 적은 있지만."

앤지는 클레오의 어깨를 토닥였다. "한 번에 한 걸음씩, 난간을 잡고 올라가렴. 옆에 죽 달린 핸드레일 말이다."

클레오는 고개를 끄덕이고 첫 번째 계단에 발을 올렸다. 그러자 작은 먼지 뭉치가 발 양옆으로 피어올랐고, 등골이 오싹해지는 삐그덕 소리가 집 안에 메아리쳐 마치 이 낡은 공간이 기지개를 켜며 영겁의 잠에서 깨어나는 것 같았다. 클레오는 긴장한 듯 앤지를 돌아보았다.

"걱정할 것 없다. 튼튼하게 지은 집이니까." 시범을 보여 주려고 앤지가 막대기로 계단을 힘껏 찌르듯 누르자 묵직하게 쿵 소리가 났다. 클레오는 미소를 짓고 난간을 붙잡았다.

왼쪽 벽에는 그림이 여러 점 걸려 있었다. 클레오는 한 그림 앞에서 잠시 멈추더니 손을 뻗어 유리에 쌓인 먼지를 닦아 냈다. 그러자 호수를 찍은 사진이 드러났는데, 호수를 둘러싼 나무들이 붉은색, 주황색, 노란색으로 물보라처럼 화려하게 흩뿌려진 광경이었다. 호숫가에는 헐렁한 모자를 쓴 노인이 주머니가 많이 달린 조끼를 입고 서 있었고, 그 옆에는 소년이 낚싯줄에 걸린 물고기를 들어 올리며 환하게 웃고 있었다. 다음 사진에도 그 두 사람의 모습이 보였는데, 다른 사람들과 현관에 함께 모여 있었다. 클레오는 그 사람들을 자세히 보았다.

"여기 할머니도 계세요?" 클레오가 물었다.

"아니다, 여긴 내 집이 아니니까."

"아." 클레오는 작게 대답했다. 층계참에 닿기 전 마지막 사진에는 좀 전 사진 속의 소년이 이번엔 어느 남자, 여자와 함께 있는 모습이었다. 클레오는 가운데 사진에서 그 사람들을 알아봤는데, 거기서는 남자와 여자가 소년의 손을 잡고 있었다. 소년은 남자의 어깨에 걸터앉아 있었고, 여자는 갈색 털이 텁수룩한 개를 안고 있었다. 클레오는 자기도 모르게 손을 뻗어 사진 속 그들의 윤곽을 따라 손가락으로 훑었다. 먼지가 닦여 나간 자리를 따라 그들의 미소가 드러났다.

클레오는 갑자기 가슴이 답답했다. 문득 부모님이 어떻게 지내고 계실지 궁금해졌다. 엄마가 아무 말 없이 갑자기 사라진다면 자기가 얼마나 걱정을 할까? 그 생각을 하니 부모님께 좀 더 잘해 드릴걸, 쪽지라도 남길걸, 뭐라도 남겨 자신이 어디 가는지 알려 드릴걸 하는 마음이 들었다.

클레오는 손가락을 옆구리 쪽으로 가지고 와서 주먹을 꽉 쥐었다. 그러고는 깊게 숨을 들이쉬고 계단을 계속 올라가, 층계참을 돌아 더 높이 올라가서 앤지의 시야에서 사라졌다.

계단을 다 오르니 조용하고 어두운 복도가 나왔다. 바닥 가운데에 깔린 색 바랜 러그를 따라 클레오의 시선이 복도 끝에 있는 방까지 이어졌다. 클레오는 조심조심 걸음을 옮겼다. 아래층은 분명 앤지의 공간이었다. 음식과 도구, 담요와 책 등 살아가는 데 필요한 것들이 들어차 있었다. 그러나 이 위는 조용한 공간이었다. 죽은 자를 기념하는 공간. 페이지가 왜 여기를 불편하게 여겼는지 클레오는 알 것 같았다. 왠지 발끝으로 걷고 싶었고, 사진마다 그리고 반쯤 열린 방문마다 멈춰 서서, 사진에 나와 있던 가족들이 문가에 있는 모습, 사진을 똑바로 거는 모습, 방 안에 잠들어 있는 모습을 상상했다. 하지만 왜 그런 상상을 했는지 설명할 길은 없었다. 이런 감각을 일으키는 내장 기관이 없는 건 확실했다. 그냥 그렇게 느꼈고, 클레오는 느껴지는 대로 그대로 있었다.

복도 끝에 다다라 방문을 여니 그곳은 침실이었다. 큰 퇴창이 벽 대부분을 차지하고 있어 방은 빛으로 가득했다. 노란색 레이스 커튼이 뒤로 젖혀진 상태라 햇빛이 방 안으로 쏟아져 들어오고 있었다. 창문 바로 아래에는 누군가 벤치를 밀어 넣어 놓았고, 오른쪽 벽에는 클레오가 지금껏 본 것 중 가장 큰 침대가 놓여 있었다. 네 모서리에 기둥이 있고 덮개가 달린 큰 침대였는데, 아름다운 붉은 벨벳 캐노피로 덮여 있었다. 꼭대기는 먼지가 잔뜩 쌓여 색이 바래 있었지만, 아래쪽은 여전히 생생한 주홍빛이었다. 침대 시트는 구겨져 있었고, 베개는 하나가 보이지 않았으며, 침대보는 맨 아래 구석으로 깔끔하게 밀어 넣어져 있었다. 클레오는 손으로 시트를 훑어가다가, 손가락에 묻은 먼지를 비벼서 털었다.

맞은편으로는 창문 옆에 테이블이 하나 눈에 들어왔다. 테이블 위에는 주황색 플라스틱으로 된 작은 병들이 가득했다. 클레오는 거미줄을 쓸어 내고 병 하나를 집어 들었다. 약이 든 병이거나 약이 들어있었던 병이었는데, 그 병 말고 나머지 병들은 다 비어 있었다. 클레오는 뒤돌아 침대를 보았다.

여기 아픈 사람이 있었다. 아주 많이 아팠던 사람이.

그리고 누군가가 돌봐 줬다.

클레오는 동그란 약병 바닥을 고리 형태로 난 먼지 자국 위에 정확하게 맞춰 제자리에 내려놓았다. 그런 다음 창문으로 간 클레오는 너무 놀라 숨을 헉 들이마셨다.

정말이지 엄청나고 믿기 힘든 광경이었다. 호수와 줄지어 선 키 작은 나무들 너머로 들판이 보였다. 들판이 몇 킬로미터는 이어져 있는 것처럼 보였는데, 어지러울 정도로 먼 그 거리가 어딘가에서 끝나지 않고 점차 사라져 갔다. 모든 것이 너무나 밝고 너무나 푸르렀다!

줄지어 있는 작물 주변을 윙윙대는 것은 드론, 수백 대의 드론이었다. 드론의 종류까지 알아볼 순 없었지만, 온갖 모양과 크기의 드론들이 나와 있다는 건 확실했다. 어떤 드론들은 두엄 더미에서 봤던 하마 드론처럼 땅 위를 굴러 뱀처럼 꾸불꾸불한 갈색 길을 따라 들판 너머로 갔다. 눈으로 그 길을 따라가니 반짝반짝 빛나는 돔이 보였다. 클레오는 그게 온실이란 걸 알아챘다. 아빠가 받은 씨앗 패킷에서 온실 그림을 본 적이 있었기 때문이다. 그런데 저 너머는? 하늘과 땅이 거의 맞닿은 것 같아 보이는 저곳은? 거기엔 클레오의 집인 까만 구조물과 완전히 똑같이 생긴, 정사각형과 직사각형으로 이루어진 물체들이 있었다.

'집', 클레오는 잠시 생각하다가 눈을 가늘게 뜨고 다시 들판을 내려다봤다.

얼마 지나지 않아, 드론들 중 하나가 다른 드론들보다 높이 솟아올랐다. 그 드론은 줄 위아래로 왔다 갔다 하지 않고, 전면으로 빠르게 솟구쳐 흙길을 따라 온실 반대 방향으로 갔다. 클레오는 얼굴을 창문에 딱 붙이고 눈으로 드론을 쫓다가, 그것이 시야에서 사라지자 서둘러 침실을 나와 다음 방으로 갔다. 거긴 화장실이었다. 창문으로 밖을 내다보려면 변기 뚜껑을 밟고 올라가야 했는데도, 클레오는 금세 드론을 포착했다. 그럴 수밖에 없었다. 그 드론은 다른 드론들보다 적어도 30미터는 높이 떠서 수평선을 따라 속도를 내고 있었다. 앤지의 집에서는 클레오가 살던 건물이 보이지 않았지만, 드론이 곧장 그리로 날아간다는 건 확실했다. 그쪽은 클레오가 그날 아침에 있던 곳과 같은 방향이기도 했다.

"할 수 있겠어." 클레오는 혼잣말을 하며 폴짝 뛰어내렸다.

계단을 내려가자, 밑에서 앤지가 발치에 이상하게 생긴 자루를 놓고 기다리고 있었다.

"찾던 것은 봤느냐?"

클레오는 고개를 끄덕였다. "네, 수확 드론은 저희 건물로 가는 게 틀림없어요. 건물로 가는 드론만 타면 돼요. 할머니가 옳았어요!"

"나야 늘 옳지." 앤지는 빙그레 웃었다.

"그거 들어 드릴까요?" 바닥에 있는 자루를 가리키며 클레오가 물었다.

"들어 주겠다고? 이건 네 거야." 앤지가 말했다. 클레오는 눈썹을 치켜올렸다. 버클과 끈이 잔뜩 달려있는 그 물건이 무엇인지 전혀 알 수 없었다. 클레오는 천 손잡이를 잡고 그걸 들어 올렸다.

"백팩이다. 낡았지만 좋은 물건이야. 네가 이리저리 끌고 다니는 그 베갯잇보다야 훨씬 낫지. 네 약도 내가 맘대로 행주에 싸서 오래된 수프 깡통에 넣었다. 꽤 잘 보호될 게야. 받아."

앤지는 클레오에게 어깨끈과 허리를 감싸는 허리끈을 보여 주었다. 백팩은 어깨끈을 짧게 몇 번 당겼더니 클레오의 등에 편안하게 맞았다. 너무나 편안하고 양손도 자유롭게 쓸 수 있어 클레오는 감탄했다.

"다른 물건들도 넣었다. 네가 입던 옷, 담요, 뼈다귀 친구."

클레오는 미소 지었다. "시비를 걸진 않던가요?"

"웬걸. 가방을 열어 줬더니 그 안으로 곧장 어기적어기적 들어가더구나. 하마터면 죄다 바닥에 쏟을 뻔했지만."

"요릭답네요." 클레오가 말했다.

"물병도 채웠고, 껍질 벗긴 당근도 좀 넣었다. 배 몇 개랑 비트로 담근 피클 한 병도. 그 약을 빨리 배달해야 하는 건 알겠는데, 들판까지 걸어가는 데만도 최소 한 시간은 걸릴 테고, 일단 안에 들어가서도 시간이 얼마나 더 걸릴지는 알 수 없으니까."

"정말 고맙습니다, 할머니! 이, 이거 정말 끝내주네요. 갚아 드릴 방법이…."

"글쎄, 모르겠구나…."

"뭐든 말씀만 하세요."

앤지는 목청을 가다듬었다. "사실대로 말하자면, 너를 아무 이유 없이 여기 데려와 밥을 먹인 건 아니었어. 진짜 도움이 필요했던 건 지렁이가 아니었다."

클레오는 잠시 생각에 잠긴 듯하더니 이내 고개를 끄덕였다. "페이지요…."

"이 근처에 살면서 내가 반드시 해야 하는 일을 이제 못할 지경이 되었거든. 무릎, 허리, 이 손. 처음엔 우리 곁에 남으라고 너를 설득할 수 있을 줄 알았다."

클레오는 얼굴이 어두워졌다.

"걱정 말거라. 이 미리엄이란 여자에 대해 네가 얼마나 진지하게 생각하는지 알고 그 기대는 접었으니까. 헌데 이런 생각이 들었다. '클레오처럼 착한 아이? 또 다른 아이? 어쩌면 페이지의 공포심을 극복하게 하는 데 클레오가 적격이겠다'고 말이야."

"그럼 저한테 부탁하실 일이 뭐예요?"

"음, 어쨌든 넌 그 애와 얘길 하긴 해야 할 거다. 페이지가 말해 주지 않으면 허수아비들이 있는 곳을 지나가지 못할 테니, 당연한 일이지. 네가 그 애를 잘 구슬려 준다면야, 누이 좋고 매부 좋은 일이 될 수 있을 거야. 너는 필요한 도움을 받고, 나는 다음 번 지렁이 잡으러 갈 때 페이지에게 '클레오는 그 건물에서 왔는데도 괜찮다'고 할 수 있겠지. 뭐, 안 될 수도 있지만 한번 해 볼 만 한 일인 것 같구나."

클레오는 잠시 고민하다가, 고개를 끄덕였다.

앤지는 미소를 짓더니 손을 뻗어 거대한 구름처럼 곱슬곱슬하게 잘 마른 클레오의 머리카락을 헝클어뜨렸다. "착하기도 하지." 앤지가 말했다. "이제 넌 페이지를 설득할 방법만 찾으면 된다. 믿을지 모르겠다만, 그 애는 나보다도 더한 황소고집이거든."

클레오는 손톱으로 이를 두드리며 눈을 가늘게 뜨고 부엌을 둘러보았다. 문가에 강아지 인형이 놓여 있었는데, 뜯어져서 축 늘어진 귀를 신발 끈으로 머리띠처럼 묶어 놓았다.

"페이지의 강아지 이름이 뭐예요?" 클레오가 물었다.

"아이고! 지금 그걸 나한테 묻는 게냐? 페이지는 그런 게 열 개도 넘는다."

"그래도요. 저건요?"

앤지는 한쪽 머리를 긁적였다. "그 뭐더라. 음, 로즈비? 로트와일러? 아니지! 옳지! 그건 러더퍼드다!"

"확실해요?"

"물론이지."

클레오는 고개를 끄덕였다. "좋은 생각이 있어요."

25장

페이지의 방문은 짧은 복도 끝에 있었다. 문 아래쪽 틈새로 불빛이 흘러나오고 있었고, 이따금 그 틈새를 따라 그림자 하나가 흔들리듯 춤을 추며 지나갔다. 가까이 가니, 아이의 맨발이 바닥을 쪼르르 달려가는 소리가 들렸다. 그 소리를 듣고 클레오는 자기에게서도 발소리가 날까 조심조심 걷다가 발밑에서 삐걱 소리가 크게 나 움찔했다.

그러자 쪼르르 달리던 소리도 멈췄다.

클레오는 한숨을 내쉬며, 까치발을 내리고 곧장 문으로 갔다. 노크하거나 이름을 부르는 대신 클레오는 그냥 그 자리에 앉아서 러더퍼드를 앞에 내려놓고, 앤지가 준 상자를 오른쪽에 놓았다. 그다음 상자의 걸쇠를 퐁 하고 열었다. 앤지가 왜 그걸 태클 상자라고 부르는지 도통 알 수가 없었다. 레슬링처럼 덤벼들어 땅바닥에 내리꽂는다고 물고기가 잘 잡힐 것 같지 않은데 말이다. 하지만 그 상자엔 앤지의 약속대로 미끼, 고리, 낚싯대가 가득 들어있었다. 클레오는 필요한 물건이 갖추어졌다는 걸 확인하고 깊게 숨을 들이쉰 다음 자기 앞에 내려놓은 낡은 인형에게 미소 짓고는 입을 열었다.

"안녕, 러더퍼드!" 클레오가 밝게 인사했다.

물론 강아지는 반응이 없었다.

문 뒤에서 헉하고 작게 놀라는 소리가 들렸다.

"내 이름은 클레오야!" 클레오가 말을 이었다. "난 안에서 왔어."

이번에도 러더퍼드 쪽은 아무 반응이 없었지만, 방 안에서 들었을 때 클레오가 무슨 이야기를 할지 알 수 없었을 것이다.

"응, 맞아. '그곳' 안에서 왔어. 응? 페이지가 그렇게 말해 줬다고? 그곳이 정말 정말 무서운 곳이래? 그래서 널 떨어뜨린 거야?"

문 안쪽에서 무릎 꿇고 앉는 듯한 소리가 작게 쿵 들려왔다.

"페이지가 일부러 그런 건 아닐 거야! 그리고 그럴 수밖에 없었을 거야. 나도 요새 무서웠거든. 그래서 나한테는 엄청 소중한 걸 잃어버렸어. 페이지처럼 말이야. 내가 떨어뜨린 거? 부서졌지 뭐야. 하지만 너는 안 부서졌으니 진짜 다행이다!"

방 안에서 뭐가 잠깐 이리저리 왔다 갔다 하더니 무엇인가로 문틈이 가려져 문 아래쪽에서 나오던 빛이 어두워졌다.

"그런데 다쳤구나, 러더퍼드. 온통 뜯기고 찢긴 것 좀 봐! 이런, 배에 있는 충전재 좀 봐도 되겠니? 양쪽 귀가 다 떨어졌네! 불편하겠다. 뭐라고? 응, 페이지도 분명 알 거야. 할 수 있었다면 손을 써 주었겠지. 착한 인형 주인들은 다 그러고 싶어 해. 나처럼 말이야. 내가 가장 좋아하는 친구는 그곳 안에 있어. 코끼리엘리. 그 애도 찢어진 데가 많았는데, 그중에는 내 잘못으로 그렇게 된 것들도 있어.”

또다시 숨죽이며 놀라는 소리가 문득 바로 뒤에서 났다.

“하지만 뭘 해야 할지 나는 딱 알아. 그럼! 왜냐면 난 의사 공부를 하고 있거든. 실은 외과 의사야. 우리는 아픈 사람들의 몸을 낫게 해 줘. 며칠 있다가 그동안 공부한 걸 전부 시험 보기로 돼 있는데, 내 시험보다 더 중요한 일, 날 필요로 하는 사람이 있단 걸 알게 됐지. 그래서 그 사람을 도와주기 위해 이렇게 밖에 나온 거야. 네가 원한다면 너도 도와줄 수 있어. 걱정 마. 하나도 안 아플 테니까. 아픈 곳이 다 낫게 되면 페이지가 널 데리고 놀기에도 훨씬, 훨씬 쉬워져서 널 어디든 데리고 가 줄 수 있을 거야. 내가 엘리랑 그랬던 것처럼, 그리고 실키 담요랑 새로 사귄 친구 요릭이랑 같이 다니는 것처럼. 너도 요릭을 보면 좋아할 거야. 엄청 재밌거든.”

그때 문 너머에서 속삭이듯 작은 목소리가 들렸다. “요릭…”

클레오는 숨을 깊이 들이마셨다.

“걱정할 거 없어, 러더퍼드. 외과 의사처럼 바느질을 잘하는 사람은 없거든. 그리고 바느질에 필요한 것도 여기 다 있어.”

클레오는 태클 상자에 있는 것 중 제일 작은 고리를 꺼냈다. 펜치로 고리 끝부분의 미늘을 평평하게 만들고, 고리의 구멍도 똑같이 낚싯줄이 겨우 들어갈 만큼 펜치로 잡아당겼다. 클레오는 안정된 손놀림으로 고리에 낚싯줄을 묶었다. 그런 다음 러더퍼드를 조심스레 들어 올렸다.

그 낡은 갈색 강아지를 고치기 위해 전부 다 합쳐서 마흔다섯 바늘을 꿰매야 했지만, 꿰맨 후의 강아지 인형을 본 클레오는 흡족했다. 양쪽 귀까지도 멋지게 다시 붙일 수 있었다. 마지막으로 태클 상자에 있던 주머니칼을 가위로 써서 낚싯줄이 삐져나온 부분을 꼼꼼히 잘라 냈다. 그런 다음 손으로 러더퍼드의 배를 쓸어 주었다.

부드럽게, 살살.

"자, 됐다! 다 꿰맸으니 이제 놀아도 돼! 뭐라고? 아, 그래, 고친 데를 빨리 페이지에게 보여 주고 싶다고? 하지만 페이지한테는 아직 시간이 좀 필요해. 준비되면 나올 거야. 그런데 나한테 고마워할 필요는 없어."

클레오는 러더퍼드를 얼굴에 가까이 대고 핥는 소리를 계속 냈다.

"하하! 제발, 러더퍼드! 고마워하지 않아도 된다니까! 하지만 생각해 보니까 뭐, 정 그렇다면 나를 좀 도와줄 수도 있겠다. 있잖아, 내가 환자를 구하러 도로 그곳 안으로 들어가야 하는데, 앤지는 그럴 방법이 없다고 해. 어쨌든 페이지 없이는 그곳 안으로 들어갈 수 없대. 허수아비라는 게 세 개나 있다는데, 나는 그게 뭔지도 몰라. 어떻게 피해 가는지도 모르고. 하지만 페이지는 이 땅에서 가장 뛰어난 전문가잖아. 그러니까 네가 페이지한테 그 방법을 좀 물어봐 주면 대단히 고맙겠어. 그렇게 해 줄 수 있니? 아, 고마워, 러더퍼드!"

클레오는 강아지를 문틀 옆에 내려놓았다. 그러고는 태클 상자를 닫고 일어나서 말했다. "이제 갈게." 클레오는 일부러 발소리가 바닥에 크게 울리게 하며 복도를 따라 걸어 내려갔다. 구석에 이르자, 클레오는 그 뒤에 숨어 빼꼼 내다보았다.

10초쯤 지났다.

페이지의 방문이 열렸다.

한 뼘쯤 열린 문틈으로 손이 튀어나오더니 러더퍼드를 낚아 챘다. 그런 다음, 문이 다시 쾅 닫혔다. 클레오는 소리를 들으려 고 애를 썼는데 고음으로 지르는 비명 소리가 들린 것 같았다.

클레오는 그 소리가 페이지가 기뻐서 지른 소리였기를 바랐 다.

문 너머에서 왔다 갔다 하는 그림자를 보며 클레오는 가만히 더 기다렸다. 계획대로 잘 된 건지 궁금해졌다.

그런데 그때 문이 다시 열렸다.

클레오는 마음을 단단히 먹고, 드디어 페이지를 만날 준비를 했다.

하지만 페이지의 모습은 보이지 않고 문 옆으로 가녀린 손이 살그머니 나오더니 곰 인형 머리 하나를 바닥에 내려놓았다. 클 레오가 실제로 본 것 중 가장 불쌍해 보이는 곰이었다.

그런데 불쌍함을 느낀 것도 잠시, 얼마 지나지 않아 곰 인형 의 낡아빠진 몸도 문밖으로 나왔다.

클레오는 손으로 입을 가려 킥킥 웃음이 나는 것을 간신히 참은 뒤, 다시 한 번 문 옆에 쪼그려 앉으며 태클 상자 가방을 살 그머니 내려놓았다.

"이름이 뭐예요, 곰 씨?" 클레오가 활기차게 물었다.

몇 초 뒤에 문 뒤에서 소리가 들렸다. "이카보드."

"좋아요, 이카보드. 손 볼 곳이 좀 많네요!" 클레오는 곰 인형 의 머리와 몸을 들어올렸다.

그 후로도 인형 일곱 개가 더 나오고 나서야 문이 활짝 열렸
다. 해치지 않는다는 걸 보여 주려고 클레오는 양손을 들고 천천
히 일어났다.

페이지는 밝은 곳으로 천천히 걸어 나왔다. 방금 수선을 마
친 여덟 명의 친구를 팔로 감싸 안고 있었다.

"안녕." 클레오가 상냥하게 말했다.

어린 소녀가 작지만 또렷한 목소리로 답했다. "내 방 구경할
래?"

26장

페이지는 보여 줄 보물이 100개는 되는 것 같았다. 신기하게 생긴 돌 모은 것. 창문 난간에 거꾸로 묶어 둔 아름답지만 부서질 듯한 말린 꽃묶음들, 사랑을 많이 받은 책들이 나란히 꽂혀 있는 책장, 오래된 사진 무더기, 헝겊 조각들, 나뭇잎 그림들과 블록 무더기들 그리고 빨래 더미들이 있었다.

그리고 사방, 어디에나, 동물 봉제 인형들이 있었다.

페이지는 인형마다 각각 이름을 붙여 놓았는데, 하나씩 멋지게 소개하면서 '의사 선생님'이 시간 있을 때 살펴볼 수 있도록 인형들이 다친 곳을 상세히 알려 주었다. 클레오는 그 모든 증상을 들으며 흐음 하고 고개를 끄덕인 다음, 진단을 내리고 치료법을 일러 주었다. 페이지는 클레오가 말한 것을 꼭 반복해서 말하고는 장난감들을 각각의 명예의 자리에 내려놓았다. "등 열상. 맞아, 내가 얘를 발견했을 때 나도 그렇게 말해 줬는데." 페이지는 혼잣말을 했다.

클레오는 미소 지으며, 앤지가 말한 거미 반지와 스티커를 받았을 때의 느낌이 이런 거였을까 생각해 보았다.

끊임없이 물건들을 보여 주는 동안, 클레오는 물건이 아니라 페이지에게 관심을 갖게 되었다. 페이지는 피부가 까맣게 그을려 있었고, 어깨와 팔뚝의 피부가 벗겨지고, 얼마 남아 있지 않은 머리카락은 짧고 헝클어져 있었는데, 두피 여기저기에 난 작은 흉터들이 보일 정도로 가늘었다. 비슷한 상처가 팔뚝과 손등에도 있었고, 다리는 훨씬 심했다. 밝은 초록색과 노란색이 섞인, 어깨를 드러내는 여름용 원피스에는 허리춤에 얇은 벨트가 매어져 있었고, 치마 길이가 무릎 바로 위까지 내려와 양쪽 무릎에 생긴 두꺼운 딱지가 훤히 보였다. 정강이는 멍든 자국, 베인 자국, 혹으로 뒤덮여 있었다. 그걸 보자 클레오는 벌레에 종아리를 물렸던 게 떠올랐고, 그 생각을 하니 또다시 가려움을 느껴 긁고 말았다.

"그리고 이건 바트 공주, 두꺼비야." 페이지가 이렇게 소개하며 갈색과 초록색이 섞인 장난감을 꺼내 침대 위, 클레오가 앉은 곳 바로 옆에 놓았다. "난 이게 두꺼비 같아. 눈이 하나 없고 입도 없어. 개일 수도 있고 다른 걸 수도 있지만, 오늘은 두꺼비처럼 보이거든. 언니는 이게 뭘로 보…."

"너 혹시 어디 아프니, 페이지?" 클레오가 물었다.

"아니, 난 강하게 싸우고 있어. 앤지 할머니가 그랬어."

클레오는 부드럽게 미소 지었다. "기분 상하게 하려던 건 아냐. 그냥, 네가 좀, 음, 어깨에 화상 자국 같은 게 있고, 머리카락도…. 건물 안에는 아주아주 아픈 사람들이 있는데, 그 사람들이 어떤 치료를 받고 나면 머리가 빠지는 경우도 있거든. 그거랑, 지금 네 몸의 상처 전부랑…."

안 그래도 짧은 페이지의 코가 벌겋게 달아오르더니 더 씰룩거렸다. "음, 난 아냐. 앤지 할머니가 머리를 이렇게 잘라 준 것뿐 인걸. 할머니는 가위를 잘 못 다루셔. 그리고 내 몸에는 진드기가 있었어. 어깨는 햇볕에 타서 벗겨진 거고. 앤지 할머니는 늘 나더러 긴 소매 옷을 입으라지만, 그걸 입으면 너무 덥고 땀이 나."

"그러면 무릎은?" 클레오가 손으로 무릎을 가리키며 물었다.

페이지는 순간 얼굴이 밝아지더니 침대로 깡충 뛰어올랐다. 그러고는 양 무릎을 접어 세운 뒤 그 위에 턱을 괴고 왼쪽 무릎을 가리켰다. "이 상처는 앤지 할머니한테 새 지팡이를 갖다 주려고 나무에 올라갔다가 미끄러져서 생긴 거야. 너무 빨리 올라가려다 이렇게 심하게 긁혔지 뭐야. 이쪽 건 호수에 있는 바위인가 통나무인가에 부딪혀서 다친 거고. 그때 난 물속에서 수영을 하고 있었는데 아무것도 못 느꼈거든. 그런데 나와 보니 온통 피가 나고 있었어. 앤지 할머니는 상어한테 물린 거라고 했는데, 그건 바보 같은 소리야. 왜냐면 호수에는 상어가 없거든."

"그러면 그 혹들은…."

"모기 물린 자국이야. 언니한테도 좀 있네."

"그럼 이 상처들이 전부 밖에서 생긴 거야?"

페이지는 자랑스럽게 고개를 끄덕였다. "밖은 세상에서 가장 좋은 곳이야. 하지만 안은 무서워. 인형들이 지켜 주는 내 방만 빼고." 어린 소녀는 말을 멈추고 시선을 창밖으로 향했다. 클레오는 페이지가 살짝 몸을 떠는 것을 본 것 같았지만 확실하진 않았다. 잠시 후, 페이지는 이렇게 덧붙였다. "나는 혼자 있는 게 싫어."

클레오는 자신이 건물 안 복도에서 겪은 일들을 떠올렸다. 페이지가 살았던 건물의 전력이 나갔다고 앤지가 말했던가? 세 살짜리 꼬마가 혼자 그 통로에 있는 걸 상상하니 클레오는 등골이 서늘했고, 그 문제를 더 이야기하면 안 된다는 것쯤은 알았다. 그래서 대신 이렇게 말했다. "나도 그래. 그래서 가족에게 돌아가려고 하는 거야.

"그 여자도 고쳐 주고. 그렇지?"

"응, 그래서 네 도움이 필요해. 나는 너처럼 밖에서 잘 지낼 수 없거든."

"언니는 밖이 무서워?"

"딱 서울 쥐와 시골 쥐로구나, 너희 둘." 앤지가 말했다. 두 소녀는 뒤돌아 앤지를 보았다. 앤지는 문틀에 편하게 기대어 있었다.

"언제부터 듣고 계셨던 거예요?" 클레오가 물었다.

"네 계획이 성공했다는 걸 알 만큼은 들었다. 네 안에는 정말로 마법 같은 힘이 있구나, 클레오."

클레오는 얼굴을 붉혔다. 페이지는 침대에서 뛰어내렸다.

"앤지 할머니, 서울 쥐와 시골 쥐가 뭐예요?"

"옛날이야기란다."

페이지가 앤지의 소매를 잡아끌었다. "얘기해 줄래요?"

"음, 기억이 잘 안 나는데."

"해 주세요."

앤지는 고개를 끄덕이고는 발을 끌듯 침대로 걸어가 클레오 옆에 앉았다. 페이지는 바트 공주를 집어 바닥에 털썩 내려놓았다. 앤지는 목청을 가다듬었다. "생쥐 두 마리가 있었는데, 사촌

지간인가 자매인가 아무튼 그런 사이였다.”

“이름이 뭐였어요?” 클레오가 물었다.

앤지는 침대 옆에서 러더퍼드를 집어 들더니 클레오가 고쳐 준 부분들을 유심히 보았다. “걔들이 이름이 있었는진 모르겠다.” 앤지는 잠시 생각하고는 말했다. “어쨌든, 생각나는 건 없구나.”

“그럼 제가 지어 줘도 돼요?” 클레오가 물었다.

앤지는 어깨를 으쓱했다.

클레오는 싱긋 웃었다. “진흙 발가락과 포레스트 검프 양이요.”

페이지가 좋다고 꺅 소리 질렀다. “야호! 진흙 발가락과 포레스트 검프 양!”

앤지는 못 말리겠다는 듯 말했다. “너희 건물을 통틀어 너처럼 별난 아이는 없을 거다.”

클레오는 턱을 높이 들었다. “지금은 제가 그 건물 안에 없지만요. 안 그래요?”

“글쎄다. 하지만 넌 여기서도 가장 별난 애다.” 앤지가 분명하게 말했다. 페이지는 킥킥거렸다. 앤지는 코를 훌쩍거리고 말했다. “그래서 어쨌든, 포레스트 검프 양이 진흙 발가락의 편지를 받았는데…”

“야호!”

“시골에 놀러 오겠냐고 묻는 편지였다. 포레스트 검프 양은 그 길로 시골로 달려가 사촌인지 친구인지 아무튼 그 무엇이든지 간에 진흙 발가락과 함께 간단히 점심을 먹기로 했지. 하지만 도시에서 온 포레스트 검프 양에게 음식은 너무 단조로웠고, 진흙 발가락의 인생은 온통 따분하게 여겨지지. '역시 도시는 좋은 게 훨씬 더 많은 곳이야.' 이렇게 생각한 포레스트 검프 양은 진흙 발가락에게 다음 주에 놀러 오라고 초대한단다."

"도시는 좋은 게 많은 곳이라고요?" 페이지가 중얼거렸다.

"모든 게 있지. 신나는 것. 재밌는 것."

"재밌을 거 같아요." 클레오가 말했다.

"가만, 좀 더 들어 보렴. 진흙 발가락은 차를 잡아타고 도시로 갔고, 포레스트 검프 양은 한 상 가득 차려진 진수성찬을 대접하지. 그것은 진흙 발가락이 지금껏 본 그 무엇보다도 근사한 음식이었단다. 문제는 그 음식이 포레스트 검프 양의 것이 아니었단 거지. 그것은 포레스트 검프 양이 사는 집의 주인인 인간의 것이었고, 또 그 집에 사는 큰 고양이의 것이었지. 두 생쥐가 막 만찬을 시작하려는데, 고양이가 그 쥐들에게 덤벼들고 말았단다."

클레오는 몸을 떨었다. "저, 그게 어떤 건지 봤어요."

"그리고 둘 다 잡아먹혔나, 아니면 둘 다 간신히 달아났나 그랬어. 어느 쪽인지는 생각이 안 나네. 아무튼 진흙 발가락은 이렇게 말했지. '화려한 건 너나 가지렴, 난 됐으니. 나는 계속 옥수수나 먹고, 맹물이나 먹으며 사는 게 죽는 것보단 낫겠다.'"

"그 둘이 그런 다음 서로 또 방문한 적 있어요?"

"모르겠다, 하지만 중요한 건 그게 아냐. 이 이야기가 주는 교훈은 남의 떡은 늘 커 보이기 마련이라는 거야. 아니면, 그러니까, 사람마다 취향이 다르다? 뭐 그런 거다."

클레오는 얼굴이 환해졌다. "무슨 뜻인지 알겠어요. 집에 대한 정의는 사람마다 서로 다르다."

페이지가 자기도 안다는 듯 고개를 끄덕였다. "네, 그거요." 페이지가 덧붙였다.

"말이 나와서 말인데…." 앤지가 침대에서 일어나려고 무척 애쓰며 이야기를 마무리했다. "네 문제를 다시 이야기할 때가 됐구나, 클레오. 내 생각엔 너희 둘이 들판까지 가는 데 한 시간 정도 걸릴 테고, 페이지가 집으로 돌아오는 데 한 시간, 그리고…."

"나는 어두워지면 밖에 못 나가거든, 그래서." 페이지가 알려 주었다.

"그렇지." 앤지가 동의했다.

페이지가 '탐험 준비물'을 챙기는 걸 기다리느라 복도에 나가 있는 동안, 앤지는 옷장을 뒤졌다. "너에게 줄 게 하나 더 있다." 앤지가 말했다. "하지만 소용없을 수도 있을 것 같아서 백팩에 넣고 싶진 않았다."

앤지 할머니는 맨 위 선반에서 얇은 회색 케이스를 꺼냈다. 케이스 지퍼를 열고, 그 안에서 검은색 플라스틱으로 된 태블릿을 꺼냈다.

"이 구닥다리는 옛날부터 쓰던 거다. 한동안은 이걸로 게임을 했는데, 내 손가락이 그만 뭐, 알다시피 이렇게 됐다. 밖에서는 연결할 수 없지만, 안으로 다시 들어가면, 그 뭐냐, 너희 베인 선생님도 다시 불러 올 수 있지 않겠느냐?"

클레오는 두 손으로 태블릿을 조심조심 받아 들었다. 스크롤보다 훨씬 깨지기 쉬워 보였다.

"거기 그 버튼을 누르면 켜진단다." 앤지가 알려 준 대로 클레오는 버튼을 눌렀다. 그러자 화면에 푸른빛이 들어오더니, 그

다음 하얀 빛, 그다음엔 로딩 바가 나타났다. 로딩이 되자, 밝은 산을 배경으로 한 풍경이 화면을 덮었고, 아이콘도 몇 개 나왔다. 앤지가 화면 맨 위를 가리켰는데, 거기에 **네트워크 연결 없음**이라고 나와 있었다.

클레오는 배터리를 낭비하고 싶지 않아 태블릿을 재빨리 껐다. 그런 다음 다시 케이스에 잘 넣고 앤지에게 고맙다고 말한 뒤, 백팩에 넣었다.

"가방 가운데에 태블릿을 넣는 자리가 있다. 앞쪽 두 번째 지퍼." 앤지는 이렇게 말하고 닫힌 백팩 위를 토닥였다.

클레오는 앤지 쪽을 보고 미소 지었다. 페이지는 신발 끈을 단단히 맨 스니커즈를 신고 복도를 급히 뛰어 내려 왔다. "어서 가자, 클레오 언니!" 페이지는 신이 나서 말했다. "빨리 가야 해! 수확 드론은 밤에는 스프링클러가 켜져서 안 날아다니거든!"

클레오는 페이지를 따라 부엌으로 들어가며, 페이지가 뒤쪽 현관으로 뛰어 나가 계단을 깡충깡충 뛰어 내려가는 것을 봤다. 하지만 클레오는 머뭇거렸다.

"앤지 할머니." 클레오는 뒤돌아 앤지를 불렀다.

"왜 그래?"

"고마워요." 클레오는 이렇게 말하고는 할머니를 두 팔로 감싸 안았다. 앤지의 얼굴은 폭탄이 터진 것 같은 클레오의 곱슬머리 속에 파묻혔다. 앤지는 손으로 클레오의 뒷머리를 토닥여 주고는 클레오를 밀어냈다.

"내가 한 말 기억하거라, 얘야. 세상이 밀고 들어온다는 이야기. 그 말 진심이다."

"네, 알아요. 그리고 이해해요. 하지만 저는 미리엄을 도와야 하고, 시험도 봐야 하고, 부모님께 제가 괜찮다는 것도 알려 드려야 해요. 허리케인, 지진, 눈사태요? 그건 지금 제게는 너무 먼 얘기예요. 지금 당장은 그런 걱정을 할 여력이 없어요."

앤지는 미소 지었다. "나보다 남을 더 위하는 그 마음이 어디 가겠느냐." 앤지는 이렇게 말하고 클레오를 문밖으로 밀어냈다.

27장

"이게 허수아비란 거야." 페이지가 길가에 쪼그리고 앉아 흙 위에 막대기로 그림을 그리며 말했다. 클레오는 힘겹게 호흡을 가다듬으며 페이지 옆에 몸을 웅크리고 앉았다. "어떻게, 너는 그렇게 달리기를 잘해?"

페이지는 어깨를 으쓱했다. "나는 어디든 달려서 가. 언니도 허수아비를 이기려면 계속 달려야 해."

클레오는 앤지가 준 백팩에서 물병을 꺼내 물 한 모금을 꿀꺽 마셨다. 그러고 나서 페이지가 그림 그리는 모습을 지켜봤다. 그림이라기보다는 선이나 동그라미 정도에 지나지 않았지만, 클레오가 알아보긴 충분했다.

"저건 청소 드론이지?"

페이지는 고개를 흔들었다. "아닌데. 허수아비야. 크고, 시끄럽고, 우리가 들판에 들어가는 걸 진짜 싫어해. 특히 수확 드론 가까이 가면 화를 내."

페이지가 드론의 막대기 같은 팔 끝에 칼날 같은 걸 그려 넣자, 클레오는 움찔했다.

"그게 얼마나 커, 페이지? 저 너머 통나무만큼?" 클레오는 숲을 가리켰다. 다 쓰러져 가는 오래된 나무 그루터기가 청소 드론만 해 보였다.

페이지는 눈을 가늘게 뜨고 보더니, 깔깔 웃었다. "아냐, 바보 같긴! 저건 너무 작잖아!" 그러고는 땅바닥에 그린 허수아비 그림 옆에 나뭇가지 모양을 작게 끼적였다. 전에 보았던 거미처럼 생긴 드론은 분명 그 나뭇가지 모양의 열 배는 족히 되는 크기였는데….

지금은 페이지가 거대한 마대 걸레 같은 곱슬머리로 그림을 장식하고 있었다.

"요점은 알 것 같아." 이렇게 말해 놓고 클레오는 긴장이 돼 마른 침을 삼켰다.

"쪼아!" 페이지가 이렇게 말하며 다시 출발하자 러더퍼드의 귀가 바람에 펄럭였다.

클레오는 뺨을 불룩하게 부풀리고는 페이지를 뒤쫓아 갔다. 그 어떤 무용 수업도, 시뮬레이터에서 보낸 그 어떤 시간도, 이런 일을 대비해 주진 못했다. 클레오는 앞으로 몸을 밀며, 페이지가 하듯 다리를 마구 휘저으면서, 부딪힐 벽도 돌아서야 할 코너도 없는 곳에서 마음껏 달려 나갈 수 있다는 데 희열을 느꼈다. 시뮬레이터에서 달리는 것과 밖에서 실제로 달리는 것은 정말로 확실히 차이가, 아니 무한한 차이가 있었다. 한 걸음 한 걸음 내디딜 때마다 매번 미묘한 느낌이 드는 땅이, 시야의 끝자락에서 색깔들이 번지는 방식이 달랐다. 또한 몸이 반응하는 방식이, 폐가 공기를 흡입하고 팔이 앞뒤로 반복적으로 움직이고 심장이 마구 뛰는 방식이 달랐다.

클레오는 나름 전력 질주를 했지만 그리 오래가지는 못했고, 그런 클레오를 페이지가 매번 다시 돌아와 응원해 주었다. 가장 긴 시간동안 달려서 작은 시내를 건너는 다리 위에 다다랐을 때, 클레오는 한 손을 들었다.

"나, 나 토할 것 같아." 클레오가 몸을 홱 돌린 곳에는 초록색과 빨간색의 두툼한 잎사귀들이 있었다. 페이지가 급히 클레오의 백팩을 붙잡았다.

"거긴 안 돼. 덩굴 옻나무야." 페이지가 말했다. 클레오는 잎사귀들이 가장 많이 밀집된 자리로 막 걸어 들어가려다, 결국 먼지투성이 길바닥에 엉덩방아를 찧었다. 클레오는 머리가 빙글빙글 도는 것 같아 무릎 사이에 머리를 기대고 호흡에만 집중했다.

"모기 물렸을 때 아팠다고 했잖아. 하지만 그건 덩굴 옻나무에 비하면 아무것도 아냐. 나도 배하고 다리하고 팔에 한꺼번에 옻이 오른 적이 있는데, 긁으면 안 된다면서 앤지 할머니가 진흙에서 뒹굴라고 했어."

"그, 그랬더니 괜찮아졌어?"

"아니, 그래도 긁긴 했지."

조금 회복되자 클레오는 생생한 식물들로 뒤덮인 곳을 바라보았다. 페이지가 말했다. "잎사귀를 잘 봐. 세 갈래고 작게 뾰족뾰족한 부분이 있는지."

"고마워, 페이지. 너는 *바깥*에서는 뭐든 아주 잘하는구나."

페이지는 클레오 옆에 털썩 주저앉았다. 그러고는 작은 목소리로 말했다. "언니는 *안*에서는 잘할 수 있어?"

그렇게 묻는 페이지의 눈빛에는 공포가 서려 있었다. 클레오는 최대한 부드러운 미소를 지었다. "아니, 나는 사실 안에서도 엉망이야. 하지만 걱정 마. 너한테 내가 살던 건물까지 데려가 달라고는 부탁 안 해. 들판까지만이야. 들판으로 같이 나가 줄 필요도 없어. 넌 그냥 숲에 있으면 돼."

페이지는 러더퍼드를 얼굴에 대고는, 부드러운 솜털로 자신의 입을 눌렀다. 페이지가 뭐라고 대답했지만 강아지 인형의 솜털 때문에 잘 들리지 않았다. 그래도 클레오는 이해할 수 있었다. "언니도 숲에 있어도 돼. 허수아비는 들판에만 안 들어가면 쫓아오지 않거든. 안전할 거야. 만약 안으로 들어가지 못하면 나랑 러더퍼드랑 앤지 할머니랑 살면 되잖아. 집도 넓어."

클레오는 셋이서 앤지 할머니의 식탁에 둘러앉아 즐겁게 식사하는 모습을 떠올렸다. 너무 행복한 장면이라 오히려 클레오의 마음이 약간 불안해졌다. 그래서 클레오는 고개를 흔들며 일부러 바닥에 쓰러진 미리엄, 애태우는 부모님에 대한 생각을 떠올렸다. 그러고는 퉁명스럽게 답했다. "안 돼. 난 꼭 가야 돼."

페이지는 고개를 끄덕였으나, 성긴 눈썹은 올라가 있고 입술은 삐죽 나와 있었다. "그 여자를 구해 줘야 하니까." 페이지가 말했다.

"응." 클레오는 작게 말했다. 그때 페이지의 눈가에 눈물이 고이는 게 보였는데 금세 울음을 터뜨릴 것 같았다. 클레오는 어찌해야 좋을지 몰라 이렇게 덧붙였다. "아, 그리고 요릭!"

"요릭?" 페이지가 갑자기 몸을 일으키는 바람에 러더퍼드가 무릎 위로 떨어졌다.

"집에 보내 줘야 해! 요릭은 이곳 밖에서는 뭘 해야 하는지 하나도 몰라." 클레오는 백팩을 앞으로 가져다 손을 넣어 두개골의 반구형을 만져 봤다. 그에 답하듯, 조그마한 드론은 윙 소리를 냈다.

"그리고 얘는 좀 종잡을 수가 없어." 클레오가 주의를 주었다. 문득 앤지의 반응이 생각난 클레오는 이렇게 덧붙였다. "그러니까 얘는 두개골인 셈이야."

페이지는 앞으로 몸을 기댔다. "두개골? 사람이 죽은?"

클레오는 재빨리 고개를 저었다가 다시 끄덕였다. "그럴걸? 사실 요릭은 관찰 드론이야. 안에서 윙윙거리면서 날 귀찮게 했어."

"모기처럼?"

"응, 모기처럼. 하지만 물지는 않아. 그래서 내가 사람 두개골 모형으로 덮어 버렸어. 그랬더니 속도가 느려졌는데, 이제, 음, 내 생각엔 친구가 된 것 같아. 말이 되는지 모르겠지만."

페이지는 러더퍼드의 귀 뒤를 문질렀다. "응, 말이 돼." 페이지는 클레오 말을 따라서 했다. "한번 봐도 돼?"

클레오는 미소를 짓고 백팩에서 요릭을 꺼냈다. 페이지는 헉하긴 했지만 크게 놀라는 것 같지 않았다. 놀라기는커녕 손을 뻗더니 요릭을 덮은 두개골 안구에다 손가락을 집어넣었다. 안에서 드론이 손에 닿아 진동하자, 페이지는 꺅 하고 손을 빼더니, 신기해하며 키득거렸다.

"이제 집에 보내 주려고."

"빨라?"

클레오는 어깨를 으쓱했다. "그렇게 빠르진 않아. 청소 드론 하고 싸우다 좀 다친 것 같아. 그때부터 느려졌거든. 게다가 밖에서는 신호를 받을 수 없어서 제자리만 맴돌거나 곧장 앞으로만 가나 봐."

"아휴." 페이지가 말했다. "괜찮아, 요릭. 곧장 앞으로 가면 돼. 어쨌든 지금 우리가 가려는 방향도 그쪽이니까!"

아나나 다를까, 요릭은 부르릉대며 길을 내려갔다. 페이지는 기분 좋게 꺅 소리를 지르고 요릭의 뒤를 쏜살같이 쫓아갔다. 두개골에 갇힌 드론이 페이지처럼 빠르지 않아 클레오에게는 천만다행이었다. 앞으로 둥둥 떠가는 두개골 옆에서 천천히 달리고 있는 꼬마 숙녀는 완전히 흡족해 보였다. 클레오는 기뻐하며 여유롭게 뒤따라갔다.

날이 선선해지기 시작하자 페이지는 손을 뻗어 요릭을 붙잡았다. 요릭을 다시 가방에 넣은 클레오는 주위를 둘러봤다. 저 멀리, 숲이 갈라지는 곳이 보였다. 페이지는 그곳을 가리켰다.

"저게 들판이야. 나는 저기로는 거의 안 가. 하지만 언니는 가야 돼."

클레오는 나뭇가지 사이로 그곳을 내다봤다. 알아보기 쉽진 않았지만, 아나나 다를까, 그 뒤편으로 클레오의 집이 있는 건물이 우뚝 솟아 있었다. 막 지기 시작한 해가 건물의 태양광 패널에 반사되고 있었다.

"고마워, 페이지." 클레오가 상냥하게 말했다. "날 여기로 데려와 주고, 또 허수아비에 대한 것도 알려 줘서. 내가…."

"아직 돌을 못 챙겼잖아."

클레오는 머리를 갸우뚱했다. "돌?"

페이지는 고개를 끄떡하고 주먹을 쥐었다. "이만큼 큰 돌."

"왜?" 자기도 주먹을 쥐어 보며 클레오가 물었다.

"허수아비한테서 도망쳐야지. 하지만 도망치기 어려울 것 같으면 얼굴에다 돌을 던져. 그다음에 도망가."

클레오는 진지하게 고개를 끄덕였다. "우리 건물 청소 드론 같네. 한번 싸워 봤거든. 렌즈를 깨뜨리니까 날아가 버리더라고."

"응, 그럴 거야. 돌 던져 본 적 있어?"

클레오는 발끝으로 땅을 차서 돌을 파냈다. 손가락으로 만져 보니 돌은 날카로웠고, 흙으로 뒤덮여 있었다. "아니." 클레오는 말했다.

"한번 해 봐. 이렇게." 페이지는 작은 돌을 집어 들었다. 그러고는 휙 던져서 근처에 있는 나무 둥치를 한 번에 맞혔다. 돌은 꽤 크게 탁 소리를 내며 나무껍질에 작은 홈을 남겼다. 페이지는 옆으로 물러서며 말했다. "이제 언니 차례!"

클레오는 입을 악다물고 흙에 발을 묻었다. 거세게 기합을 넣으며 클레오가 돌을 던졌는데, 그대로 나무 위로 날아갔다.

"어, 어!" 페이지는 또 돌을 찾으러 갔다.

그러고는 10분 남짓 연습을 계속했다. 클레오는 나무 둥치를 단 한 번도 못 맞혔지만, 페이지는 돌이 위로 날아가지 않고 앞으로 가는 것만도 기쁜 것 같았다. "허수아비는 이보다 훨씬 더 가까이 나타날 테니까 놓치지 않을 거야." 페이지가 위로해 주었다.

클레오는 한숨이 나왔다. "안심시켜 줘서 고마워."

"천만에!" 페이지는 이렇게 대답하고 나무로 달려가 돌을 주워 왔다.

클레오는 주머니가 돌멩이로 불룩해지면 다시 던지기 연습을 시작했지만, 돌은 그리 멀리 가지 못했다. 페이지는 점점 걸음이 느려졌고, 이내 클레오는 길을 혼자 걷고 있다는 것을 깨달았다. 뒤돌아보니, 페이지는 멀리 떨어진 뒤쪽에서 러더퍼드를 움켜잡고 들판을 쳐다보고 있었다. 클레오는 심장이 덜컹 내려앉았다.

"저거야?" 페이지에게로 되돌아간 클레오가 물었다.

페이지는 고개를 끄덕였다.

클레오는 심호흡을 했다. "고마워, 페이지. 전부 다."

페이지는 땅을 쳐다보다가 천천히 고개를 들고 클레오를 보았다. "클레오 언니?"

"응, 페이지?"

"음, 러더퍼드도 고맙대. 저기, 고쳐 줘서."

클레오는 미소를 짓고 손을 뻗어 러더퍼드의 귀를 헝클어뜨렸다. "잘 있어, 러더퍼드." 클레오는 말했다. "페이지도. 안녕…."

클레오가 말을 마치기도 전에 페이지는 뒤돌아 줄행랑치듯 달려갔고, 신발이 먼지를 일으키면서 길바닥이 뿌옇게 보였다. 클레오는 페이지가 커브 길을 돌아 사라지는 모습을 지켜봤다. 맨 처음 자신이 아파트를 탈출한 것을 깨달았을 때처럼 갑자기 가슴이 쿵쿵 울리며 아팠지만, 클레오는 이를 악물고 뒤돌아 들판을 마주했다.

"그래, 클레오." 클레오는 전진하며 속삭였다. "서둘러야 해."

28장

　나무들이 늘어선 줄이 끝나고, 밝은 보라색 꽃들이 점점이 찍힌 초록이 무성한 융단과 같은 거대한 감자밭이 드러났다. 클레오는 주머니 속 돌들을 다시 정리해서 양쪽 주머니에 네 개씩 나눠 넣었다. 돌의 무게 때문에 운동복 바지의 허리끈을 묶어야 했다. 바지가 흘러내린 채로 허수아비를 상대하긴 싫었다.

　"좋아." 클레오는 혼잣말을 했다. "이제 어쩌지?"

　그때, 왼쪽에서 무언가가 움직이는 것이 느껴졌다. 눈부신 석양에 앞이 잘 보이진 않았지만, 먼 거리에 분명 드론이 있었다. 그리고 그것이 크다는 것만은 확실했다. 수확 드론인지 허수아비인지는 알 수 없었다. 클레오는 주머니에서 돌 하나를 꺼내, 그것이 손에 익숙해질 때까지 손가락으로 저글링을 했다. 그런 다음 드론 쪽으로 몰래 접근했다.

　목표물과의 거리가 약 30미터 정도로 가까워지자, 비로소 그것이 수확 드론임을 알 수 있었다. 눈이 휘둥그레진 클레오는 주변 채소들 속에 쭈그리고 앉았다. 앤지 말에 의하면 수확 드론은 사람을 무시한다지만, 클레오는 뭔가 원시적인 본능이 발동해 몸을 숨긴 것이었다. 그러고는 땅바닥에 납작 엎드려 수확 드론이 어떻게 일하는지 지켜봤다.

네 개의 거대한 터빈이 드론을 감자밭 위로 띄우고 있었다. 안테나 같은 긴 부속이 꼬리처럼 드론 밑으로 말려 있었다. 그 끝에 달린 삽은 캐고자 하는 감자 작물 주변의 흙에 꽂혀 있었다. 삽으로 작물을 들어 올리면 두 개의 집게발이 내려와 그것을 땅에서 캐냈다. 세 번째 다리는 잘 자란 덩이줄기를 잡고 잘라서, 청소 드론처럼 배에 있는 그물에 넣었다. 일을 마친 뒤 수확 드론은 그 자리에 조심스레 대체작물을 심고 주변 흙을 다독인 뒤, 머리 근처에 있는 노즐에서 물을 분사했다.

그러고는 솟구쳐 가 버렸다.

"기다려!" 클레오가 외쳤지만, 드론은 당연히 기다리지 않았다. 클레오는 한 번 휘청하고는 따라잡으려고 전력 질주했지만, 드론이 갑자기 다른 식물 곁에서 멈추는 바람에 넘어질 뻔했다. 그 모습이 왠지 특정한 감자를 찾는 것 같아서, 익은 감자를 구별할 줄 아나 보다 하고 클레오는 짐작했다. 하지만 그 감자를 클레오가 자세히 들여다볼 새도 없이, 드론은 또다시 날아갔다.

감자밭의 작물들을 스무 번도 넘게 살펴보느라 클레오는 숨이 찼다. 땀이 눈으로 흘러 들어가 소매로 연신 닦아야 했다.

"이대로 가다간⋯." 클레오는 화가 나서 중얼거렸다. "집에 가기도 전에 쓰러지겠다."

더 공격적으로 나가야 한다고 클레오는 생각했다.

물을 한 모금 마시고, 돌을 주머니에 도로 넣고, 백팩이 잘 달려 있는지 확인한 뒤, 클레오는 수확 드론이 다시 멈출 때까지 열심히 그 뒤를 쫓아갔다. 클레오는 심호흡을 하고 곧장 수확 드론을 향해 걸어갔다. 수확 드론은 아무런 반응이 없었다.

"좋아, 친구." 클레오가 말했다. "너는 시끄럽고 덩치가 크지. 그럼 힘도 셀까?"

클레오는 저번에 드론을 타려다 어떻게 됐었는지를 생각하며 신중히 다가갔다. 몸을 살짝 당기고 회전자에서 멀찍이 떨어져 드론 등에 올라타 봤다. 하지만 드론의 그 어떤 부분도 제대로 움켜잡지 못한 채, 삽이 휙 하고 움직이는 바람에 클레오는 귀를 거의 잘릴 뻔해서 다시 땅으로 내려가야 했다. 클레오는 중심을 잡으려고 휘청거리며 뒤로 가다 무성한 작물들 위에 주저앉았다. 수확 드론이 다시 한 번 윙윙거리자, 클레오는 무척 성을 냈다.

드론은 날아갔는데, 왜 아직 시끄럽지?

왜 뒤에서 계속 윙윙거리는 소리가 나지?

클레오는 무슨 일인지 알 수 없어서 얼른 일어나 앉았다.

고개를 돌린 클레오는 그 이유를 알 수 있었다.

페이지의 말이 맞았다. 허수아비는 청소 드론보다 훨씬, 훨씬 더 컸다. 허수아비들 역시 줄지어 붙어 있는 유리 같은 눈으로 정면을 봤고, 전면부는 끝에 장비가 달린 여러 개의 팔들이 만들어 내는 후광으로 빛이 나고 있었다. 허수아비에게는 삽이나 스프레이 노즐 같은 건 없었다. 대신 칼날, 곡괭이 머리, 강철 집게발, 탁탁 소리를 내며 오존 타는 냄새를 퍼뜨리는 두 개의 작살이 있었다.

청소 드론의 배에는 잡은 것을 포획하고 풀어 주는 망이 있는 반면, 허수아비의 몸체는 매끄럽고 날렵했다.

클레오는 허수아비들이 목표물을 포획하는 데 전혀 관심이 없기 때문이라는 걸 알았다.

절박한 심정으로 클레오는 작물들을 뚫고 뒤로 굴러갔다. 그러자 허수아비는 클레오 쪽으로 밀고 들어와, 팔을 전부 머리 주위로 뻗쳐 무시무시한 머리채 같은 모양이 되었다. 팔들은 빠르게 회전하기 시작했고, 너무 빨라서 어느 게 어느 것인지 구분할 수 없었다. 허수아비의 눈에서 갑자기 앞이 안 보일 정도로 밝은 섬광이 뿜어져 나왔고, 끔찍한 굉음이 터져 나와 클레오의 양팔과 갈비뼈까지 흔들어 댔다. 클레오도 맞서서 소리를 지르며 땅에서 흙을 한 줌 집어 허수아비의 얼굴에 내던졌다.

허수아비는 계속해서 다가왔다.

클레오는 비틀거리며 일어나면서 멀리 있는 수확 드론을 발견했다. 클레오는 그 수확 드론을 향해 전력 질주했고, 발 딛는 곳마다 감자 작물 잎들이 뜯기고 흙먼지가 날렸다. 허수아비는 계속 윙윙대면서 클레오를 금세 따라잡더니, 칼 달린 긴 팔을 클레오의 머리 오른쪽으로 발사했다. 클레오는 왼쪽으로 몸을 던졌고, 다시 일어났을 땐 또 다른 칼날이 날아와 방금 클레오가 밟았던 땅을 베었다.

가공할 위력의 허수아비는 클레오의 주위를 맴돌다 수확 드론과 클레오의 사이로 왔다. 허수아비 드론은 팔을 다시 회전시키며 으르렁댔다.

클레오는 쏜살같이 오른쪽으로 도망쳤다. 하지만 허수아비는 클레오보다 빨라서 금세 따라잡더니 클레오를 다시 에워쌌다. 공기를 가르며 날아드는 팔들이 피부를 스쳐 휘파람 소리가 날 때마다 클레오는 비명을 질렀다. 이러다간 결국 죽게 될 거라는 생각에 클레오는 눈을 감은 채 계속 움직였다.

그러나 허수아비 드론은 클레오를 죽이지 않았다.

사실 클레오를 건드리지도 않았다.

하지만 클레오는 다리가 무거웠고, 주머니에 있는 돌 때문에 골반을 다치고 말았다. 허파가 터질 것처럼 고통스러웠다. 그렇게 움직임이 점점 느려지고 있었다.

그러다 클레오는 움직임을 멈췄다.

괴물 같은 허수아비 드론은 휘청하며 클레오의 뒤에서 멈추더니, 팔들을 확 펼치고 클레오를 향해 또 굉음을 울렸다. 하지만 너무 숨이 차 도저히 달릴 수 없었던 클레오는 살그머니 눈을 떴다. 클레오가 있는 곳은 나무들이 줄지어 늘어선 곳에서 불과 몇 십 미터 떨어진 곳이었고, 그 뒤로는 앤지 할머니 집으로 가는 길이 있었다. 클레오는 분명 그리로 달아날 수 있었다. 남은 힘을 모두 쥐어짜 전력 질주하면 그 숲에 무사히 다다를 수 있었다.

그건 할 수 있었다.

클레오는 허수아비 드론이 원했던 게 정확히 무엇이었는지 알게 되었다. 클레오는 사냥당하는 게 아니라, '몰이당하고' 있었다.

클레오는 떨리는 손을 주머니에 넣었다. 돌의 뾰죽뾰죽한 부분이 만져졌는데, 꽉 쥐었더니 손에 난 상처 부위가 엄청나게 쓰라렸다. 하지만 꽉 쥔 돌을 주머니에서 꺼내 있는 힘껏 팔을 뒤로 젖히는 느낌은 좋았다. 그때 허수아비 드론이 곡괭이를 후려쳐 클레오의 발에서 불과 몇 센티미터 떨어진 땅에 박혔다.

클레오는 허수아비 드론을 향해 정면으로 돌을 던졌다.

하지만 빗나갔다.

"가! 저리 가라고!" 클레오는 또 돌을 던졌다. 돌은 허수아비 드론의 머리 위로 날아갔다. 세 번째 그리고 네 번째 돌을 꺼내려다가, 손이 덜덜 떨린 나머지 그만 바닥에 떨어뜨리고 말았다.

허수아비 드론이 굉음을 내며 더 가까이 왔다.

클레오는 다시 주머니에 손을 넣었지만, 돌이 주머니 속에 걸려 버렸다. 아무리 당겨도 빠지지 않았다.

클레오는 그 자리에서 몸이 얼어붙었다.

허수아비가 다가왔다. 귀청이 떨어질 듯한 소리를 내며 팔들이 활짝 펴졌다가 천천히 감기며 독수리 발톱처럼 말렸다. 터빈 회전으로 생긴 상승기류에 클레오의 머리칼이 엉망진창이 됐다.

'내가 안 움직이면 나를 볼 수 없을지도 몰라. 내가 안 움직이면 나를 볼 수 없을지도….'

물론 허수아비 드론은 클레오를 볼 수 있었다. 허수아비는 아주 섬세한 조작으로 팔 맨 윗부분들을 아래로 내렸다. 작살이 날카롭게 탁탁거리며 열풍을 뿜어냈다. 클레오는 눈을 감고 숨을 참았다.

드론은 그 작살로 클레오의 어깨를 찔렀다.

순간 클레오는 온몸이 홱 밀쳐지면서 그 자리에서 뒤로 나가떨어졌다. 허수아비는 다시 굉음을 내며 앞으로 튀어나왔다. 다리를 움직이려 해도 말을 듣지 않았고, 허수아비 드론은 거대한 집게발로 클레오의 허리를 쥐고 양팔을 옆구리에 붙여 움직이지 못하게 했다.

그러더니 허수아비는 클레오를 끌고 갔다.

"안 돼!" 클레오가 비명을 지르자 곧바로 입안에 흙이 잔뜩 들어왔다. 허수아비는 클레오를 무자비하게 끌고 갔고, 클레오의 몸이 지나간 자리에는 고랑이 파였다. 클레오의 몸은 돌멩이와 감자 줄기에 긁혀 상처가 났고, 메고 있던 백팩 끈도 바로 뜯겨 나갔다. 클레오는 몸을 틀어 백팩이 떨어진 곳을 찾으려 했지만, 자신을 붙잡은 흉측한 집게발만 보일 뿐이었다.

그런데 갑자기 시야에서 허수아비 드론이 사라졌다.

드론의 집게발이 풀림과 동시에, 깡 하는 날카로운 소리가 들렸다.

깡 소리가 또 났다.

날카로운 고음이, 어린 소녀가 온 힘을 다해 내지르는 소리가 들렸다.

그에 답하듯 굉음을 내며 허수아비는 소리가 나는 곳으로 쏜살같이 가 버렸고, 다쳐서 피를 흘리는 클레오만 흙바닥에 남았다. 클레오는 온몸에 난 상처로 고통스러워 움찔했다가, 다시 꾹 참고 일어나 무릎을 꿇고 앉았다.

페이지였다. 페이지가 들판 가장자리에서 발치에 돌을 한 무더기 쌓아 놓고 있었다. 한 손엔 러더퍼드를 들고, 다른 한 손으로는 연신 돌을 집어 허수아비에게 던졌다. 크게 빗나간 것도 있었지만, 대부분 드론의 전면부를 정확히 강타했다.

허수아비 드론은 굴하지 않고, 페이지를 향해 쏜살같이 나아갔다.

"달려, 클레오 언니!" 페이지가 외치자, 클레오는 비틀비틀 일어섰다.

하지만 힘이 풀리며 감자 작물 속으로 얼굴부터 쓰러지고 말았다.

온몸이 아팠다. 작살에 찔린 팔다리는 뜻대로 움직일 수 없었고 숨도 거의 안 쉬어졌다.

하지만 '움직여야만' 했다.

클레오는 다시 일어났다. 온 힘을 다해 다리를 움직여 봤다. 또다시 넘어졌다. 하지만 이번에는 비틀거리면서도 앞으로 몇 발짝은 나아갔다. 거칠게 신음하며, 클레오는 세 번째로 몸을 일으켰다. 페이지를 찾으려고 몸을 돌리자, 머리에서 나뭇잎 조각과 흙덩어리가 우수수 떨어졌다.

페이지는 어디에도 없었다. 그 사실만으로도 클레오는 겁에 질렸지만, 허수아비는 잔뜩 화가 난 듯 보였다.

"페이지!" 클레오는 안간힘을 써 두 발로 일어서며 고함을 쳤다. 양손은 여전히 경련으로 부들부들 떨리고 있었지만, 클레오는 확성기처럼 두 손을 입에 대고 외쳤다. "페이지!"

허수아비는 거의 아무 힘도 들이지 않고 공중에서 회전하더니, 클레오의 목소리를 새 타깃으로 삼았다.

그때, 숲 가장자리에서 페이지가 더 많은 돌을 들고 튀어나오며 또 모습을 드러냈다. 페이지는 돌 두세 개를 한꺼번에 허수아비에게 던졌고, 허수아비는 페이지를 쫓으며 다시 퍼덕거렸다. 허수아비가 가까이 오면 페이지는 그 즉시 쏜살같이 나무 뒤로 줄행랑쳤다가 조금 떨어진 반대편으로 살그머니 나와 드론에게 돌을 던지고 욕을 퍼부으며 허수아비를 혼란스럽게 했다.

"오, 머리 좋네." 클레오가 중얼거렸다.

"어서 가, 클레오 언니!" 페이지는 외쳤다.

클레오는 페이지를 혼자 남겨 둘 수 없다는 마음을 꾹 누르고 백팩을 찾아 주변을 돌아다녔다. 백팩은 쓰러진 감자 작물들 사이에 떨어져 있었다. 클레오는 몸을 던져 한 손으로 백팩을 낚아채 어깨에 휘둘러 메고 곧바로 몸을 일으켰다. 그런 다음 수확 드론을 찾아보았다.

수확 드론은 감자가 줄지어 있는 감자밭으로 느긋하게 내려가고 있었는데, 페이지와 허수아비보다 두 배는 멀리 있었다.

클레오는 수확 드론 쪽으로 허둥지둥 달려갔다.

페이지를 상대하느라 바쁜 허수아비는 클레오를 따라오지 않았다.

아니, 따라올 필요가 없었다.

두 번째 허수아비가 빛을 번쩍이며 클레오를 뒤따라오고 있었다. 빠른 속도로 따라오고 있는 허수아비를 본 클레오는 헉하고 놀랐다. 클레오는 떨리는 다리로 성큼성큼 걸어가다 두 번이나 넘어졌고, 손까지 동원해 네 발로 뛰기까지 했다. 클레오의 거친 몸짓에 흙먼지와 감자 잎이 뒤로 흩날려 허수아비의 전면부를 뒤덮었다.

허수아비가 느려졌다, 아주 조금.

그 정도면 충분했다.

어느덧 클레오는 끝에 삽이 달린 꼬리를 몸 아래로 말아 넣고 회전자를 넓게 펼쳐 막 이륙하려는 수확 드론 가까이에 다다랐다. 클레오는 수확 드론을 향해 몸을 던져 팔을 있는 힘껏 뻗은 다음 손가락으로 그물을 움켜잡았다. 갑자기 더해진 무게 때문에 드론 회전자가 윙윙거리기 시작했지만, 그래도 클레오를 서서히 공중으로 들어 올렸다. 클레오는 젖 먹던 힘까지 짜내 두 발도 그물 안으로 밀어 넣었다. 아래에선 허수아비가 클레오를 찾으러 돌아다니며 흙을 난도질하고 있었다.

하지만 클레오는 이제 땅 위에 없었다.

사실, 이제 클레오는 근처 어디에도 없었다.

클레오가 매달린 감자 그물이 거의 비어 있었음에도, 수확 드론은 계속 상승했다. 5미터, 10미터, 15미터.

'내 체중 때문에 그물이 가득 찬 줄 아나 봐.' 클레오는 깨달았다.

클레오는 목을 길게 빼고 여전히 땅에 있을 페이지를 찾았다. 페이지는 안 보였지만, 숲 가장자리를 첫 번째 허수아비가 맴돌고 있었다. 확신할 수는 없었지만, 돌 하나가 또 숲속 깊은 곳에서부터 날아와, 허수아비의 센서 렌즈를 산산조각 낸 듯 보였다.

클레오는 미소를 짓고 눈을 감았는데, 너무 높아 어지러워서 그물에 매달리는 데 집중해야만 했다. 클레오가 타고 있는 수확 드론이 허수아비처럼 빠르게 움직이지 않아 다행이었다. 안 그랬으면 운송 드론 때처럼 클레오는 아래로 떨어졌을 것이다. 하지만 머리칼이 흩날리는 걸 보고, 클레오는 수확 드론이 계속 잘 나아가고 있다는 확신이 들었다. 15미터 정도 더 올라가자 드론은 감자 몇 개와 열두 살짜리 소녀를 태운 채 미끄러지듯 나아갔다.

29장

눈을 꼭 감고 있어도 주변이 뭔가 달라졌다는 건 알 수 있었다. 감은 눈꺼풀을 통과해 들어오는 빛이 옅어지고 바람도 갑자기 잦아들었다. 드론 소리도 훨씬 크게 느껴졌는데, 알고 보니 윙윙대는 소리가 벽에 메아리쳐서였다.

다시 안이었다.

클레오가 눈을 떠 보니 드론은 바닥을 스칠 듯 낮게 날고 있어서 손에서 그물을 놓으면 바닥을 만질 수도 있을 정도였다. 클레오는 조심스레 고개를 뒤로 젖혀 입구를 넘겨다봤다. 입구는 접시만 하게 보였고, 앞으로 질주하는 클레오의 눈에 입구는 계속 작아지는 것처럼 보였다.

어디로 가는지는 알 길이 없었다.

건물 정중앙은 될 법한 꽤 높은 곳까지 올라왔는데도, 복도나 아파트의 모습은 보이지 않았다. 입구가 시야에서 멀어지자 빛도 멀어졌다. 유일하게 알 수 있는 것은 드론이 뒤돌아 가진 않았다는 것이었다. 클레오의 추측대로라면, 수확 드론은 클레오를 건물 한가운데로 데려가고 있었다.

말이 되는 것 같았다. 건물 한가운데에 식품을 저장하면, 아파트 전체로 쉽게 운반할 수 있을 터였다. 드론들이 식품을 모아 놓고, 그것을 배송한 뒤 더 가지러 가기 쉬운 장소. '심장부'라고 클레오는 생각했다.

빛과 소음과 에너지로 가득 찬 거대한 방으로 드론이 불쑥 들어가자, 클레오는 이제 얼마 남지 않았다는 걸 알 수 있었다.

바닥은 저 밑에 있었는데 갑자기 맞바람이 불어 닥쳐 클레오는 하마터면 드론에서 떨어질 뻔했다. 클레오가 다시 한 번 그물을 꽉 잡자 등에서 셔츠가 밀리며 허수아비에게 다친 상처를 건드려 움찔했다. 옷 섬유가 끈적하고 축축한 상태로 몸에 붙어 있는 게 느껴져 피에 엉겨 붙어서 그럴 거라는 생각에 클레오는 우울해졌다.

"지금 상처를 처치할 수는 없으니까." 클레오는 혼잣말을 하며 자기 말을 들어 줄 사람이 있었으면 좋겠다고 문득 생각했다.

하지만 주변에는, 물론, 드론들뿐이었다.

사방으로 수많은 드론들이 휙휙 떠다녔다. 운송 드론, 수리 드론, 수백 대의 작은 관찰 드론들. 적어도 클레오의 눈에는 청소 드론이 보이지 않아서 조용히 감사했다. 클레오가 탄 수확 드론이 서서히 하강해 거의 바닥에 닿을 정도까지 내려갔다. 관찰 드론 십여 대가 이리저리 공중에 광선을 뿜어내자, 앞쪽에 대기 행렬이 있는 게 보였다. 수확 드론들은 여섯 대의 같은 드론 뒤에 둥둥 떠 있다, 앞쪽 드론이 그물에 담긴 내용물을 컨베이어 벨트에 쏟아 내고서야 흔들리며 앞으로 나아갔고, 컨베이어 벨트로 쏟아진 작물들은 벽에 있는 어두운 구멍을 통해 멀리 운반되었다. 벨트에 쏟아지기 전에 먼저 내리는 게 낫겠다고 생각한 클레오는 그물에서 다리를 풀고 격자 바닥으로 옮겨 갔다. 슬리퍼 아래의 격자 패턴이 왠지 익숙하게 느껴져서, 이 거대한 방에 들어오고 나서 처음으로 클레오는 깊게 숨을 내쉬었다.

클레오 얼굴을 찡그렸다. 숨을 크게 쉬었더니 아팠다. 움직이기만 해도 아팠다.

걸음을 옮길 때마다 머리카락, 주머니, 슬리퍼, 백팩 봉제선에서 먼지가 떨어져 발밑 격자로 쏟아지는 듯했다. 클레오는 머리부터 발끝까지 더러웠다. "목욕하게 해 주셔서 고마워요, 앤지 할머니…." 클레오는 크게 다친 다른 부위가 백팩에 쓸리자 인상을 쓰며 슬프게 중얼거렸다. 클레오는 재빨리 백팩을 돌려 지퍼를 열었다. 소형 관찰 드론들이 불규칙적으로 잽싸게 소용돌이치듯 내뿜는 불빛만으로는 앞을 분간하기 힘들었으므로, 클레오는 씩 웃는 얼굴의 친구가 다시 나올 때가 됐다고 생각했다.

가방 맨 위쪽을 열어젖히자, 곧바로 요릭이 슬금슬금 밖으로 나왔다. 클레오는 요릭이 자기 옆에 있어 주길 바랐지만, 요릭은 윙윙 공중을 날아 위로 올라가더니, 클레오의 손이 닿지 않는 곳까지 가 버렸다. 클레오는 요릭의 이름을 외치려다 손바닥으로 입을 막았다. 청소 드론의 주의를 끄는 일만큼은 피해야 했기 때문이다. 그래서 클레오는 요릭의 불빛을 따라가 보았다. 요릭의 불빛 아래로 컨베이어 벨트들이 있는 통로가 보였는데, 컨베이어 벨트는 각각 다른 농산물용으로 쓰이는 듯했다. 클레오는 당근 수확 드론을 피하고, 깔때기에 쌀을 쏟는 드론 옆으로 비켜서야만 했다. 다행히도 요릭의 뒤를 따라가는 건 쉬웠다.

요릭의 뒤를 따라가는 게 클레오 혼자만이 아니어서였다.

"이제 누가 비정상인 거니?" 클레오는 장난치듯 웃었다. 이제 두개골 헬멧을 쓴 요릭에게 다른 관찰 드론들로 구성된 수행단이 생겼는데, 수행단은 요릭에게 조명을 비추며 공중을 날아 요릭이 가는 길을 따라갔다. 요릭은 그 드론들만큼 빨리 움직이지는 못했으므로, 요릭이 하강할 때 즈음엔 관찰 드론이 스무 대도 넘게 몰려와서 그 주변을 에워싸고 있었다. 요릭은 몹시 화가 난다는 듯 활공해 클레오에게 돌아갔고, 클레오는 공중에서 요릭을 낚아채 팔 아래에 끼웠다.

"그래서야 어디 친구 사귀겠니." 클레오가 요릭을 놀렸다. 요릭은 순둥이처럼 미소로 답하는 듯 보였다.

가장 가까운 컨베이어 벨트 프레임 아래 빈 공간이 있었는데, 클레오는 그 안으로 기어들어 갔다. 벨트 주변을 맴돌던 관찰 드론 무리가 그 작은 구석에 조명을 비추었다.

"휘이, 저리 가!" 클레오가 버럭 했다. "우린 바쁘다고."

가장 먼저 해야 할 일은 부상 점검이었다. 요릭이 빛을 비춰주었지만, 가장 크게 긁힌 상처는 등 아래쪽에 있었으므로 거의 촉각에만 의지해 상처를 살펴야 했다. 자신을 부둥켜안은 듯한 자세로, 통증이 척추를 강타할 때마다 헉하고 숨을 들이켜듯 참으며 클레오는 손끝으로 피부를 짚어 갔다. 정말 심하게 다친 곳은 모두 여섯 군데였고, 모든 상처에서는 아직도 피가 났으며 여전히 흙먼지가 엉겨 붙어 있었다. 양손, 손톱, 얼굴 상태도 그에 못지않게 암울했고, 그래서 클레오는 하나뿐인 치료법을 이행할 준비를 했다.

클레오는 남은 물을 모두 사용했다.

최대한 아껴 썼음에도 손 씻는 데만 반병이나 들었다. 나머지 물은 등 치료에 쓰기 위해 남겨 두었다. 앤지 할머니가 옷가지와 함께 베갯잇도 빨아서 가방에 넣어 주었는데, 클레오는 그것을 경건한 마음으로 꺼냈다. 클레오는 베갯잇에 얼굴을 묻고 냄새를 맡았다. 이제 집 냄새는 나지 않았지만, 앤지 할머니의 비누 향이 남아 있었고, 그 역시 위안이 되었다.

"고마워요." 클레오가 속삭였다.

그런 다음, 클레오는 베갯잇을 찢어 두 장으로 만들었다.

한 장으로는 피부의 상처를 닦았는데, 손으로 비틀어 짜니 흡수된 피와 흙먼지가 격자로 흘러내렸다. 다른 한 장은 길게 붕대처럼 잘라, 그 위에 구급상자에 하나 남아 있던 소독제 연고를 듬뿍 묻혔다.

마지막으로 클레오는 연고를 묻힌 베갯잇으로 몸통을 감싸 미라처럼 만들었다.

비명이 나오는 걸 억눌러 참았다.

끈적한 소독제 연고가 피부에 스며들어 박테리아를 모조리 태우느라, 통증이 등줄기를 타고 지글거렸다. 클레오는 손을 뻗어 컨베이어 지지대를 잡고 이마를 기댄 채, 따가움이 가라앉기를 기다렸다. 조금이라도 움직였다가는 반창고가 들썩이면서 또 고통이 시작될까 봐 무서워 참으며 더 기다렸다. 잠시 후 통증이 조금은 사그라들었다는 확신이 들고 나서야 클레오는 구급상자를 치웠다.

이제 옛 친구를 불러낼 수 있는지 알아볼 차례였다.

벽에 기대어 자리를 잡으려는데 머리 바로 위에서 벨트가 뒤틀렸고, 클레오는 백팩을 더듬으며 둘째 칸 지퍼를 찾았다. 회색 케이스를 손에 든 클레오는 그 안에서 태블릿을 꺼내 버튼을 눌렀다.

처음에 클레오는 차마 볼 수가 없어서, 양손으로 얼굴을 가리고는 화면 우측 상단이 보일 정도로만 손가락을 벌렸다. 드디어 **네트워크 연결이 완료됨**이라는 글씨가 보였고, 클레오는 안도감에 작은 소리로 함성을 질렀다.

문제는 거기서부터 뭘 어떻게 해야 할지 전혀 모른다는 것이었다.

"베인에 연결해 줘." 클레오가 속삭였다.

반응이 없었다.

"대화 상자 열어 줘."

아무런 반응이 없었다.

클레오는 주변 바닥을 둘러보았지만, 여전히 몰려 있는 관찰 드론들의 불빛 말고는 아무것도 보이지 않았다. 또 머리 위 벨트로 배가 떨어지면서 내는 탁탁 소리 때문에 소리도 잘 안 들렸다. 숨을 깊게 들이쉬고 클레오는 다시 한 번 선언했다. "사용자 메뉴 부탁해."

그래도 아무 반응이 없었다.

"음성에는 반응을 안 하나 봐." 클레오는 요릭에게 툴툴댔다.

산 배경의 이미지를 둘러싼 아이콘들이 클레오는 너무 낯설었다. 이미 알고는 있었지만, 전부 클레오보다 오래된 것들이었다. 일부는 게임이라고 돼 있었는데 다른 것들은 그보다 목적이 훨씬 불분명했고, 어떤 건 전혀 알 수 없는 것들이었다. 클레오는 어깨를 으쓱하며 그중 하나를 가볍게 손가락으로 터치했다. 그러자 종이같이 생긴 하얀 박스가 나오고, 키보드 이미지가 나왔다. 클레오는 박스 안에 몇 자 타이핑 하고 엔터를 눌렀다.

깜빡이는 커서는 줄만 바꿨을 뿐이었다.

클레오는 눈알을 굴리며 그 창을 닫고 다른 걸 시도해 봤다. 그리고 또 다른 것, 그리고 또 다른 것. 결국 따분하게 생긴 까만 정사각형을 터치했다. 곧이어 클레오가 맨 처음에 시도했던 것과는 거의 정반대의 분위기인 어두운 색 상자가 팝업 됐다. 또다시 키보드가 나와 클레오는 한숨을 쉬었는데, 상자의 구석에 씌어 있는 걸 본 클레오는 눈이 휘둥그레졌다.

네트워크 인터페이스. 명령어를 입력하시오.

클레오는 '베인에 접속'이라고 타이핑한 뒤 엔터를 눌렀다. 처음엔 아무 일도 생기지 않았는데, 잠시 후 글자와 아이콘들이 줄지어 페이지 하단으로 쏟아져 내렸다. 너무 빨리 지나가는 바람에 클레오는 읽을 수도 없었다.

그러더니 그 까만 상자는 사라졌다.

그리고 베인 인터페이스가 화면을 채웠다.

"예스!" 클레오는 작게 환호성을 질렀다. 클레오가 발을 구르고 주먹을 휘두른 바람에, 두개골 안에서 요릭이 이리저리 부딪혔다. "미안!" 클레오가 속삭였다. "또 날아가 버리지 않겠다고 약속하면 놔 줄게."

요릭은 대답이 없었지만, 어쨌거나 클레오는 요릭을 내려놓았다. 요릭은 날아올라 컨베이어 벨트 가장자리까지 활강했다가,

관찰 드론들 장벽을 만나자 도로 돌아와 클레오 옆 바닥에 자리 잡았다. 클레오는 미소를 짓고 다시 화면에 집중했다.

가상 교육 적응형 네트워크

음성 인식으로 로그인하세요.

클레오는 찡그렸다. "음성이 안 되는데. 아니면 안 들리는 거든가." 클레오가 말했다.

클레오는 화면을 터치했다. 키보드가 나오자 코드를 타이핑했다. 그래도 안 되자, 이번에는 문장 부호도 찍어 가며 다시 해 봤다. 그래도 반응은 없었다. 클레오는 한 단어로도, 전부 대문자로도, 전부 소문자로도 시도해 봤다.

모두 소용이 없었다.

클레오는 짜증이 나서 키보드 창을 닫고 파란 글자들을 응시했다.

그 글자들을 찔러 봤다.

태블릿을 흔들어 봤다.

지나가는 관찰 드론에게 던져 버릴 뻔하기도 했다.

"제발요, 베인 선생님." 클레오는 신음했다. "이것 좀 도와주세요!"

대답이라도 하듯, 초록색 작은 구름이 화면 우측 하단에 나타났다. 그 안에 깨알 같은 글씨로 안내문이 나와 있었다.

"마이크가 꺼져 있습니다. 컨트롤 패널에서 오디오 설정을 조정하세요."

"이제야 알려 주다니." 클레오는 투덜거렸다. 컨트롤 패널을 찾느라 클릭하고 스와이핑 하고 상자들 닫는 데 5분이 더 걸렸다. 거기서부턴 아이콘만 따라가면 됐다. 스피커, 입에서 음표가 쏟아져 나오는 작은 웃는 얼굴. 드디어 마이크가 나왔다. 클레오는 그걸 토글키로 켰다 껐다 하면서 켠 다음, 베인 포털로 되돌아갔다.

"머리, 어깨, 무릎, 발가락." 클레오가 말했다. 노래가 나올 뻔했지만, 이곳에서 위험한 일은 피해야 했다.

연한 파란색 글자들이 사라지고 이윽고 로딩 화면이 나왔다. 클레오는 아랫입술을 살짝 깨물었다. 이런 건 클레오의 스크롤에선 한 번도 없었던 일이다. 스크롤은 엄청난 과학기술 발전의 산물이었으니까.

"클레오, 얘야? 너니?" 상냥한 목소리가 들려왔다. 몇 초 뒤, 화면에 선명하지 않은 영상으로 베인 선생님이 나타났다. 클레오는 하마터면 화면에 뽀뽀할 뻔했을 만큼 행복했다.

"저예요, 베인 선생님! 저 돌아왔어요!"

"잠시만, 클레오." 베인 선생님이 말했다. 선생님은 몇 번 눈을 깜빡이고는 곧 미소를 지었다. "네 스크롤 카메라에 접속하기 굉장히 힘들구나. 그리고 데이터베이스 연결이 매우 느려. 게다가 네 쪽에서 굉장히 이상한 그래픽과 사운드 설정이 읽히는구나. 혹시 스크롤이 망가진 거니?"

클레오는 얼굴을 붉혔다. "음, 아마도요? 지금은 제 스크롤로 접속한 게 아녜요."

"너 어디니?"

"심장부에 있는 것 같아요. 여기, 보세요."

클레오는 태블릿을 돌려 베인 선생님에게 주변을 보여 주었다. 관찰 드론이 일제히 태블릿을 향해 조명을 비추었다.

베인 선생님이 말했다. "아무것도 안 보인다, 클레오. 지금 쓰는 장비에 카메라가 없거나 고장이 났나 보다."

"그래도 목소리는 들리시죠?"

베인 선생님은 고개를 끄덕이고 손을 올려 왼쪽 귀를 만졌다. "크고 똑똑하게 들린다."

클레오는 한숨을 쉬고 이마를 화면에 기댔다. "고마워요, 앤지 할머니." 클레오는 속삭였다.

"뭐라고, 클레오?"

"앤지 할머니요. 그분은 제 친구예요. 선생님을 찾게 도와주셨어요."

"내가 없어졌었니?"

클레오는 고개를 저었으나, 이내 베인 선생님은 못 본다는 걸 깨달았다. "아뇨, 제가 그랬어요." 클레오는 이렇게 말하고 재빨리 베인 선생님에게 그동안 밖에서 겪었던 일들을 말해 주었다. 베인 선생님은 이따금 고개를 끄덕이고는 중요한 순간마다 클레오가 내린 현명한 결정에 대해 칭찬을 해 주며 인내심 있게 이야기를 들었다.

"그래, 이제 어떻게 할 거야?"

"탐험을 해야겠죠." 클레오가 답했다. "여기가 진짜 건물의 심장부라면, 드론들은 이곳에서부터 건물 전체 어디든 갈 수 있어야 해요."

"그렇겠구나."

"그리고 드론들이 할 수 있으면, 저도 할 수 있을 거예요."

"그럴듯한 이론이구나, 클레오."

클레오는 관자놀이를 문질렀다. "고맙습니다. 이제 시험만 해 보면 돼요."

당근을 먹으며 짧은 휴식을 취한 뒤, 클레오는 가방을 챙겨 등에 안전하게 멨다. 태블릿을 도로 케이스에 넣을까도 고민했지만, 이미 배터리 수명이 20퍼센트나 닳았다 해도, 베인 선생님이 보이지 않는 건 도저히 견딜 수 없을 것 같았다. 그래서 클레오는 태블릿을 한 손에 든 채 컨베이어 벨트 아래에서 기어 나왔다. 곧바로 관찰 드론들에 둘러싸였지만, 요릭이 박치기로 드론 장벽을 뚫고 드론들을 옆으로 넘어뜨리며 앞으로 나아갔다. 요릭은 마치 이렇게 말하는 것 같았다. '물러나라. 이건 내 것이다!'

처음엔 기어서 가 봤지만, 구름 같이 몰려든 드론들의 조명 광선 때문에 몰래 지나가려는 클레오의 그림자가 벽에 거인처럼 드리워져 포기했다. 더 많은 컨베이어 벨트를 지나다 보니 과일과 채소가 벽으로 사라지는 장면도 보게 됐는데, 아마도 배송 직전 세척실로 옮겨지는 듯했다. 클레오는 가끔 위를 올려다보기도 했다. 그곳에는 천장은 보이지 않고 줄지어 늘어선 드론들이 이리저리 엇갈리며 어지러이 춤을 추듯 흔들리고 있었다. 클레오는 그 중 아무거나 골라 그것이 가는 방향을 지켜보기로 했다.

클레오가 고른 빈 운송 드론은 나선을 그리며 점차 아래로 내려가는 듯하다가, 다른 드론들이 그 앞에 휙 나타날 때마다 가다 서다를 반복했다. 이윽고 바닥에 가까워지자 그 드론이 점점 멀어져, 클레오는 위험을 무릅쓰고 동굴 같은 방 한가운데로 가야 했다. 관찰 드론 무리가 계속 모여들어 더 많은 빛을 받게 된 클레오는 더 이상 드론들 너머를 볼 수 없게 됐다. 클레오가 움직임을 멈추고 서면 드론들이 우르르 몰려왔으므로, 손을 뻗어 커튼을 젖히듯 드론들을 흩어 놓아야 했다. 드론들은 두개골을 씌우기 전의 요릭처럼 시끄럽게 윙윙거렸다. 태블릿을 가방에 안전하게 넣고 귀를 막았지만, 별 도움이 안 됐다.

"좀 내버려 둬!" 클레오는 고함을 치더니, 요릭을 움켜쥐고 갑자기 앞으로 돌진했다. 얼굴을 막은 상태로 십여 대의 드론과 충돌했다. 드론들은 너무 가벼워 충격을 받고 옆으로 굴러갔고, 굴러간 드론들의 조명이 바닥에서 뿜어내는 광선이 클레오를 따라왔다.

드론이 모여 생긴 돔 바로 너머에는 훨씬 어두운 방이 있었는데, 클레오는 눈이 적응할 시간이 없었다. 그렇게 앞도 제대로 못 보고 비틀거리며 가다가, 하마터면 바닥에서 쉬고 있던 운송 드론들 위로 넘어질 뻔했다. 탈진으로 머리가 지끈거리자, 그제야 클레오는 걸음을 멈췄다. 운 좋게도 관찰 드론을 거의 따돌린 것 같았지만, 여전히 멀리 뒤쪽에서 광선으로 주변을 휩쓸며 이 공간에 침입한 소녀처럼 생긴 비정상 물체를 센서로 스캔하는 모습이 보였다.

클레오는 요릭을 놔 주어 정면을 향하게 했다. 요릭의 불빛으로 클레오는 자신이 벽 가까이 있다는 걸 알게 됐다. 컨베이어 벨트의 반대편 벽이었다. 그때 클레오가 눈으로 쫓던 빈 운송 드론이 벽에 난 구멍 바로 위까지 나아갔다. 드론은 이리저리 움직이며 구멍에 빈 프레임을 나란히 배열하려고 했다. 그러더니 안으로 뒷걸음질 쳐 완전히 멈추었다. 놀랍게도 그 드론의 렌즈 바로 밑에서 어둑한 붉은 빛이 빛나기 시작했다. 빛은 잠자는 아이의 호흡처럼 천천히, 리드미컬하게 깜빡였다.

나머지 불빛들이 눈에 들어온 건 바로 그때였다. 그 불빛들이 일정한 간격으로 벽을 뒤덮고 있었다. 불빛은 대체로 맨 처음 것처럼 진홍색이었지만 초록색도 있었다. 요릭이 내는 빛의 절반에도 못 미치는 밝기였지만, 합쳐져 있으니 꽤 예쁜 광경이어서 호기심을 자아냈다.

"내가 보기엔 드론들이 충전을 하는 것 같아." 클레오가 말했다. 요릭은 그 어떤 말도 없었지만, 마치 대답해 주려는 듯 둥둥 떠서 앞으로 갔다. 요릭을 따라 벽까지 가 보니, 거기에는 그런 공간들이 더 많이 있었다. 크기도 다양했다. 클레오가 본 가장 큰 운송 드론만 한 것들도 있었고, 요릭만큼이나 작은 것들도 있었다.

"뼛속 벌집 구조 같네." 그것들을 자세히 보며 클레오가 말했다. 요릭은 뒤돌아서 클레오를 마주 보더니, 그 어느 때보다도 활짝 웃는 듯한 얼굴로 그중 가장 작은 공간 하나를 골라 뒷걸음질 치듯 들어가려고 했다. 하지만 뒤집어쓴 두개골이 너무 커서 아무리 꽁무니를 들이대도 입구에 걸려 들어가지 못했다.

"쉬고 싶어, 요릭?" 클레오가 물었다. 요릭은 제자리에 둥둥 떠 있었다. 클레오는 미소를 지으며 요릭을 공중에서 낚아채더니 두개골을 뒤집어 그 안의 작은 드론을 끄집어냈다. 클레오가 손을 올려 주자, 요릭은 기분 좋게 뒷걸음질 쳐 구멍 안으로 들어갔다. 그러자 요릭의 빛이 곧바로 꺼지더니, 커다란 다른 드론들처럼 작은 빨간색 신호로 바뀌었다.

클레오는 손가락 끝으로 요릭의 렌즈들 사이를 눌렀다. "몇 분 동안만이야, 아기 드론아." 클레오는 요릭에게 당부했다. 그러고 나서 주변을 돌아다니다가 혹시라도 요릭을 다시 찾지 못할까 봐, 가방을 뒤져 하나 남은 당근을 찾았다. 그 당근을 요릭의 눈 사이에 끼워 넣었더니 우스꽝스럽게 생긴 코처럼 앞으로 길게 튀어나왔다.

"잘 어울리네." 클레오는 키득키득 웃으며 두개골을 백팩에 쑤셔 넣었다.

가장 낮은 데서 충전 중인 드론들의 전면부를 왼손으로 미끄러지듯 훑으며, 클레오는 팔 아래에 태블릿을 끼고 그 거대한 방 안을 돌아다니기 시작했다. 또다시 몇몇 관찰 드론이 클레오를 발견했지만, 계속 움직이기만 하면 관찰 드론들은 클레오를 제압하지 못했다. 사실, 오히려 도와주었다. 뒤에서 광선들이 뿜어져 나와 클레오가 가는 방향을 비춰 주어서 꽤 멀리까지도 볼 수 있기 때문이었다. 그때 오른쪽에서 요란한 움직임을 느낀 클레오는 더 잘 보려고 벽에서 떨어졌다.

드론 소용돌이였다. 드론들이 바닥에서 입을 크게 벌린 구멍으로 하강하며 소용돌이치는 기둥이었다. 천장은 너무 높아 잘 보이지 않았지만, 처음 집을 떠나 마주했던 공간과 비슷하게, 그것도 열려 있을 거라고 클레오는 생각했다.

집.

유닛에서 튜브 밖으로 탈출했던 순간이 무척 오래전 일 같았다. 하지만 이틀 정도밖에 안 되었다는 걸 클레오는 다시 상기해야 했다. 그리고 이 동굴 같은 공간, 이토록 큰 공간이 클레오가 사는 조그만 세상에 속해 있다는 건 상상해 본 적도 없었다.

아직도 앤지가 이곳은 클레오의 세상이 아니라고 하는 소리가 들리는 것 같았다.

건물의 심장부는 페이지와 함께 걸어갔던 길 위의 하늘보다도 왠지 더 웅장하고 인상적이었지만 어깨와 머리칼에 내리쬐던 따스한 햇살이 어느새 그리워졌다. 하지만 드론의 불빛으로 환한 지금 이 방보다 바깥은 더 어두워져 있을 거란 걸 떠올리며 클레오는 애써 그 간절함을 떨쳐냈다.

"베인 선생님." 클레오는 태블릿을 가져다 물었다. "몇 시예요?"

"이 디바이스 내부 시계에 따르면, 오전 9시 57분이야."

"그럴 리가 없는데요…."

"2088년 12월 11일."

"확실히 잘못됐네요."

베인 선생님은 눈을 깜빡였다. 선생님 뒤쪽 벽에 걸린 시계가 잠시 일렁이더니, 새로 시각이 맞춰졌다.

"됐다. 네 디바이스를 데이터베이스와 일치시켰다. 2096년 5월 27일 오후 8시 32분이다."

"고마워요, 베인 선생님." 클레오가 답했다.

"일러둘 게 있다. 네가 응시할 레벨 1 외과 의사 시험이 약 60시간 남았단다."

클레오는 수리 드론 무리를 재빨리 피했다. "그리고 미리엄 웬디모어 아디사의 약은 다섯 시간 안에 유효기한이 끝날 수 있고요." 클레오는 반박하듯 말했다. "한 번에 하나씩 할게요."

"일러둘 게 하나 더 있다. 시험에서 떨어지면, 일 년 동안 재시험 허가를 받을 수 없다. 게다가 두 번 떨어지면 의과 과정에서 완전히 탈락이란다."

클레오는 이를 악물었는데, 선생님이 자기 표정을 보지 못해 한편으로는 다행이었다. "다시 한 번 감사합니다, 베인 선생님. 공부할 수 있을 때마다 공부하겠다고 약속해요. 단, 웬디모어 아디사 양을 돕고 나서요."

"물론이지, 애야. 그러는 동안 소장에 관한 노래 하나 불러 볼까?"

"정말로, 정말로, 안 부르고 싶어요." 클레오는 태블릿을 내리며 답했다. 그리고는 드론들이 이루고 있는 나선 모양의 무리에서 천천히 뒷걸음질 쳤다.

그때 청소 드론이 나타났다. 바닥의 구멍에서 솟아올라 자기보다 훨씬 느린 드론들 사이를 돌아다녔다.

눈이 많은 청소 드론의 얼굴이 클레오가 없는 쪽을 향하자, 클레오는 허둥지둥 벽으로 되돌아갔다. 클레오는 왔던 길로 다시 가서, 요릭이 들어갔던 구멍에서 삐져나온 당근을 찾았다. 클레오는 최대한 빠르게 요릭을 충전 스테이션에서 홱 잡아 뺀 다음, 도로 두개골 안에 쑤셔 넣었다. 그러고 나서 클레오는 어깨 너머를 보았다.

청소 드론이 세 대 더 나타나 막대기 같은 팔을 휘두르고 있었다. 그 청소 드론들 주위에 관찰 드론들이 모여 있었는데, 마치 청소 드론들에게 비밀을 말해 주는 것 같았다. 잠시 후, 가장 가까이 있던 청소 드론이 급히 회전했다. 그 드론의 렌즈에 관찰 드론들의 조명이 반사돼 눈이 부셨다.

갑자기 그 조명들이 일제히 클레오에게 집중됐다.

"가야 해, 요릭!" 클레오는 이번엔 반대 방향인 오른쪽 벽으로 갔다. 또다시 클레오는 거의 아무것도 보이지 않는 어둠 속에 놓였지만, 요릭의 빛으로 길을 밝힐 엄두가 나지 않았다. 클레오는 운송 드론들을 밀치면서, 자주 멈춰서 뒤돌아보며 부딪히고 싸우며 앞으로 나아갔다.

청소 드론과 그 작은 심복들이 클레오에게 점점 가까이 다가왔다.

깜짝 놀란 클레오는 벽을 훑어보았다. 충전 중인 드론들의 빨간 불빛 빼고는 잘 보이지 않았다. 하지만 그 정도면 클레오가 원하던 것을 찾기에 충분했다. 더 아래쪽에 비어 있는 공간을 발견한 클레오는 그리로 급히 달려가 몸을 구부려 운송 드론의 공간에 몸을 끼워 넣었다. 그다음 안으로 뒷걸음질 쳐서 들어가 기다렸다.

청소 드론이 클레오가 숨어 있는 공간의 입구를 지나갔다.

클레오는 재빠르게 숨을 내쉬었다. 심장부 안으로 다시 몰래 숨어들어 탐험을 계속할까도 했지만, 클레오가 숨은 곳 밖에는 관찰 드론들이 너무 많이 깔려 있었다. 클레오가 숨어 있는 구멍은 생각보다 깊었다. 사실, 놀랍게도 그 구멍은 원래 있던 방보다는 훨씬 작은, 또 다른 방으로 이어졌다. 클레오가 요릭을 들어 올리자 그때 두개골의 안구에서 나온 빛에 드러난 것을 본 클레오는 숨이 멎는 것만 같았다.

방 전체가 '움직이고' 있었다.

한 발만 더 갔더라도 줄지어 움직이고 있는 실린더들 위로 넘어질 뻔 했다. 비어 있는 긴 원통들이 오른쪽에서 왼쪽으로 튕겨지며, 반대편 벽 아래 근처의 넓은 구멍을 통해 방 안으로 흘러들어가고 있었다. 고리를 이루며 돌고 도는 실린더들은 바닥의 대부분을 차지하고 있었다. 천장에 달린 고리에 붙은 거대한 로봇 집게발이 후욱 아래로 내려와 실린더를 하나씩 잡았다.

그 광경을 보고 있자니, 클레오는 문득 앤지 할머니의 낚싯바늘이 생각났다.

허수아비도 조금 생각났다.

클레오가 보는 가운데, 그 집게발은 실린더 하나를 반대편 벽에 있는 슬롯으로 가져갔다. 실린더 끝이 미끄러지며 열리더니, 뭔가가 안으로 밀려들어갔다. 개폐구 위로 화려한 불빛이 패턴을 이루며 깜빡였다. 그러고 나서 그 팔은 실린더를 클레오와 가장 가까운 벽 쪽으로 다시 가져왔는데, 그 벽도 다른 면처럼 벌집 구조였다. 충전 중인 운송 드론의 뒤쪽 꽁지 부분이 구멍 안에서 분명히 보였는데, 비어 있는 상태로 새로운 화물을 기다리고 있었다. 집게발은 주어진 의무를 수행하고 있는 듯했다. 집게발이 실린더를 대기 중인 운송 드론으로 운반해 그 안으로 밀어 넣자, 실린더는 공기가 빠지듯 '슈욱' 소리를 내며 제자리에 고정되었다. 잠시 후, 그 운송 드론은 날아올랐고, 또 다른 운송 드론이 그 자리로 충전하러 들어갔다.

클레오는 그걸 보면서 실린더가 드론들이 아파트에 가져와 튜브로 배송하는 빈 운송 컨테이너라는 걸 알아챘다. 식품은 그 안에 담겨서 배송되는 것이었다. 미리엄 웬디모어 아디사의 약도 그 안에 담겨서 왔을 것이다. 맙소사, 아빠의 이야기에 따르면, 모든 것이 저 실린더에 담겨서 튜브로 들어온다. 사람들까지도.

그런 생각이 들자, 클레오는 번뜩 아이디어가 떠올랐다.

클레오는 그때부터 네 개의 실린더가 화물을 받아 운송 드론에 실리는 것을 더 지켜봤다. 그럴 때마다 배송 슬롯 위에 있는 불빛이 빛났다.

클레오는 불빛의 수를 세어 보았다.

여섯 개였다.

클레오는 너무 흥분된 나머지 숨이 턱까지 차서 다음 실린더의 패턴을 보았다. 노랑-노랑-파랑-보라-파랑-빨강. 그다음은 주황-초록-초록-초록-빨강-노랑.

숫자가 맞았다. 색깔도 맞는 것 같았다.

그렇다면 클레오의 생각은? 클레오는 자신의 생각이 맞는 건지 확인하고 싶어서 더 이상 기다릴 수 없었다.

30장

"밀항에 관한 이야기를 들어 보겠니?" 베인 선생님이 물었다.

"밀항이 뭐예요?"

"네가 지금 생각하는 바로 그런 계획에 누군가가 관여하는 것이지. 여행하기 위해 어떤 형태의 운송 수단에 숨어드는 것. 밀항에 가장 빈번하게 이용되는 건 해군 군함이지. 그러니까, 배 말이다. 하지만 기차에 뛰어오르는 이야기도 있고, 자동차 뒤에 숨는 이야기도 있고, 심지어 비행기 이륙 전에 착륙 기어 안에 숨어드는 이야기도 있지."

"그럼 운송 드론 실린더에 몸을 싣는 사람도 있어요?"

베인 선생님은 눈을 깜빡였다. "해상 컨테이너는 있다. 실린더는 없고. 요새는 밥 먹듯이 새로운 걸 개척하는구나, 클레오."

"지금은 이야기를 들을 수 없어요. 저 집게발에 올라 탈 방법을 알아내야 하거든요."

집게발에 매달려 드론이 충분히 큰 실린더를 고를 때까지 기다렸다가 실린더 안에 들어가 미리엄이 살고 있는 층으로 갈 때까지 기다리는 것, 그것이 클레오의 계획이었다. 클레오는 열려 있는 실린더 안으로 뛰어들어 배송품을 밖으로 던져 버리고, 드론에 실려 위로 계속 올라갈 작정이었다. 하지만 자기가 고른 실린더가 미리엄의 아파트로 곧장 배송되기를 바라는 것은 무리라고 생각했고, 그래서 드론이 비교적 안전한 곳을 지날 때 실린더에서 내릴 작정이었다. 그다음 미리엄 웬디모어 아디사의 유닛으로 걸어갈 생각이었고, 그다음에 어떻게 할지는 그때 가서 생각해 볼 작정이었다.

"정말 간단하죠, 그렇죠?" 자기 계획을 베인 선생님에게 설명하고 나서, 클레오는 이렇게 말했다.

"네가 그렇다면, 그런 거지." 선생님은 이렇게 답했다.

물론, 이 계획의 그 어느 부분도 간단하지 않을 거란 걸 클레오는 알았고, 특히 맨 첫 단계는 더더욱 그랬다. 덜컹대는 실린더들 아래에 뭐가 있는지도 모르고, 실린더가 클레오의 체중을 버틸 수 있을지도 몰랐으며, 아니면 다가갈 수 있을 만큼 그 위에 오래 머무를 수 있을지도 알지 못했다. 클레오는 백팩 안을 뒤져 비트로 만든 피클이 든 병을 찾았다.

"이 정도 크기면 내 발만 하지 않을까…." 클레오가 말했다. 요릭은 미소 지었다. 베인 선생님은 병을 볼 수 없었지만, 안심시켜 주려는 듯 고개를 끄덕였다.

클레오는 실린더 챔버 선적 장치의 끝부분에 배를 깔고 엎드려 몸을 낮췄다. 그런 다음 줄지어 굴러가는 실린더 컨테이너들이 손가락 끝을 스치며 지나가도록 아래로 손을 뻗었다. 특별히 회전이 빠르진 않았지만 그것들은 계속해서 움직이고 있었고, 선택되지 않은 것들은 방을 계속해서 돌고 또 돌며 차례를 기다리고 있었다. 클레오는 비트로 담근 피클을 그중 한 실린더에 최대한 살살 올려놓았다.

그런 다음 손을 놓았다.

첫 컨테이너가 회전하면서 병을 뒤집었지만 다행히 깨지진 않았다. 대신 두 컨테이너가 맞닿아 생긴 V자 모양 굴곡 안에 자리 잡았는데, 그것들도 병을 회전시키기 시작했다. 병은 그렇게 계속 옮겨지며 그 각도에서 튕기고 뒤집히다가 다시 클레오에게 돌아왔다. 클레오는 그 병이 자신을 지나쳐 가기 전에 얼른 낚아채 안을 들여다보았다.

"비트가 죽이 됐네⋯." 클레오는 한숨이 나왔다. "하지만 그래도 깨지진 않았어."

클레오는 병과 태블릿을 도로 가방에 넣고 몸을 일으켰다. 클레오는 가장자리에 앉아 다리를 밑으로 내리고는 발끝으로 실린더를 살짝 건드려 봤다. 실린더는 무게가 더 실려도 잘 버텨 줄 것 같았다. 그때 요릭이 실린더들 너머로 활공해 왔는데, 마치 클레오를 응원해 주는 것 같았다. 그때까지도 클레오는 그렇게 위험한 계획을 정말 끝까지 밀어붙일 수 있을지 자신이 없었다.

하지만 뒤에서 갑자기 운송 드론이 나타나는 바람에 결정할 수밖에 없었다.

클레오는 꺅 비명을 지르며 앞으로 점프했고, 도킹 중이던 운송 드론의 뒤쪽 갈퀴가 클레오 머리를 스쳐 지나갔다. 클레오는 실린더 위에 착지해 서서는 춤추듯 두 팔을 마구 휘저었다. 잠시 후 클레오는 실린더가 앞으로 이동하는 속도와 똑같은 속도로 뒤로 걸으면 똑바로 서 있을 수 있단 걸 알게 됐다. 클레오는 팔은 바깥쪽으로 뻗고, 눈은 발을 보면서, 균형을 잡고는 이내 미소를 지었다.

그러더니 소리 내어 웃었다.

그때, 그 집게발이 클레오의 등을 강타했다.

클레오는 넘어지는 순간 잽싸게 가방을 돌려, 가방 위로 넘어지는 일을 간신히 모면했다. 일어나 앉으려고 해 봤지만, 손을 짚으면 구르는 실린더들 사이에 손가락이 끼어 아팠다. 실린더들 사이에 셔츠가 끼어 찢기거나 머리카락이 걸리지 않게 하려면 방법은 하나밖에 없었다. 클레오는 몸을 돌려 등을 대고 누운 다음, 컨베이어 벨트 위에 놓인 감자처럼 실린더를 타고 이동했다.

"조, 조금만 도와줄래, 여기?" 클레오가 요릭을 부르며 말하자, 그 목소리는 클레오의 등 밑에서 진동하는 실린더들로 인해 수천 번의 스타카토로 끊어졌다. 두개골은 응답하듯 둥둥 떠 내려와 클레오의 배 위에 착지했다.

"와, 완벽해." 클레오는 신음했다.

다음번 사이클에서 클레오는 집게발을 피하기 위해 옆으로 굴러가야 했다. 요릭이 덜거덕거리며 컨테이너 윗부분을 따라서 오다 위로 날아오르자 요릭의 작은 몸 위에서 두개골이 기이하게 비틀렸다. 클레오가 다시 그 자리로 굴러왔을 때, 집게발이 아직도 그 자리에서 클레오 바로 밑 실린더를 들어 올리려 안간힘을 쓰고 있단 걸 알게 됐다. 집게발을 가까이에서 본 클레오는 충격에 몸이 거의 마비될 지경이었다.

거의.

실린더가 막 들어 올려지던 순간, 클레오는 집게발이 위치한 곳 바로 위 실린더의 폭이 가장 좁은 부분에 양팔을 둘러 끌어안았다. 속이 뒤집힐 만큼 요동을 치는 집게발에 매달려 클레오는 공중으로 들어 올려졌다. 클레오의 위쪽 어디선가 쇠를 가는 듯 끽끽거리는 소리가 터져 나왔고, 집게발은 그대로 정지했다.

"어, 어…." 클레오는 중얼거렸다.

집게발이 그 상태로 멈춰 쉭쉭대며 요동치는 동안, 집게발에 매달린 클레오는 움직이는 바닥에서 몇 미터 위의 허공에 떠 있었다. 그때, 집게발은 갑자기 집게를 벌리더니 실린더를 떨어뜨렸다. 짐을 비운 집게발이 위로 확 움직인 바람에, 클레오는 온 힘을 다해 집게발을 붙잡아야 했다. 집게발이 반대편 벽 슬롯을 향해 속도를 내자, 클레오는 분명 들이받을 것 같아 눈을 감았다. 하지만 집게발은 멈췄고 불빛들이 차례대로 빛났다. 클레오가 눈을 떴을 때 마지막 빛만 겨우 보였다. 빨강-노랑-주황.

그때 슬롯에서는 복숭아 바구니를 뱉어냈다.

하지만 그걸 받아 낼 실린더가 없었으므로, 복숭아는 아래쪽의 움직이는 바닥으로 그대로 곤두박질쳐졌다. 복숭아는 그렇게 움직이는 실린더들 위로 떨어져 서로 튕기고 부딪히며 굴러갔다. 클레오는 움찔했다.

자신이 방금 누군가의 아침 식사를 망친 것이다.

클레오가 미안하다고 속삭일 새도 없이, 집게발이 확 돌아섰다. 집게발은 충전 중인 운송 드론이 배송할 실린더를 기다리고 있는 빈 구멍 쪽으로 밀치고 나갔다.

그 드론은 배송할 실린더를 받지 못했다.

하지만 집게발은 임무를 이행한 듯, 클레오를 데리고 급강하했다. 집게발은 실린더들 바로 위에서 잠시 정지했지만, 실린더를 잡지는 않고 잠시 기다렸다. 클레오는 집게발이 다시 슬롯들이 있는 쪽으로 가기 전에 아래로 손을 뻗어 심하게 짓무른 복숭아를 낚아챌 수도 있었다. 클레오는 무슨 일이 벌어지고 있는 건지 깨닫고는 얼굴을 찡그렸다. 수확 드론이 클레오가 그물에 매달렸을 때 출발한 것처럼, 집게발도 매달려 있는 클레오의 무게를 실린더를 회수했다는 뜻으로 안 것이다. 슬롯은 또다시 빨강, 노랑, 빨강, 초록, 빨강, 파랑의 여섯 가지 색으로 번쩍였고, 잠시 후 열렸다. 이번에는 샴푸 열댓 병이 쏟아져 나오더니, 집게발의 발톱들을 쏜살같이 스쳐서 복숭아들이 간 길을 그대로 따라갔다. 샴푸들은 굴러가는 실린더 위에 떨어져 이리저리 굴러다니다 결국 터져서, 실린더들이 온통 시트러스 향이 나는 미끄러운 물질로 범벅이 되었다.

클레오는 이후에도 상추 다섯 통, 양말 한 팩, 밀가루 세 상자, 수박이 슬롯 밖으로 떨어지는 광경을 지켜봐야만 했다. 마지막 품목인 수박은 마치 특수 효과를 내는 듯 떨어져 등골이 오싹해질 정도로 크게 부서지는 소리를 내며 터져 버렸다. 이렇게 계속 실패하면서도 집게발은 있지도 않은 실린더를 운송 드론에게 가져다주려 했고, 그럴 때마다 클레오는 매번 벽들 사이에서 몸이 앞뒤로 후려쳐지는 걸 버텨야 했다.

손바닥에 땀이 나기 시작해 이러다 미끄러질 수도 있다고 느낀 순간, 슬롯에 클레오가 기다리던 불빛이 올라왔다. 보라색이 맨 앞자리에서 빛나고 있었다. 클레오는 숨을 훅 들이쉬었고, 온몸의 근육이 긴장됐다. 나머지 색깔들이 끝까지 깜빡인 뒤 조립형 부엌 식탁이 슬롯에서 튀어나왔지만, 클레오는 신경 쓰지 않았다. 클레오는 오로지 그다음에 올 것에 온 신경을 집중하고 있었다.

탁자가 아래쪽으로 떨어지며 실린더를 여러 개 뭉개 버리자, 집게발은 클레오를 돌려 더 위쪽 공간으로 보냈다. 클레오는 집게발이 최대한 구멍 가까이 데려다줄 때까지 기다린 다음, 집게발을 밀고 어둠 속으로 뛰어들었다. 클레오는 충전 중인 운송 드론이 네 갈래의 운반 갈퀴로 에워싼 곳 한가운데에 착지했다. 클레오는 재빨리 구멍 입구로 가서 아래를 내려다 보았다.

"요릭!" 클레오가 외쳤다. 그 작은 드론은 실린더 위에서 물건들이 뒤죽박죽되는 것을 흥미롭게 들여다보는 것 같았다. 위에서 미친 듯이 팔을 흔드는 클레오를 본 요릭이 공중으로 떠올라 클레오의 손에 닿을 만한 곳까지 가자 클레오는 요릭을 손으로 낚아챘다. 잠시 후, 청소 드론 두 대와 수리 드론 여러 대가 가장 낮은 쪽 충전 포트들 사이로 활강해 들어와 엉망이 된 실린더들을 처리하기 시작했다. 클레오는 안전한 어둠 속으로 다시 숨어들어, 요릭의 불빛을 손가락으로 가려 조금만 새어 나오게 했다.

"좋아." 클레오가 숨이 차서 말했다. "꽤 재밌었어."

다음 계획을 실행하기 위해서는 양손이 다 필요했으므로, 클레오는 요릭을 백팩에 넣은 다음 베인 선생님 위에 올려놓았다. 그러고는 가방끈이 어깨와 허리에 꼭 맞는지 확인했다.

"행운을 빌어 줘." 클레오는 이렇게 중얼거리고 운송 드론 위에 올라탔다.

운송 드론의 몸체에는 네 개의 갈퀴가 있었는데, 두 개는 클레오의 머리 위에 있었고, 나머지 두 개는 클레오의 발치에 있었다. 실린더는 갈퀴가 잡고 있는 박스와 딱 들어맞을 것 같았다. 하지만 갈퀴들 때문에 클레오는 양쪽으로 팔을 뻗어야 했고, 두 다리는 어깨너비의 세 배 가까이 벌려야 했다. 클레오는 아래쪽 갈퀴 위에 발을 올리고 위쪽 갈퀴들을 손으로 움켜잡았다. 클레오는 커다란 X자처럼 몸을 확실하게 뻗어 완전히 자리를 잡기 전에 갈퀴들을 제대로 잡고 있는지 확인했다.

클레오가 올라타자 화물이 실린 것으로 인식한 드론이 윙윙대며 시동을 걸었다.

"할 수 있어. 할 수 있어." 클레오는 속삭였다.

그리고 그때, 클레오가 올라탄 드론이 이륙했다.

31장

어디를 향해 가는 건지 알고 싶었지만, 클레오가 지금 할 수 있는 거라곤 매달려 있는 것밖에 없었다. 그래도 발아래와 양옆은 볼 수 있었다. 사방에 수많은 다른 드론들이 우글거렸다. 놀랍게도 그 어떤 드론도 서로 부딪히지 않았는데, 심지어 클레오가 탄 드론이 건물 심장부의 중심에서 소용돌이치듯 돌아가고 있는 거대한 기둥에 합류했을 때도 마찬가지였다.

기둥을 이룬 드론들은 상승하기 시작할 때에도 서로 부딪히지 않았다.

클레오는 이 계획을 처음 시도할 때 실패했던 기억이 아직도 생생했는데, 너무나 생생한 나머지 가슴이 아파 왔다. 클레오는 갈퀴를 꽉 잡고 눈을 감은 채 호흡을 안정시키는 데 집중했다. 다시 과호흡 상태에 빠지는 것만큼은 피해야 했다. 그때 거대한 운송 드론 한 대가 클레오의 위쪽으로 이동해 왔다. 그 드론의 회전자가 클레오의 곱슬머리 바로 위에서 공중을 가르며 지나가는 바람에, 클레오는 끙끙거리며 최대한 몸을 웅크렸다. 양팔이 떨리기 시작했다.

'이번에는 달라, 실린더에 더 무겁게 실리지 않았으니까 괜찮을 거야. 괜찮아. 이번엔 꼭 성공하게 해 주세요.' 클레오는 생각했다.

드디어 드론들이 목적지를 찾아 떨어져 나가며 차츰 기둥 크기가 줄어들기 시작했다. 클레오 위에 있던 드론도 가 버렸는데, 클레오는 그 드론이 어디로 가는지 보려고 한쪽 눈을 떴다. 눈앞에 펼쳐진 긴 복도를 보니, 천장에 있는 세 개의 초록색 전구에서 나오는 빛으로 벽이 환히 빛났다.

"두 층만 더 가면 돼, 덩치 큰 친구." 클레오가 속삭였다. 드론은 계속 위로 올라갔다.

공중에서 다른 드론들이 구멍으로 들어가거나 나가게 비켜 주느라, 클레오를 실은 드론은 여러 번 멈추며 늑장을 부렸다. 클레오는 그런 기회들을 활용해 잠시 아픈 발을 비틀고 운반 프레임을 움켜쥔 손가락을 풀었다. 힘겹게 버텨 낼 때마다 보라색 층에 더 가까워지는 순간이라는 걸 알았으므로 클레오는 이제 와서 이 기회를 절대로 망칠 수는 없었다.

적어도, 클레오는 자신에게 그렇게 말했다.

드디어 마지막 격자 꼭대기에 다다랐을 때, 주의를 기울이고 있었음에도 클레오는 하마터면 뛰어내릴 뻔했다. 몸에 있는 모든 근육이 앞으로 뛰쳐나가 격자의 끝을 잡고 몸을 일으켜서 보라색 불빛 아래를 질주해 미리엄 웬디모어 아디사의 셔터에 다다르길 원했다. 하지만 그런 마음에 저항하며, 클레오는 이를 악물고, 팔뚝의 힘줄과 혈관에 무리가 갈 정도로 세게 갈퀴를 붙잡았다. 클레오가 참은 건 잘한 일이었다. 다른 운송 드론 네 대가 내려가

길 기다리느라 구멍 위에서 잠시 멈춰 있던 드론이 갑자기 앞으로 활공했기 때문이었다. 만약 그때 참지 않고 뛰어내렸더라면, 클레오는 아마도 성공하지 못했을 것이다.

일단 드론이 복도 위로 올라오자 클레오는 결국 긴장이 풀려 타는 듯 아픈 한쪽 팔을 옆으로 내렸다. 그러고는 팔을 흔들어 얼얼함을 없애고는 팔을 바꿔 또다시 흔들었다. 드론은 차분하게 윙윙거렸는데, 어쨌든 클레오가 가야 할 방향으로 나아가고 있는 것 같아 계속 타고 있기로 했다. 클레오는 몸을 조심조심 기술적으로 움직이면서 백팩을 앞으로 돌려 요릭과 베인 선생님을 꺼냈다. 요릭에게 어느 방향이 위쪽인지 알려 준 다음, 클레오는 태블릿을 켰다.

"선생님 도착했어요." 클레오가 말했다. "6층이에요."

"축하한다, 클레오!" 베인 선생님은 이렇게 대답하고 가볍게 박수를 쳤다.

클레오가 천장을 올려다보니, 천장의 불빛은 이제 보라-노랑-보라였다. "보라색이 가장 좋아하는 색이 될지, 다시는 보고 싶지 않은 색이 될지 잘 모르겠어요." 클레오가 중얼거렸다.

베인 선생님은 미소 지었다. "그건 우리가 복도를 따라 내려가고 있다는 뜻이겠지?"

클레오는 베인 선생님이 볼 수 있게 태블릿을 돌렸다가 문득 생각난 듯 말했다. "아차! 죄송해요, 선생님! 카메라가 없다는 걸 잊어버렸어요. 네, 우리는 아직도 여기로 데려다준 드론을 타고 있어요. 어느 방향으로 가고 있냐면요…."

말을 마치기도 전에, 드론이 휘청하며 멈췄다. 클레오는 하마터면 잡은 손을 놓쳐 태블릿을 떨어뜨릴 뻔했다. 클레오는 한동안 이리저리 휘둘리며 흔들리다 간신히 자세를 잡았다. 정신을 차려 보니 드론은 복도 가운데에 멈춰서 그 뒤로 조용히 늘어선 드론들을 막고 있었다. 클레오는 대체 무엇 때문에 멈춰 섰는지 보려고 안간힘을 썼는데, 그때 드론이 오른쪽으로 회전해서 복도를 완전히 막아 버렸다.

드론 앞에는 아무것도 없었다.

"뭐 하는 거야?" 클레오는 의아했다.

그 이유는 잠시 후에 알 수 있었다.

덩치 큰 드론이 뒤로 물러나기 시작했다. 클레오는 무슨 일인지 보려고 고개를 돌리면서도 자기가 탄 드론이 벽에 부딪힐까봐 무서웠다. 하지만 그 운송 드론은 놀라울 정도로 정교해서 네 개의 다리가 나와 벽을 지탱한 덕분에 살짝 쿵 부딪혔을 뿐이었다. 네 번 딸각거리는 소리가 복도에 메아리쳤고, 클레오는 헉하고 놀랐다.

그때 드론의 뒷머리 부분, 그러니까 드론을 타는 내내 클레오가 응시하고 있던 단조로운 회색 패널이 움직이기 시작했다. 그 패널이 금속 피스톤에 의해 클레오 쪽으로 확장되는 바람에 클레오는 격자 바닥으로 내려와 벽으로 물러서야 했다. 드론은 재빠르면서도 가차 없이 움직였고, 클레오는 드론의 작업 반경 밖으로 민첩하게 피해야 했다. 피하면서 방금 어떤 일이 벌어지고 있었던 건지 알게 되었다.

클레오의 뒤에 있는 것은 셔터였고, 보라-노랑-보라-파랑-파랑-주황으로 깜빡이고 있었다. 드론의 피스톤이 바짝 다가가

자 셔터가 미끄러지듯 열렸다.

실린더가 없는데도, 드론은 배송을 할 작정이었다.

아니, 더 정확히 말해, 클레오를 배송하려는 것이었다.

"우리가 주문한 식탁이 도착했나 봐, 리비나." 이런 말소리가 들렸다. 클레오는 두 팔에 소름이 돋았다.

그 목소리는 유닛 안에서 들려온 것이었다.

어떻게 해야 할지 미처 생각하기도 전에, 요릭이 클레오 앞으로 윙윙거리며 날아왔다. 요릭은 피스톤이 회수되면서 생긴 공간으로 둥둥 날아 들어가, 열린 출입구 안쪽을 눈 광선으로 비추었다. 운송 드론은 벽에서 분리돼 떨어져 나갔지만, 유닛의 셔터는 아직 열려 있었다.

그럴 수밖에 없었던 것이, 요릭이 그 안에 들어가 앉아 있었기 때문이다.

"세상에, 대체 이게 무슨 일이…" 여자가 말했다.

그리고는 곧이어 울려 퍼지는 비명 소리로 셔터가 뒤흔들렸다.

"어, 안 돼!" 클레오는 이렇게 외치고, 열린 구멍으로 뛰어 들어갔다. 그러자 요릭의 머리 바로 뒤로 벌벌 떠는 여자의 모습이 보였다. 그 여자는 요릭을 향해 부엌칼을 겨누고 있었다.

요릭은 미소 지었다.

클레오는 안으로 손을 뻗어 요릭을 확 비틀어 잡고는 그 가없은 가족의 튜브 안에서 빼냈다. 그런 다음, 그 뼈다귀 얼굴 대신 자기 얼굴을 밀어 넣었다. 여자가 또 비명을 질렀다. 그때 가족인 듯 보이는 남자가 셔츠도 안 입은 채 면도 크림 범벅이 된 얼굴로 이게 무슨 일이냐며 달려 나왔다. 그는 자기 아내의 칼끝이 가리키는 곳을 따라가다가 클레오의 얼굴을 보자마자 비명을 질렀다.

"죄송해요!" 클레오가 말했다. "저기, 음, 식탁은 다시 주문하셔야겠네요!"

그리고 나서 클레오는 서둘러 셔터를 쾅 닫았다. 조금은 약해진 비명 소리가 복도를 서둘러 내려가는 클레오의 뒤를 따랐다.

"굉장한 모험을 했구나, 클레오." 클레오가 조용한 곳에 이르자 베인 선생님이 말했다.

"방금 다른 사람들에게 평생 남을 트라우마를 만들어 준 것 같아요."

"그 상처를 치료하기에 적절한 의학적 절차를 검토해 볼 수 있겠다. 물론 너만 괜찮다면."

클레오는 움찔했다. "저, 음, 우리가 방금 저지른 걸 치료할 만한 빨간약은 아직 없을 것 같아요."

베인 선생님은 다 안다는 듯 고개를 끄덕였다. "아, 은유적으로 말하는 거로구나."

"그런 것 같아요." 클레오는 소매로 이마를 쓱 닦았다.

그리고 난 후 클레오는 복도 한복판에 머물며 운송 드론이 배송하는 걸 보게 될 때마다 그 뒤에서 기다렸다. 그렇게 조심하면서도 미리엄 웬디모어 아디사의 유닛이 가까워질수록 걸음을 재촉하고 싶은 마음은 쉽게 억누를 수 없었다. 클레오가 신고 있는 슬리퍼가 격자를 스치며 규칙적인 비트 소리를 내다가, 드

럼 치는 듯한 소리를 내더니, 보라-노랑-빨강 불빛에 잠긴 통로
를 따라 클레오가 전력 질주하는 바람에 쩌렁쩌렁 울리는 천둥소
리로 바뀌었다. 클레오는 운송 드론들을 피하고, 몸을 숙여 수리
드론들을 피하더니, 급하게 코너를 돌아 멈춰 섰다.

마침내 그곳을 찾아냈다.

외관만 봐서는 여느 셔터들과 다를 게 없어 보였다. 하지만
자석에 이끌리듯, 그 마지막 파란 불빛에서 클레오는 눈을 뗄 수
없었다. 요릭도 그 빛에서 눈을 떼지 못하는 듯했다. 요릭은 해치
로 곧장 날아올라 그 위를 맴돌며 자랑스럽다는 듯 광선을 비추
었다.

그런데 그때 해치가 열리자, 요릭은 안으로 날아 들어갔다.

"또 그러면 안 돼!" 클레오는 괴로워하며 곧바로 요릭을 따라
몸을 던졌다. 하지만 요릭은 이미 클레오의 손이 닿지 않는 어둠
속에 있었는데, 배송 튜브 꼭대기 구멍을 통해 올라가는 모습이
보였다. 클레오는 엉금엉금 기어 요릭을 쫓아갔지만, 백팩이 벽에
걸리는 바람에 반은 안에, 반은 밖에 있는 채로 끼어 버렸다. 엎
친 데 덮친 격으로 요릭의 빛이 깜빡이다가 꺼져서, 클레오는 어
쩔 수 없이 어둠 속에서 눈을 가늘게 뜨고 봐야만 했다.

그제야 클레오는 미리엄 웬디모어 아디사의 셔터로 들어왔다
는 걸 깨달았다.

그 셔터는 운송 드론이 없는데도 저절로 열린 것이었다.

그때 저 너머 방에 갑자기 불이 켜졌고, 클레오는 눈을 가려
야 했다. 당황한 클레오가 재빨리 움직여 셔터를 빠져나오자, 셔
터가 쾅 하고 닫혔다. 클레오는 헐떡이며 뒤로 물러섰다.

셔터가 다시 열렸다.

안에서 은쟁반에 옥구슬 굴러가는 듯한 부드러운 목소리가 들렸다.

"들어와라, 클레오." 그 목소리가 말했다. "너와 나눌 이야기가 많구나."

32장

클레오는 자기 집 부엌과 똑같이 생긴 부엌에 있었다. 튜브가 정원처럼 예쁘게 칠해지진 않았지만, 찬장, 레인지, 냉장고, 가장자리가 주황색 불빛으로 둘러싸인 문, 모두 다 비슷했다. 모든 게 반들반들했다. 모든 게 깨끗했다. 싱크대까지도 똑같았다.

싱크대 끝 쪽에 걸린 머그잔까지도.

눈앞에는 수술 드론이 떠 있었는데, 클레오는 푸른색 도자기 머그잔에 새겨진 깜빡이지 않는 눈에 이끌려 자세히 쳐다보았다. "왜 저게 여기에…." 클레오가 말을 꺼내려는데, 드론에서 뿜어져 나오는 섬세한 목소리가 말을 끊었다.

"잠시만 기다려라, 클레오. 몇 가지 검사를 더 해야 해."

"제 두개골은 어디 갔어요? 그리고 제 이름은 어떻게 아세요? 미리엄 웬디모어 아디사는 어디에 있나요? 누구세요? 제가 오는 걸 아셨어요? 왜…."

"조금만 더 기다려 주겠니. 답할 수 있게 되면, 네 질문에 모두 대답해 줄 테니."

수술 드론이 넓게 펼친 몸체 밑에 장비를 달고 미끄러지듯 나왔다. 그걸 본 클레오는 밖에서 자신의 다리를 물던 날벌레가 생각났다. 드론이 작은 바늘이 달린 팔을 앞으로 내밀어 자신의 손바닥을 찌르자, 클레오는 그 비유가 딱 들어맞았다고 생각했다.

"그런데요…." 클레오가 손을 문지르며 말했다. "미리엄 웬디 모어 아디사를 만나야 돼요. 여기 있나요?"

"잠시만 더 기다려." 드론이 대답했다.

클레오는 마치 몸이 터져 나갈 것 같은 기분이었다. 손이 떨렸고, 방이 조여 오는 듯한 느낌이었다. 그 느낌에 클레오는 깜짝 놀라며, 문득 페이지가 떠올랐다. 클레오는 서성이기 시작했다.

드론이 클레오에게서 뽑아 간 소량의 핏방울을 검사하는 동안, 클레오는 부엌의 조리대로 가 머그잔을 집어 들었다. 비어 있었지만, 커피 냄새가 진하게 났다. 클레오는 코를 찡그렸다.

히비스커스 차 냄새가 나기를 바라고 있었다.

"자, 다 됐다. 보아하니 그런 일을 겪고도 큰 감염 없이 돌아온 것 같구나. 다행히 내 드론이 감지할 수 있는 병 같은 건 없구나. 드론을 따라 옆방으로 들어오겠니? 정말 만나고 싶었단다."

클레오의 오른쪽에 있던 문 가장자리 빛이 주황색에서 초록색으로 바뀌었고, 조용히 '딸각' 하는 소리로 문이 열렸다는 걸 알 수 있었다. 수술 드론은 클레오가 앞으로 이동할 수 있게 구석으로 물러났다. 클레오는 숨을 깊게 들이쉬고, 백팩의 끈을 조정한 뒤 안으로 들어갔다.

한 여자가 전동 휠체어에 앉은 채 거실 한가운데에 있었다. 짙은 갈색의 피부가 어깨까지 풍성하게 내려오는 반백의 곱슬머리와 강렬한 대비를 이뤘다. 발목까지 내려오는 자두색 퀼트 무릎 덮개로 다리를 덮고 있었고, 그 위에 양손을 가지런히 모으고 있었다. 바늘 끝을 테이프로 감싼 가느다란 튜브가 왼쪽 손등에서 위쪽으로 올라가 휠체어 프레임에 부착된 약 디스펜서에 연결되어 있었다.

클레오는 눈이 휘둥그레졌다. 약 디스펜서 안에 파란색 구체가 있었다.

"선생님이…." 클레오는 작은 목소리로 말을 꺼냈지만, 목에서 걸린 듯 멈추고 말았다.

여자는 가볍게 미소 지었다. "미리엄 웬디모어 아디사. 외과의 위원회 회장이지." 미리엄은 손을 들어 왼쪽 벽을 향해 흔들었다. 천장 렌즈에서 투영된 창이 팝업되었다. 중앙에, 패스워드로 그인 창 바로 위에, 눈 모양 로고가 있었다. "나는 네 엄마의 상사이기도 하고, 너의 열렬한 팬이기도 하지."

클레오는 눈썹을 찌푸렸다. "저, 전 이해가 안 되는데요." 클레오가 중얼거렸다. 미리엄이 대답하기도 전에, 클레오는 바닥에 무릎을 꿇고 낡은 백팩을 끌어와 맨 위 지퍼를 열었다. 클레오는 앤지 할머니가 마지막 남은 칼로텍시나를 넣어 준 깡통을 꺼내 뚜껑을 열었다. 그러고는 깡통을 뒤집어 손바닥 위로 약이 굴러 나오게 했다.

"이거 드리러 왔어요." 클레오는 이렇게 말하며 약을 들어 올렸다.

미리엄이 휠체어 팔걸이 너머로 손을 내밀어 가만히 손을 폈다. 미리엄은 긴 손가락으로 클레오의 손에서 구체를 재빨리 잡았다. 그러고는 그 약을 가슴으로 가져가 꼭 끌어안았다.

"신의 축복이 있기를, 클레오." 미리엄이 속삭였다. 클레오는 무릎을 턱 쪽으로 끌어당기며 뒤로 조금 물러났다. 클레오의 시선은 다시 미리엄의 약 디스펜서로 향했다. 미리엄은 클레오의 시선을 따라가다 한숨을 쉬었다.

"설명할 게 많은데, 어디부터 시작하면 좋을지 모르겠다." 미리엄이 말했다. "하지만 역시 사실대로 말하는 편이 가장 좋겠지. 너는 여기 오지 말았어야 했다, 클레오."

"오지 않으면 어떻게, 어떻게 약을 전해 드려요?" 클레오는 몸을 가누느라 손을 떨며 물었다. 손에 너무 힘을 준 나머지 허리에 두른 붕대가 세게 당겨졌지만, 손을 놓지 않았다.

"그건 내 약이 아니야." 미리엄은 손을 올려 자기 뺨을 가볍게 문지르며 말했다. "아니, 내 약 *맞아*. 하지만 내가 투약할 용도는 아니야. 나에게는 약이 충분히 남아 있어. 그런 게 아니라 이건 네 시험의 일부였단다."

클레오는 가슴이 조여 왔다. "제 시험이요?"

미리엄은 조용히 숨을 내쉬었다. 미리엄은 눈가에 맺힌 눈물을 퀼트 무릎 덮개 자락으로 닦아 냈다.

"그래, 클레오. 네 시험. 연민이라는 감정은 이 일을 하는 우리가 첫째로 갖춰야 할 덕목이자 가장 중요한 부분이지만, 다른 사람에게 연민이 있는지 파악하는 일 또한 가장 어려운 일이지. 그래서 우리는 매번 시험을 이런 문제로 시작한단다."

클레오는 얼굴이 일그러졌다. 눈물이 뺨을 타고 마구 흘러내렸다.

"너에게 돌봐야 할 특정 환자가 있을 때 어떻게 행동하는지 보고 싶었다. 이 약은…." 미리엄은 이렇게 말하고 구체를 들어 올렸다. "이 약은 네가 생각해 볼 계기를 주기 위한 거였다. 응시자들에게 조사할 병리를 제공하는 거지. 시험에서 음, 첫 시험 시간에는 대개 이 약이 필요한 환자에게 어떻게 접근할 건지를 질문하고 있다. 너는 단지 베인을 활용해 그걸 조사하면 되는 거였어. 다만 질문을 만드는 데 나 자신의 프로필을 사용한 것은 내 허영심이었던 것 같다. 그래도 그 질문에 답변하는 사람들은 환자에게 뭐가 필요한지에 대한 필수적 관심이 있는 것으로 간주된다. 너는 절대로 여기 오는 게 아니었다."

"하지만 저는 이곳에 *왔어요*."

"그렇지, 얘야. 그리고 그건 전부 우리 책임이지. 우리가 이 시험을 여러 해 동안 주관해 왔지만 그 어떤 아이도…." 미리엄은 말을 멈추고, 위를 쳐다보며 머리를 저었다. "네 방식으로 접근하지 않았다. 솔직히 말하면, 우리는 그 누구도 이런 방식으로 문제를 해결할 거라고는 생각도 못 했다. 사람들은 아파트를 절대 떠나지 않으니까."

"저는 했어요. 전 *했다고요!*" 클레오가 이렇게 외치고 그 자리에서 벌떡 일어서자, 백팩이 저만치 굴러갔다. "저는 아파트를 나갔고, 결국 이곳에 왔어요. 왜냐하면 선생님에게 그 약이 절대적으로 필요하다고 생각했거든요! 하지만 속임수였다니, 그것 때문에 저는 집을, 엄마랑 아빠를 떠났는데요!"

"클레오, 우리는…."

"아뇨!" 클레오는 울부짖었다. 참을 수 없을 만큼 그 자리에서 도망치고 싶은 마음이 들었다. 페이지처럼 달려서 '탈출하고 싶다는' 생각에 사로잡혔지만 벽에 둘러싸여 있어 갈 곳이 없었다. 그래도 클레오는 발꿈치가 등 뒤의 문에 닿을 때까지 최대한 뒤로 물러났다. 주황색 빛이 뒤에서 구불구불한 곱슬머리를 비췄다. 얼굴 앞으로 흘러내린 곱슬머리 사이로 여자를 노려보며, 클레오는 이를 갈면서 나지막한 소리로 말했다. "앤지 할머니가 맞았어. 여기 와 봤자 소용없는 거였어."

33장

미리엄은 앞으로 휠체어를 굴려 클레오에게 다가가 살며시 팔에 손을 얹었다. 클레오는 움찔하고는 숨을 깊게 들이마셨다.

"건드리지 마세요."

미리엄은 손을 뺐고, 클레오는 바닥에 털썩 주저앉았다. 미리엄이 조용히 말했다. "충분히 기분 나쁠 만해. 우리가 이 문제를 해결할 거야. 곧 네 부모님과⋯."

"제 부모님이요?" 클레오가 씩씩거리며 말했다. "선생님을 위해 저는 부모님도 버렸어요. 제가 어디 있는지도, 제가 그동안 뭘 했는지도 모르신다고요. 아니면⋯."

"아니, 클레오!" 미리엄은 잠시 말을 멈췄다. "그렇게 생각하니? 아니다, 얘야! 네 부모님은 처음부터 쭉 너와 함께 계셨어!"

클레오는 눈물로 범벅이 된 얼굴을 들어 미리엄을 쳐다봤다.

"네, 네?"

"네가 이곳에 오는 걸 내가 어떻게 알았겠니? 네 어머니는 네가 사라진 걸 알자마자, 그리고 그 약도 사라진 걸 알자마자, 자초지종을 알아냈다. 그러고는 즉각 나에게 연락하셨지. 그 이후 우리는 계속 시뮬레이터로 연락을 취했다. 네 엄마는 나에게 상황을 계속 업데이트해 주었지. 네 아빠가 그 관찰 드론으로 너를 추적하면서 말이다."

클레오는 입이 쩍 벌어졌다. "요릭이요?"

미리엄은 혼란스러워 보였다. 클레오는 주위를 둘러보며 요릭을 찾았다. 요릭은 뒤쪽 벽 근처 책상 구석에 자리 잡고 앉아 있었다. 클레오는 허둥지둥 요릭에게 다가가 두개골을 뒤집어서 작은 드론을 끄집어냈다.

"아빠? 아빠?" 클레오가 속삭였다.

"관찰 드론에는 오디오가 없다, 클레오. 내 말 믿어도 좋아. 네 여정을 따라가면서 우리도 그 사실을 힘겹게 알아낸 거니까. 신호를 놓쳤을 땐 우리 모두 정말 죽을 만큼 겁이 났다. 네가 드론을 파괴했거나, 아니면, 아니면 더 나쁜 일이 생긴 줄 알았다. 하지만 다행히 오늘 드론이 다시 연결되었을 때, 네 부모님이 환호하는 소리가 이 위까지 들리는 것 같았지."

클레오는 그 작은 드론을 가슴에 와락 끌어안았다. "부, 부모님을 뵐 수 있어요?"

미리엄은 자신의 사무실을 가리켰다. "시뮬레이터는 저 안에 있다. 너를 이렇게 오랜 시간 여기에 데리고 있다니, 내가 인정이 없었던 것 같구나. 네 부모님은 나만큼이나 네게 모든 일에 대해 사과하고 싶은 간절한 마음으로 분명 아직 로그인해 계실 거야."

클레오는 요릭을 끌어안은 채로 문을 바라봤다. 클레오는 마음 같아서는 그 즉시 문을 벌컥 열고 들어가 엄마와 아빠를 다시 만나고 싶었다.

하지만 클레오는 망설였다.

이상하고 불편한 기분이 배 속에서 꿈틀대기 시작했던 것이
다.

"사과요?" 클레오가 반복했다. "저희 부모님도 아셨어요?"

미리엄은 고개를 끄덕였다. "처음부터."

알 수 없는 그림자가 클레오의 마음을 파고들었고, 클레오는
심호흡으로 떨쳐내려고 했다.

하지만 소용없었다.

클레오가 몸을 떨며 반쯤 열린 문을 향해 발걸음을 옮기는
데, 더러워진 슬리퍼가 새하얀 카펫 위에 자국을 냈다. 미리엄이
휠체어로 클레오의 뒤를 따라가느라 휠체어의 모터가 부르릉거
렸다. "어서 가 봐라." 미리엄이 말했다.

클레오는 미리엄이 하라는 대로 했다.

34장

미리엄 웬디모어 아디사의 사무실은 엄마와 아빠의 사무실을 섞어 놓은 것 같은 느낌이었다. 가운데에는 커다란 수술대가 있었고, 한쪽 구석에 놓인 의자 위에는 스크롤들이 쌓여 있었다. 그 반대편 구석에는 시뮬레이터가 있었는데, 그 안에서 목소리들이 들려왔다.

클레오의 부모님이었다.

"클레오가 오고 있어!" 아빠가 외치자, 클레오는 아빠가 지금도 요릭을 통해 자신을 볼 수 있다는 걸 깨달았다. 얼굴을 붉히며, 클레오는 요릭을 수술대 가장자리에 내려놓았다. 그런 다음 시뮬레이터 커튼을 젖힌 뒤 눈을 감고 안으로 들어갔다.

정전기 파동이 밀려왔다. 그것은 팔을 따라 춤을 추었고, 머리칼을 미끄러지듯 내려와 등을 간질였다. 눈으로 보지 않아도 그게 무엇인지 알 수 있었다. 시뮬레이터를 통해 부모님이 집을 나간 딸의 이미지를 만지려 손을 뻗는 것이었다. 클레오가 눈을 뜨자, 부모님이 보였는데, 여러 색이 마구 뒤섞여 명확하지 않은 모양으로 클레오를 감싸고 있다. 부모님이 뒤로 좀 물러나야만 제대로 된 형태를 알아볼 수 있었다.

"클레오, 애야, 무사하구나." 엄마가 기뻐서 웃으며 외치는 소리에 흐느낌이 섞여 있었다. 엄마는 계속 클레오의 팔을 쓰다듬었는데 엄마의 손가락이 닿는 곳에서 소름이 돋았다.

"널 잃은 줄 알았다!" 포터 씨가 외쳤다. 역시 울고 있었다. "드론에서 비주얼이 끊겼을 때⋯."

"저는 밖에 있었어요." 클레오가 공손하게 말했다.

"밖⋯." 클레오 아빠가 중얼거렸다.

"바깥이요." 클레오가 말을 마저 했다.

"그러니까⋯."

클레오는 고개를 끄덕였다. "진짜 잔디가 있었어요, 아빠. 사방에요."

포터 씨는 헉하고 놀라며 두피를 손으로 쓰다듬었다. "어땠니, 애야?"

클레오는 발을 쳐다봤다. "거기다 토했어요."

닥터 포터의 눈이 휘둥그레졌다. "클레오, 너 아프니? 혹시 독감에⋯."

그때 미리엄이 시뮬레이터 밖에서 외쳤다. "깨끗해요. 드론 검사 결과 감염 징후는 없습니다."

"그러면, 그러면 괜찮은 거니? 다치거나 한 데는 없고?"

'저 아파요.' 클레오는 그렇게 말하고 싶었다.

'등과 옆구리에 열상을 입었고, 팔다리에도 열 군데 넘게 찰과상을 입었고, 오른쪽 어깨의 극상근에는 경련이 생긴 것 같아요.'

클레오는 마음속으로 말했다.

'그리고 멍한 느낌이에요. 온몸이 얼얼하고요. 마치 제가 정전 기로 만들어진 사람 같아요.'

"괜찮아요." 클레오는 그냥 얼버무렸다.

닥터 포터는 딸을 다시 안아 주었다. "이렇게 감사할 데가!"

엄마가 쓰다듬은 느낌이 팔에 남아 있어, 클레오는 얼른 팔을 문질렀다. 아빠가 클레오 옆에 무릎을 꿇었다.

"마음에 걸리는 일이라도 있니, 클레오?"

클레오는 아빠의 눈을 마주 봤는데, 자신을 너무 뚫어지게 쳐다보고 있어서 아빠 홍채의 픽셀이 보일 정도였다. "왜 거짓말 하셨어요?" 클레오가 작게 말했다.

포터 씨는 움찔했고, 엄마도 바닥에 있는 아빠 곁으로 왔다. "실수였다." 엄마가 엄숙하게 말했다.

"끔찍한 실수." 아빠가 덧붙였다.

"미리엄이 우리 외과의 위원회 상사라고 네게 말했어야 했고, 그 잘못 배달된 약은 시험의 일부라고 네게 말했어야 했는데…." 닥터 포터가 말을 이었다. "너라면 베인 선생님을 통해 그걸 조사 하는 데 그치는 게 아니라, 뭔가 더 하고 싶어 할 거란 생각을 해야 했어. 네 공부를 도우며 같이 밤을 새웠어야 했다. 내가…."

"이 순간만을 상상했어요." 클레오가 아빠와 엄마의 이미지를 손으로 쓰다듬으며 말을 끊었다. "엄마, 아빠를 만나 끌어안고, 떠나서 죄송하다고 말하는 순간을요. 백 번도 넘게 생각했어요. 어둠 속에 있을 때, 그리고 길을 잃었을 때도요. 하지만 한 번도, 단 한 번도 이렇게, 이렇게…."

"화난 거야?" 클레오 엄마는 후회에 젖어 목소리가 부드러워졌다.

클레오는 눈을 감고 배에서 느껴지는 공허함에, 텅 빈 듯하면서도 묵직한 느낌에 집중했다. 사람이 이렇게 느끼게 되는 것에 대한 의학적 진단은 없었다.

"네에?" 클레오가 답했다. 말을 하는 동안에도 그 생각이 점점 더 커져, 무감각함을 삼키는 불씨가 됐다. "네! 화났어요!"

"이해한다, 클레오. 그리고⋯."

"난, 난 물건들을 집어던지고 싶어요!" 클레오가 울부짖었다. "그리고 소리 지르고 싶어요! 아프고 싶고, 웅크리고 싶고, 죽고 싶고, 그걸 한꺼번에 다 하고 싶어요! 엄마 아빠 말을 이제 어떻게 믿어요? 이 감정을 어떻게 없애요? 어떻게 하면 제가⋯."

"우릴 용서할 수 있냐고?" 아빠가 속삭였다.

"네!" 클레오가 외쳤다.

아빠는 손을 뻗어 클레오를 감싸 안았다. 그로 인해 발생한 에너지가 조용히 탁탁거렸다.

"우리가 노력하마."

"안 되겠니, 클레오?" 엄마가 덧붙였다. "우리가 더 잘하마."

클레오는 부모님의 모습을 쳐다보려고, 아니 쏘아보려고 했다. 클레오를 진정으로 사랑하고, 깊이 걱정하느라 크게 상심한 부모님의 모습이 그대로 그 자리에 있었다. 클레오는 그 모습들을 보면서 마음속 분노가 서서히 잦아들었지만, 곧 혼란스러움과 뼛속까지 사무치는 피로감으로 바뀌었다. 클레오는 부모님을 원망하고 벌주고 싶었다. 하지만 한편으로는 아빠의 넓은 품에 안겨 안전한 집에 머물고 싶은 마음도 간절했다.

클레오는 어쩔 수 없이 그런 마음을 따르기로 했다.

"저… 저는 집에 가고 싶어요." 클레오는 어깨 아픈 자리를 손가락으로 찾아 누르며 중얼거렸다. 아직 뭔가 '빠진' 것 같았다. 하지만 클레오는 이 말만 덧붙였다. "부탁이에요."

"물론이지!" 엄마가 외쳤다.

"미리엄, 거기 계세요?" 포터 씨가 외쳤다.

"네, 그럼요!"

"저희 딸을 집으로 보내 달라고 부탁드려도 될까요?"

"클레오에게 필요한 거라면 뭐든지요."

"고마워요." 아빠는 이렇게 대답했고, 클레오는 다시 한 번 엄마 아빠의 이미지에 둘러싸였다. 엄마 아빠는 시뮬레이터에서 전원이 거의 바닥났다는 경고 메시지가 울릴 때까지 그렇게 가만히 있었다.

"우리는 끝까지 너와 함께 있을 거야." 엄마가 말했다.

포터 씨는 고개를 끄덕였다. "드론만은 꼭 가지고 다녀라."

클레오는 애써 미소를 지었다. "얘 이름은 요릭이에요. 그리고 되게 덜렁대요."

포터 씨가 껄껄 웃었다. "그 녀석 눈을 통해 널 보려고 애쓰다 보니 네 엄마는 몇 분만 봐도 머리가 아프다더구나. 수술 드론을 십 년 동안 날린 사람인데 말이다!"

"시간이 꽤 늦었네요." 미리엄이 끼어들었다. "일단 오늘은 클레오가 자고 가야겠죠? 내일 아침 일어나자마자 집으로 보내도록 하죠."

클레오의 부모님은 동의했다. 그런 다음, 클레오를 몇 번이나 더 끌어안고 곧 만나자는 약속을 한 뒤에야 부모님은 로그오프 했다. 눈물 자국이 희미해진 뺨에 엄마의 손길이 닿았던 느낌이 남아 있었다.

35장

소파에 웅크린 채 젖은 머리로 베개를 베고 누운 클레오는 미리엄의 침실 문 아래로 새어 나오는 불빛을 응시했다. 그 불빛이 희미해졌을 때도, 그리고 사라졌을 때도 클레오는 시간을 헤아리느라, 샤워하고 소독제를 다시 바른 부위를 긁으며 긴장을 놓지 않고 있었다. 방에서 코를 고는 소리가 들리자 비로소 용기를 내어 미리엄이 준 새 스크롤을 폈다. 스크롤을 켜자 갑자기 밝게 뿜어져 나온 빛에 움찔한 클레오는 암호를 속삭여 베인 시스템으로 들어갔다.

"자!" 베인 선생님이 새로 꾸민 방을 구경하듯 주위를 둘러보며 외쳤다. "멋진걸! 이제야 네가 보이는구나, 클레오! 그런데, 슬퍼 보이네?"

"알고 계셨어요?" 클레오가 중얼거렸다.

베인 선생님은 안경을 조정했다. "뭘 말이니, 클레오?"

"약이요. 제 시험이요. 미리엄이요. 죄다 거짓말이었던 거 선생님도 아셨어요?"

클레오의 음성에서 베인 선생님은 긴장감을 읽었다. 선생님은 크게 한숨을 쉬었다. "아, 알겠다. 그 약은 네 공부에 동기를 부여하기 위한 인센티브였구나."

"속임수였어요."

베인 선생님이 고개를 끄덕였다. "그렇게 생각할 수도 있겠지, 클레오. 그리고 나는 그 일에 대해 전혀 알지 못했단다. 시험이 치러지기 전에는 학생들이 세부사항에 접근할 수 없도록 하기 위해, 시험의 형식은 베인 데이터베이스에 업로드되지 않아."

클레오는 숨을 가볍게 내쉬었는데, 배에 두른 붕대가 조여지는 느낌이었다.

"그 말에 네 기분이 나아질지는 모르겠다만."

클레오는 어깨를 으쓱하며 담요를 뒤집어썼다.

"어린이들에게 거짓말하는 어른에 관한 이야기를 들려줄까?" 베인 선생님은 눈을 깜빡이며 제안했다. "데이터베이스에 2179만 1362가지의 이야기가 있단다."

클레오는 어이가 없었다. "그것 참 끔찍하네요!"

"이야기 속 어른들의 54퍼센트는 전적으로 어린이를 보호하기 위해 어쩔 수 없이 거짓말을 했다는 걸 알아 뒀으면 좋겠다."

"그럼 나머지 46퍼센트는요?" 클레오는 눈을 가늘게 뜨고 물었다.

베인 선생님은 책상에서 앉은 자세를 고쳤다. "다양한 이유가 있지…" 선생님은 대답했다.

클레오는 선생님을 뚫어져라 바라보았다.

"그중 10분의 4만이 어린이들을 오븐에 넣어 잡아먹으려고 꾀어낸 것이란다."

"베인 선생님!"

"하지만 그게 너희 부모님의 의도가 아니었던 건 확실해!"

"고마워요." 클레오는 중얼거렸다. "무지 안심이 되네요."

"하지만 네가 안심이 안 됐다는 게 감지된다."

클레오는 고개를 저었다. "말로는 설명하기 어려워요. 그러니까 제 말은, 네, 우선 부모님이 저한테 거짓말한 게 싫고요. 결국 제가 미리엄을 도와준 게 아니라는 것도 싫어요. 하지만 그런 것보다 더 큰 느낌이 들어요. 무슨 말인지 아시겠어요?"

"어떤 큰 느낌?"

"저는 이게 전부 사실인 줄 알았어요. 3일 동안이나요."

"그런데?"

"그런데 제가 지난 3일 동안 겪은 일들은 지금까지 해 본 일 중 가장 힘들고 어려운 일이었거든요. 허수아비 칼에 맞아 죽거나, 어디 높은 곳에서 떨어져 죽거나 할 수도 있었어요. 그런데 미리엄에 관한 일이 거짓말이 아니라 정말로 중요한 일이었다면요? 그런데 제가 해내지 못했다면요?"

"그런 걱정은 할 필요가 없다, 클레오. 건물은…."

"바로 그거요!" 클레오가 주장했다. "우리는 전부 여기 갇혀서 더 이상 존재하지도 않는 문제로부터 자신을 보호하려고만 하고 있다고요. 그러느라 정작 닥칠 수 있는 진짜 중요한 문제들을 해결할 수 없게 되면요? 막을 방법이 없을 거예요. 정말로 나쁜 일이 생겨도 서로에게 다가갈 방법이 없을 거라고요!"

"정말로 나쁜…?"

클레오는 지금 드는 생각을 전부 붙잡고 씨름하는 게 과연 옳은 일인지 알 수 없어 숨을 내쉬었다. 한번 어떤 생각에 빠지기 시작하면 다른 생각은 거의 할 수 없게 된다는 걸 클레오 자신도 알고 있었다. 하지만 베인 선생님은 침착하고, 현명했다.

그리고 조용히 클레오의 이야기를 들어 주었다.

클레오는 떨리는 숨을 깊게 들이마셨다. 그러고 나서 클레오는 이야기를 시작했고, 처음 아파트 바깥 세상에 발을 디뎠을 때처럼 긴장한 목소리로, 절박한 심정으로 말을 이어 갔다. "페이지가 처음 살았던 건물은 망했어요. 그쪽 사람들이 죽었다고요, 베인 선생님. 우리 건물도 페이지네 건물처럼 망해 버리면 어떡해요? 언젠가 그렇게 되지 않을까요? 앤지 할머니는 세상이 안으로 밀고 들어온댔어요. 음, 저도 그러는 걸 봤고요. 쥐도 생쥐도, 그리고 개처럼 생겼는데 얼굴은 마스크 쓴 것 같고 꼬리에 고리 무늬가 있는 개처럼 생긴 동물도⋯."

"라쿤?"

"아마도 그럴 거예요! 이미 우리 건물 안에 있어요. 안전해야 할 장소에 몰래 숨어들어 왔다고요! 중요한 건요, 이 건물, 집이에요. 단지 거짓말이 문제가 아니라면요? 배달해야 하는 칼로텍시나 플로리네이스가 문제가 아니라면요? 우리는 갇혀 있는 것 아닌가요?"

클레오의 목소리는 불안정했고, 시선은 천장 쪽으로 쏠렸다. 천장은 너무 가까워 보여 머리 위로 쏟아져 내릴 것 같았다. 몸을 떨며 주위를 둘러보던 클레오는 실키 담요를 찾아 턱 밑까지 끌어당겨 덮었다. 그러고는 마음을 편안하게 해주는 화면 위의 실루엣에 다시 시선을 고정했다. 베인 선생님은 사과하듯 양손을 앞으로 모았다.

"미안하다, 클레오. 나는 특히나 예측을 잘 하지 못해서."

"아니에요. 괜찮아요." 클레오는 대답하다 말고 크게 하품을 했다. "선생님께 답을 기대했던 건 아니에요. 스스로에게 하는 질문이었던 것 같아요. 말이 되나 모르겠네요."

"가장 중요한 질문을 던져야 할 대상이 자기 자신일 때가 종종 있지."

클레오는 고개를 끄덕이고 소파의 쿠션에 코를 비볐다. "아무래도, 좀 자야겠어요. 내일은 중요한 날이니까요."

"아, 그래. 그다음 날은 시험이 있기도 하고…."

클레오는 고개를 저었다. "저는 시험 안 봐도 돼요."

"그래?"

"미리엄이 말해 줬어요. 저를 레벨 2 프로그램에 보내 준대요. 제가 이번에 겪은 일로 시험은 통과한 거래요."

"축하한다, 클레오!" 베인 선생님은 이렇게 말했지만, 클레오의 수심 가득한 표정을 읽고는 목소리가 점점 어두워졌다. "그 말인즉, 최근 네가 겪은 실망감에도 불구하고 여전히 외과 의사가 되고 싶다는 뜻이겠지?"

클레오는 가냘프게 미소 지었다. "당연히 되고 싶죠. 미리엄은 돕지 못했더라도, 이 모든 일에서 옳았다고 느껴지는 유일한 일이 바로 그거였는걸요. 이제 제가 해야 할 일이 뭔지 알 것 같아요."

"그렇게 느꼈다면 지난 네 여정이 아무 쓸모가 없었던 건 아니라고 봐야겠구나. 그렇다니 마음이 한결 놓이는구나. 그렇지?

비록 네가 바라던 대로의 성공은 아니지만, 그럼에도 불구하고, 성공이라고 볼 수 있겠지?"

클레오는 또 하품이 나왔다. "그런 것 같아요. 고마워요, 베인 선생님. 안녕히 주무세요."

"잘 자라, 클레오." 베인 선생님이 속삭였다.

클레오는 선생님의 이미지가 사라지는 것을 본 다음 스크롤을 조심스럽게 말아 닫았다. 그런 다음 발치에 놓인 백팩 안에 넣고, 침실 문에서 나온 빛이 반사돼 칙칙한 주황색 빛이 감도는 미리엄 거실의 빈 벽을 둘러보았다. 그러고는 등을 대고 누워 눈을 감았다. 클레오가 품은 의문들은 머릿속에서 대낮처럼 밝게 소용돌이치고 있었다. 그리고 그 의문들이 남아 있는 한, 결코 이 여정을 성공이라고 결론 내릴 수는 없었다.

어찌됐든, 아직은 아니었다.

36장

클레오는 아침 식사 테이블 너머로 미리엄의 튜브를 응시했다. 클레오의 앞에는 오트밀 한 대접이 놓여 있었는데, 신선한 라즈베리와 블랙베리가 아래쪽으로 천천히 가라앉고 있었다. 실키 담요, 태블릿, 요릭, 새 스크롤이 담긴 클레오의 가방은 발치에 놓여 있었다.

"요 며칠 동안 너희 부모님과 꽤 많은 이야기를 했지." 미리엄은 포도가 담긴 접시 옆에 뜨거운 김이 나는 커피가 담긴 머그잔을 내려놓으며 말했다. "부모님께서 너를 굉장히, 굉장히 자랑스러워하신다. 뭐, 당연한 일이겠지만."

"고맙습니다." 클레오는 자기 컵을 당겨 미리엄의 머그잔에 그려진 눈 모양의 로고를 가리면서 중얼거렸다. 클레오는 튜브로 시선을 되돌렸다. 미리엄은 커피에 설탕을 조금 넣은 다음 작은 스푼으로 달그락거리며 저었다. 그 소리에 정신을 차린 클레오는 얼굴이 빨개졌다.

"죄송해요, 그냥 좀⋯."

"집에 가려니 긴장되니?"

클레오는 고개를 끄덕였다. "뭐, 그런 셈이지요."

미리엄은 몸을 앞으로 기울이고, 곱게 수놓인 식탁보 너머로 클레오의 양손을 쓰다듬었다. "네 마음 충분히 이해해. 사실 오늘 아침 위원회 수석들과 이야기를 나눴는데, 내 개인 드론으로 검사한 결과가 깨끗하니, 예외적으로 운송 드론을 통해 널 원래 살던 아파트로 돌려보내는 데 모두 동의했단다."

"부모님이 결혼했을 때 타고 온 것처럼요?"

미리엄은 활짝 웃었다. "그것과 똑같은 거지, 클레오."

클레오는 튜브를 다시 쳐다봤다. "솔직히 말씀드리면, 저는 제 방식으로 돌아가고 싶어요."

미리엄은 눈이 휘둥그레졌다.

"그러니까, 제안에 감사하지 않는 건 아니에요." 클레오는 말을 이었다. "하지만…."

"하지만 나와 네 부모님이 한 일을 생각하면 이 미리엄을 온전히 믿지는 못하겠다는 거구나. 잘 알겠다."

클레오는 아랫입술을 살짝 깨물며 어깨를 으쓱했다.

거짓말이 아니었다.

"그래, 물어봐도 된다면, 어떻게 집으로 돌아갈 작정이니?"

클레오는 오트밀을 한 입 넣고 생각을 정리하며 블랙베리를 씹었다. "아마 빈 운송 드론을 찾겠죠. 제 체중을 버텨 줄 만한 거요. 그다음 그 위에 올라타고, 그대로 아래로 타고 가서 제때 뛰어내리도록 해 봐야죠. 만약 제가 살던 층을 지나치게 되면, 다시 심장부로 가서 거기부터 또 시작하면 돼요."

"정말이지 믿기지가 않는구나." 미리엄이 말했다. "지금 나는 평생 만나 본 사람 중 최고로 용감한 아가씨와 아침 식사를 함께 하고 있구나."

클레오는 고개를 갸웃했다. "얼마나 많이 만나 보셨는데요?"

미리엄은 미소를 짓고는 고개를 저었다. "직접 만난 사람? 한 사람. 하지만 아주 특별한 아가씨지."

클레오도 미소 짓지 않을 수 없었다. 두 사람은 그렇게 아침 식사를 마쳤고, 클레오는 식탁 치우는 일을 거들었다. 그런 다음, 미리엄의 손을 잡았다.

"무사하셔서 기뻐요. 제가 지켜 드린 건 아니지만요."

미리엄은 두 손으로 클레오의 손을 꼭 잡고 클레오를 올려다 보았다. "네가 외과의 과정을 마치기 전에라도 수많은 사람을 도울 거라는 건 의심의 여지가 없다, 클레오. 하지만 지금은 내가 너를 돕게 해 다오. 말해 보렴. 운송 드론을 부를 수 없다면, 집으로 돌아가는 네 여정을 조금이라도 수월하게 만들기 위해 내가 뭔가 도울 일이 있을까? 음식? 새 슬리퍼?"

클레오는 몸을 틀어 미리엄의 거실을 둘러본 다음, 네트워크 스크린이기도 한 벽에 시선을 고정했다. "뭔가를 주문할 수 있게 해주신다면, 운송 드론을 이용해서 나갈 수 있어요. 크기만 적당하다면 집에도 갈 수 있고요."

미리엄은 뒤로 물러나, 휠체어를 돌려 클레오가 지나가도록 비켜 줬다. "뭐든 원하는 대로 하렴, 클레오."

"고맙습니다." 클레오가 말했다.

20분 뒤, 클레오와 미리엄이 보는 가운데 튜브 끝 셔터가 활짝 열렸다. 빨간 포장지에 쌓인 거의 완벽한 정육면체가 튜브를 통해 미끄러져 들어왔다. 클레오는 해치를 뒤로 당기고 상자를 빼냈다. 그러고는 백팩을 열고 실키 담요 한가운데의 공간을 비운 뒤 그 안에 상자를 넣었다.

"주문한 게 약이었니?" 미리엄이 두꺼운 눈썹을 올리며 물었다.

클레오는 고개를 끄덕였다. "메틸프레드니솔론이요."

"참 특이한 선택이로구나. 그건 관절류머티즘 치료에 쓰이던 약인데."

"네, 알아요." 클레오는 이렇게 말하고 튜브 안으로 백팩을 밀어 올렸다. 미리엄과 악수를 한 다음, 클레오도 튜브 안으로 올라갔다.

그런 다음, 꿈틀거리고 비틀고 힘껏 들어 올린 뒤 소녀는 사라졌다.

에필로그

앤지 퍼넬은 고개를 숙인 채 작은 의자에서 편안하게 졸고 있었다. 느긋하게 숨 쉴 때마다 콧구멍이 벌렁거렸다. 화롯불은 이미 오래전에 잦아들어 잉걸불이 돼 가고 있었지만, 그 정도로도 앤지는 충분히 따뜻했다. 밖에서는 바람이 휘몰아쳐 눈발이 집 앞 계단에 쌓이기도 전에 휩쓸려 갔다. 올해 첫눈은 아니었지만 눈이 오면 반드시 신나는 일들이 생겼으므로, 페이지는 어김없이 놀러 나간 뒤였다. 페이지가 집에 없다는 건 집이 평화롭다는 뜻이었고, 비록 토요일이라 해도 낮잠 잘 시간이란 뜻이었다.

아니면 페이지가 부르는 것처럼, 클레오의 날이더라도 말이다.

현관에서 갑자기 '쿵쿵쿵' 부츠 발소리가 나자, 앤지는 왼쪽 눈이 떠졌다. 오른쪽 눈도 마저 떠지려면 몇 초 더 있어야 했다. 앤지는 혀를 끌끌 차더니 몸을 일으켜 앉아, 관절이 펴지는 순간을 즐겼다. 요샌 거의 고통도 느껴지지 않을 정도의 감각이다.

스크린도어가 쾅 부딪히며 집 안으로 돌풍이 거세게 들이닥치더니, 쿵쿵거리며 페이지가 들어왔다. 쓰고 있는 털모자는 두 사이즈나 커서, 장갑을 벗어야 모자를 위로 올리고 앞을 볼 수 있었다. 앤지를 발견한 페이지가 쪼르르 달려왔다.

"앤지 할머니, 클레오 언니가….."

"에! 그렇게 더러운 발로! 집 안에서 진흙투성이 부츠를 신고 그렇게….."

페이지는 발을 높이 차올려, 앤지의 눈높이에 갖다 댔다. 클레오가 가르쳐 준 다리 뻗어 올리기가 효과가 있었다.

"아닌데요. 보이죠? 쪼금 지저분한 것뿐인데요. 하지만 무슨 상관이람! 클레오 언니가 와요! 길에서 봤다고요!"

"진정해라. 클레오는 매주 오잖아."

"그래도 눈 오는 날엔 안 왔잖아요!" 페이지는 꺅 소리를 지르며 폴짝폴짝 뛰었다. "언니랑 눈싸움을 하면 내가 이길 거예요. 클레오 언니는 제대로 던질 줄 모르니까."

앤지는 막대기를 향해 팔을 뻗어 그걸 잡고 일어섰다. 페이지가 집 안으로 몰고 들어온 찬 기운 때문에 몸이 떨려 온 앤지가 불을 뒤적이자, 꺼질 듯 말 듯 불꽃이 일었다.

"문 닫아라, 페이지. 클레오는 곧 올 거니까."

"안 돼요! 또 나갈 거예요!"

앤지는 눈알을 굴렸다. "물론 그렇겠지. 네가 있으니 집 지킬 개 따위는 필요 없겠구나."

활짝 웃는 페이지의 입안으로 이 빠진 자리가 보였다. 11월에만 두 개가 더 빠졌고, 어금니 중 하나가 흔들거렸다. 다시 모자를 쓰며 페이지가 말했다. "차 준비요!"

한숨을 쉬긴 했지만, 앤지 역시 아이들만큼이나 자신들만의 작은 의식을 즐겼다.

"알았다. 세 잔, 바로 준비하마."

"다섯 잔이어야 돼요!" 페이지는 현관을 뛰쳐나가며 문을 쾅 닫았다.

앤지는 잠시 멈춰 눈을 몇 번 깜빡이더니, 헉하고 놀랐다. 앤지는 서둘러 창가로 가 커튼을 젖히고 눈보라가 치는 창밖을 내다보았다. 페이지는 언덕을 달려 내려가 차도로 올라간 다음, 도로로 나가서 또 다른 소녀와 그 일행을 만났다. 일행은 떠다니는 두개골과 엘리라는 봉제 인형 코끼리였다.

"다섯 잔…." 앤지는 혼잣말을 하고는 크게 웃으며 고개를 저었다. "웃기는 녀석 같으니라고."

느릿느릿 부엌으로 가 찻주전자를 올리려다가 앤지는 창밖을 한 번 더 내다보았다. 멀리서 걸어오고 있는 두 아이는 조약돌보다 작아 보였지만, 빠르게 걸음을 옮기고 있었다.

감사의 말

　제가 처음 이 이야기를 구상하기 시작했을 때, 주인공은 맹렬한 열정과 강한 호기심 그리고 사람들을 도우려는 마음을 지닌 인물로 그리고 싶었습니다. 클레오가 가진 성격의 각 측면을 뇌나 심장이나 폐처럼 우리 생존에 꼭 필요한 인간의 핵심적 요소라고 상상했지요. 이 이야기의 초고를 다 쓰고 거의 2년이 지난 지금, 실제 상황이 돼 버린 팬데믹 뉴스를 틀어 놓고 이 감사 인사를 쓰게 됐습니다. 여러분의 가족처럼, 저희 가족도 위험한 바이러스의 전파를 막기 위해 각자의 역할을 하며 한 곳에만 머무르고 있습니다. 지금으로부터 며칠, 아니 어쩌면 몇 달, 아니 어쩌면 몇 년이 더 지나 역사 속에서 지금의 시기를 되돌아볼 때, 우리는 가장 먼저 진짜 클레오들에 관한 이야기를 접하게 될 것입니다. 의사와 간호사, 과학자와 교사, 식품점 직원과 약사, 기자와 위생 전문가, 응급 의료진과 자원봉사자들. 이들은 두렵고 불확실한 이 시기에 남을 도와야 한다는 직업적 소명을 느낀 분들입니다. 따라서 그분들께, 그리고 세상을 안전하게 지키기 위해 저 밖에서 자신을 희생하는 모든 분들께 감사를 드립니다. 또한 여러분께도 감사를 드립니다. 여러분을 만날 수 있어 감사합니다.

　책 한 권을 세상에 내놓는 일은 사랑을 담는 노동의 과정과도 같습니다. 이 책도 예외가 아니었습니다. 그러기 위해 한 분이 아닌 두 분의 경이로운 에이전트들과 친구들의 도움을 받았지요. 리베카 스테드와 페이 벤더. 아낌없는 조언과 편집 노하우, 이 조그마한 오디세이를 위해 보여 주신 열정에 감사드립니다. 페이웰과 프렌즈의 소중한 팀에게도 영광을 돌립니다. 리즈 스자블라 페이지라는 인물을 완성할 수 있도록 항상 친절하고 상냥하게 방향성을 잡아 주신 편집자님, 그리고 홍보부 모건 래스는 실제 팬데믹 속에서 팬데믹의 여파에 대한 책을 출판할 수 있도록 길을 알려 주었습니다. 그리고 물론, 장과 루시와 케이티와 앨리슨과 시에라와 크리스틴과 맥키즈에 계신 모든 분들이 이 이야기가 끝까지 진행될 수 있도록 내내 세세히 챙겨 주셨습니다.

가족과 이웃분들도 많은 도움을 주셨습니다. 클레오의 여정에 가장 먼저 함께해 주신 용감한 2차 독자들에게도 감사 인사를 드립니다. 애덤 솔로몬, 제니퍼 쇼, 돈 버트, 시어도어와 루탄 길, 사이먼 가족과 허버 가족, 제니퍼 프리드먼, 짐 애덤스, 애넷 엘리스. 제가 햄든 출신임에도 저를 환영해 주신 월링포드 작가 커뮤니티에도 감사드립니다. 캐런과 RJ 줄리아 북셀러 팀, 코네티컷 인디 책방 베프들 그리고 어린이의 손에 책을 들려줄 때마다, 요정에 날개를 달아 줄 때마다 저자들에게 많은 걸 선사해 주는 세상의 모든 독립 책방들에 감사드립니다. 어린이들이 얼마나 괴상하고, 웃기고, 놀라운지 계속 일깨워 주는 5X 학생들. 말도 안 되게 재능이 많고 서로를 북돋워 주는 키드릿 커뮤니티 친구. 자신이 가진 열정을 총동원해 독서의 즐거움을 전파하며 다음 세대 스토리텔러들을 고무시키는 교사와 도서관 사서분들. 여러분 모두에게 진심으로 감사를 드립니다.

그리고 엘리자베스, 로리안, 리라에게. 클레오가 친절했다면, 용감했다면, 총명하고 신뢰를 주는 가치 있는 인물이었다면, 그게 어떤 모습인지는 너희가 보여 주었다. 사랑한다.